ТАТЬЯНА УСТИНОВА

РЕКОМЕНДУЕТ

Евгения Горская

ЖЕНА ЦЕЗАРЯ ВНЕ ПОДОЗРЕНИЙ

ЭКСМО

Москва
2013

УДК 82-3
ББК 84(2Рос-Рус)6-4
Г 70

Оформление серии *А. Старикова*

Горская Е.
Г 70   Жена Цезаря вне подозрений : роман / Евгения Горская. — М. : Эксмо, 2013. — 352 с. — (Татьяна Устинова рекомендует).

ISBN 978-5-699-63212-1

Светлана давно мечтала выйти замуж за Виктора Кузьменко, своего любовника и по совместительству шефа. Вроде бы ничего не мешало их счастью: она одинока, Виктор — состоятельный вдовец. Однако у Светланы появился загадочный враг, всеми силами стремящийся не допустить свадьбы: она чувствовала, что за каждым ее шагом следят, пытаясь найти компромат. А когда разрушить ее роман с Виктором не удалось, девушку попытались отравить, добавив яд в бутылку мартини... Света решила присмотреться к семье жениха и узнала много интересного: сын Виктора изменяет жене Лизе, но давно уже тяготится любовницей, а Лиза следит за мужем и явно что-то замышляет... Но какое отношение все это имеет к ней, Светлане?

УДК 82-3
ББК 84(2Рос-Рус)6-4

ISBN 978-5-699-63212-1

Татьяна Устинова

Кажется, что книга написана специально для меня

С каких-то пор считается, что все, что можно было придумать, уже написано — особенно на ниве детектива. Сюжеты одинаково сложны, как четырехмерный куб в римановом пространстве, герои отточенно-расчетливы, будто аллигаторы в бассейне реки Конго, а все линии драматически выверены.

Не верю ни единому слову!

Все потому, что я совсем недавно прочитала детектив «Жена Цезаря вне подозрений» Евгении Горской. Захватывающая, увлекательная, совершенно новая, но тем не менее простая история про людей с их очевидным желанием жить без проблем и не менее очевидными проблемами, которые есть у всех. Никаких крокодилов и четырехмерных кубов. Иногда возьмешься за книгу и думаешь: вот про кого это? И вроде бы ясно, что писалось тоже про людей, только небывальщина какая-то выходит. Причем не яркая и жизнеутверждающая — такую я как раз люблю, — а мрачная и неприятная. Не имеющая никакого соприкосновения с нашим миром. С тем, который огромен и прекрасен!

У Евгении получилось не только интересно и зажигательно, но еще и очень по-настоящему — ровно настолько, чтобы мне захотелось поверить в эту историю. Горская в своей книге «Жена Цезаря вне подозрений» ловко и умеючи держит читателя в напряжении: тебе иногда страшно, иногда смешно, иногда будто бы совсем безнадежно, но в конечном итоге понимаешь: все будет хорошо!

Кажется, что эта книга написана специально для меня. Потому что в детективе я — как, наверное, и все — предпочитаю вкусно описанную весеннюю дачную жизнь с шашлыками, гостями и собаками математической точности сюжета и верности сценических решений. Главное, чтобы интрига была поголоволомнее, а объяснялось все попроще!

В книге Евгении Горской мотивы абсолютно ясные, ходы достаточно запутанные, а три девахи-героини совершенно разные. И поступают они — героини то есть — в полном соответствии со своими характерами, в каких бы головокружительных и сложных обстоятельствах они ни оказывались. Зато мечты у них одинаковые — о светлой и защищенной семейной жизни, — что мне тоже очень близко и понятно.

Бутылка мартини, приготовленная к весеннему пикнику на даче Светланы, оказывается отравленной — о, ужас! Кто мог это сделать?! И вообще, что это за бутылка, откуда она взялась? Героини начинают разбираться в произошедшем — как умеют, но только еще больше запутываются в своих чувствах и серьезно ошибаются в выводах. На Светлану нападают в подъезде — она лишь чудом остается жива, а в Милу стреляют. Теперь девушкам приходится сражаться не только за себя, но и за свою любовь, действовать то вместе, то поодиночке, подчас не догадываясь обо всех подстерегающих опасностях и скрытых угрозах.

Никто не способен помочь трем давним подругам разобраться в происходящем. Они сами, в своем собственном прошлом, должны отыскать ответы на вопросы жизни и смерти. И в этих поисках им можно рассчитывать только на себя — на свою храбрость, ловкость и сообразительность. Но времени в обрез.

Потому что злодей ведет свою собственную темную игру. Он настолько близко, что его почти невозможно разглядеть. Ведь жена Цезаря вне подозрений.

Щенок увязался за ними от домика сторожа.

— Иди домой, маленький, — уговаривала его Лера. — Иди домой, к маме. Нам даже угостить тебя нечем. Молочка мы не привезли, чем кормить бедного песика?

— Колбасой, — подсказала Мила. — Колбасу же привезли. Отстань от него, Лер, пусть идет, куда хочет. Вечером назад пойдем, сдадим Арсену с рук на руки.

Арсен, сторож дачного поселка, пригревал всех окрестных собак и ходил всегда в сопровождении целой стаи. Собаки были разные, ласковые и злые, большие и маленькие. Летом Арсен выпускал собак только ночью, а днем запирал в большом вольере. Лето еще не наступило, но собаки были заперты, когда подруги прошли через приоткрытые ворота. Только маленький веселый лохматый щенок играл со щепкой возле левой створки и сразу увязался за ними, причем главным образом — за Лерой, словно выбрав ее в хозяйки.

— Ладно, пошли, — сдалась Лера.

Вчера дачная подруга Мила позвонила ей и неожиданно предложила:

— Давай на дачу съездим, а?

День был неудачным — в приготовленном к сдаче проекте вдруг нашлись ошибки, а Лера только утром заверила генерального, что соберет проект скоро, если не на этой неделе, то на будущей уж точно. Но ей вдруг захотелось на дачу — в гамак, на слабое апрельское солнышко... и она сразу согласилась:

— Давай. Прямо завтра.

— А как же ты с работой? — удивилась Мила. Самой-то ей было все равно, когда ехать. Мила давно нигде не работала.

— Черт с ней, с работой. Отгул возьму, — решила Лера.

Такого теплого апреля, как в этом году, не было много лет. За городом оказалось настолько здорово, что не слишком сильные угрызения совести — все-таки она не была твердо уверена, что за десять дней сможет выловить все ошибки в проекте, — окончательно улетучились. Успеет, а если не успеет, потом доделает, ничего страшного.

— Ты не представляешь, как мне жалко, что мы участок продали, — вздохнула Мила. — Когда папа коттедж строить решил и другой кусок земли купил, мне казалось, что сюда уже никогда не потянет. А оказалось, все наоборот — туда ездить не хочется.

— Не жалей, — успокоила Лера. — Сейчас у тебя настоящий загородный дом и надел почти в гектар. А здесь что? Скворечники.

— Ну не такие уж скворечники, — не согласилась подруга. — Смотри, почти у всех новые дома.

— Это верно. Но с твоим теперешним не сравнить.

— Все равно сюда тянет.

— Ко мне приезжай, — пожала плечами Лера, достала ключи и щелкнула замком на калитке. — Вперед! Правда, приезжай, Мил, я тебе всегда рада, ты же знаешь.

Лера отперла входную дверь, и подруги вошли в маленький старый домик. Щенок, который, оказывается, неотступно следовал за ними, начал уморительно карабкаться по ступеням крыльца. Лера прошлась по двум крошечным комнатам — вроде бы все на месте, никто зимой в дом не залезал. Раньше дачи обворовывали постоянно, но с приходом нового сторожа кражи прекратились. Видимо, собаки Арсения хлеб свой ели не зря.

— Эй, ты что делаешь? — Лера распахнула окна, чтобы проветрить помещение, и, оглянувшись, увидела, как под присевшим щенком на полу растекается лужа. — Безобразник какой! Плохая собака!

Взяла вилявшего хвостом кутенка за шкурку и вынесла оказавшееся совсем невесомым тельце на крыльцо. Затем захлопнула дверь.

Но, как выяснилось, отделаться от собачки не так-то просто. Через пять минут жалобный писк перешел в настоящий скулеж, и подругам ничего не оставалось, как устроиться с нехитрой едой под яблоней. Впрочем, это было даже к лучшему: сидеть в плетеных креслах около небольшого столика было намного приятней, чем в сыром после недавней зимы доме.

— Жаль, выпить не захватили, — вздохнула Мила.

— Жаль.

— Как у тебя с диссертацией? — неожиданно вспомнила подруга.

— Никак. Не порть настроение.

Лера в прошлом году окончила аспирантуру, сделав к тому времени большую часть диссертационной работы. Все собиралась доделать работу, что называется, собрать диссертацию, дописать недостающие главы и защититься наконец. Но не было то времени, то настроения, то того и другого вместе.

Ветра почти не было, и сидеть на солнышке оказалось так приятно. Шевелиться лень, жалко только, что нельзя лечь на еще холодную землю.

— Пикничок? — неожиданно появилась из-за дома Светлана, еще одна давняя подруга. В детстве они трое были неразлучны. — А меня почему не позвали?

Щенок, притихший, привалившись к Лериной ноге, неожиданно смешно и грозно залаял.

— Фу, глупая собака! Перестань! — Лера почесала пушистую башку, непонятно чему улыбнувшись. Взять песика с собой, что ли? Но с ним же гулять нужно, а она целый день на работе.

— Мы заранее не планировали, — лениво объяснила Мила, — случайно получилось.

Со Светой она с некоторых пор часто разговаривала лениво, словно нехотя. Вроде бы и вежливо, но вместе с тем как бы свысока, хотя причин для этого не было. Светлана из них троих добилась наибольшего успеха, занимала должность заместителя директора фармацевтической фирмы.

— Как дела? Когда свадьба? — Света улыбалась, насмешливо глядя на развалившуюся в кресле Леру.

Вопрос адресовался ей, Мила-то давно была замужем, и метко бил по больному месту.

— А твоя? — всегда вежливая Мила в последнее время и правда выносила подругу с трудом. Да и Лера тоже.

— Моя состоится, когда я захочу, — весело засмеялась Света.

— Очень рады за тебя. У тебя все?

— Да ладно вам. Я же шучу.

Мила хотела еще что-то сказать, но Лера перебила:

— А ты что вдруг в будний день приехала, Свет?

— Захотелось. Погода хорошая. Если вам можно, почему мне нельзя?

— Хочешь, возьми кресло на веранде, — предложила Лера. Приглашать Свету не хотелось, но и не пригласить было нельзя.

Та, оглядев столик с нарезанными овощами и хлебом, спросила:

— Может, выпивку принести?

— Неси, — разрешила Мила. И после того как Света, повесив маленькую сумочку, захваченную неизвестно для какой надобности, на ветку яблони, скрылась за углом дома, обронила: — Господи, как же мы ее раньше выносили?

Сумочка с замком-защелкой оказалась открытой, виднелись упаковки каких-то лекарств. Лера, вздохнув, поднялась защелкнуть замок.

— Раньше она такой не была.

— Да ладно! Всегда была стервой. Где она, там обязательно какая-нибудь склока. Не смей! — прикрикнула она, видя, что подруга собирается принести для Светланы плетеное кресло. — Ты ей что, швейцар? Сама притащит, не развалится.

— Да ну, Мил, неудобно...

Лера все-таки приволокла третье кресло. Щенок не отходил от нее ни на шаг, путался под ногами, и опять Лере хотелось улыбаться, глядя на неуклюжий пушистый комочек. Взять, что ли, действительно в Москву? Хм, только собаки ей не хватает для полного счастья...

— Вот, — подоспевшая Света поставила на столик бутылку мартини.

— Господи, какая бутылка несчастливая! — ахнула Лера. — Мил, смотри, это же та, которую я тебе тогда под Новый год привезла. Как к Свете-то попала?

Мартини Лере привезли из-за границы родители, уже шестой год живущие в Америке. Лера мартини любила и Саше выпить его не дала, прихватила с собой под Новый год, идя к Миле. Но оказалось, что у Милы имелась открытая бутылка любимого напитка. Вторую открывать было глупо, и они допили Милину.

— Откуда ты знаешь, что мартини тот же самый? — удивилась Мила, разглядывая бутылку.

— Вот, видишь полоску на этикетке? Это я случайно фломастером задела, а получилось, будто вместо луны множество. И аккуратно так, даже не скажешь, что не специально нарисовала.

Луна на звездном небе, изображенная на этикетке, действительно представляла собой математический знак множества — перечеркнутый кружок.

— А ее у Милы выпросила, — засмеялась Светлана. Это было правдой. Света заехала перед самым Новым годом, подарила Миле флакон духов, в ответ получила равноценный флакон, заметила злополучную бутылку и начала пристально разглядывать.

— Обожаю мартини, — замурлыкала Света. В присутствии мужчин она всегда, как правило, мурлыкала, а тогда рядом то появлялся, то исчезал Милин муж Константин Олегович.

Он опять куда-то вышел, а Светлана все рассматривала бутылку.

— Подари, а? В довесок к духам.

Миле не хотелось отдавать вино, оставленное для нее Лерой. Но и отказать в такой ситуации было невозможно, вот и кивнула, произнеся единственно возможное:

— Бери.

— Ты что, подарила подруге мартини? — удивился Костя, когда за той закрылась дверь. Он видел, как Светлана сунула бутылку в сумку. — Странный подарок для женщины, не находишь?

— Нахожу, — мрачно согласилась Мила. — Однако не вырывать же у нее из рук.

Ей тогда действительно было почему-то жалко вино, которое, в общем-то, можно купить в любом супермаркете. Сейчас тот мартини не хотелось пить, но что поделать, отказаться вроде неудобно.

— Ладно, — Мила поставила бутылку на стол, — давайте выпьем.

Лера отправилась в дом за рюмками, щенок за ней следом. Светлана, глядя им вслед, усмехнулась:

— Похудела Лерка, джинсы прямо болтаются. Переживает, что Сашка на ней не женится? Или диссертацию все пишет? Пора бы уж и дописать.

— Свет, — Мила откинулась в шатком креслице, заложив руки за голову, — ты, если новая работа будет нужна, опять к Лере придешь?

В фирму, где Светлана так успешно сделала карьеру, ее устроил когда-то Лерин отец.

— Не приду, — снова усмехнулась Света. — Теперь я сама кого хочешь устрою. Или замуж выйду и брошу работать, как ты.

Миле не хотелось смотреть на веселую подругу, и она стала разглядывать корявые ветви над головой.

Светлана из них троих была самой красивой. Очень красивой, как фотомодель. В юности Миле хотелось быть такой же: стройной голубоглазой блондинкой с прямыми волосами до плеч. Свою почти черную кудрявую шевелюру она тогда ненавидела. Однажды даже решила осветлить ее. Но получилось такое уродство, что перекрашиваться пришлось сразу же, немедленно. И фигуру свою полноватую Мила тогда не любила, сердилась, когда мама смеялась над ее попытками похудеть и уверяла, что иметь настоящие женские формы — счастье. Сейчас Мила цену своей фигуре знала: не могла не замечать приятно радующих мужских взглядов.

Теперь-то Светлана красивой не казалась. Мила даже специально покосилась на подругу: обычная девица, непонятно даже, чего они тогда ею восхищались.

— Рюмки не нашла, — подошедшая Лера поставила на стол маленькие чашечки. — Не помню, куда сунула, когда дом на зиму запирали.

— Да ладно, девки, сойдет, — Света щедро плеснула мартини в кофейные чашки.

Щенок терся об ноги, как кот, и Лера не выдержала, взяла его на руки. Нет, нельзя его в Москву брать: когда она будет с ним гулять, если уходит в полвосьмого, а возвращается домой в семь?

Такой прыти от неуклюжей собачонки никто не ожидал. А та мгновенно, как по волшебству, очутилась на шатком столе, фыркая, хлебнула мартини из Лериной чашки, схватила ненарезанный батон колбасы и кубарем, через Лерины колени, скатилась на землю. Все, что стояло на столе — тарелки с огурцами, помидорами и красным болгарским перцем, хлеб, яблоки, аккуратно нарезанный сыр, — разлетелось в разные стороны. И чашки с вином упали, и бутылка. Можно было только удивляться, как удалось устроить такой погром такому маленькому, совсем крохотному щенку.

Возмущенные крики обрушилась на счастливого кутенка с трех сторон, но он не понял, что его ругают, тряс головой, зажав в мелких зубках вкусную колбасу, и прытко отбегал. Наконец Лера его поймала, подхватила на руки и вырвала колбасу.

— Ах ты, паршивец! Ах ты, плохая собака! — Не успела она отстраниться, как щенок лизнул ее в нос. — Ну что за наказание такое!

Лера опустила щенка на землю и погладила по лохматой голове.

— Ну не могу я тебя взять, не могу. С тобой гулять надо, а я работаю целый день. Да еще дважды в год в Америку езжу, у меня там мама и папа. Куда я тебя дену? А Саша работает сменами, по двенадцать часов, вообще гулять с тобой не сможет. Шел бы ты домой, назад к дяде Арсену.

— Девочки, а мартини-то остался, — удивилась Света, поднимая с земли бутылку. — Посуду вымоем, и можно продолжить. Только ты своего кобеля в следующий раз придерживай.

— Придержу, — пообещала Лера.

Посуду мыли долго: сначала вода в кране пропала, потом пошла, но ржавая, и пришлось ждать, когда стечет ржавчина. Затем снова нарезали овощи и хлеб. И только когда вновь расселись за столом под яблонями, Лера спохватилась, что «кобеля» давно не слышно. И тут же, испугавшись, что щенок убежал, поняла, что непременно возьмет его с собой, не сможет здесь оставить.

Она поозиралась по сторонам, заглянула под стол и не сразу сообразила, что неподвижно вытянувшееся тельце, около головы которого растеклась небольшая дурно пахнущая лужица, собака. Тот самый песик, которого она не хотела брать в Москву и знала, что возьмет.

— Лер, ты что? — удивилась Мила, увидев остановившиеся глаза подруги.

— Принеси простыню из шкафа.

Мила присела рядом. Она тоже не сразу поняла, что произошло, а когда поняла, не могла решить, кого ей больше жалко, надоедавшего всем щенка, без которого сразу стало пусто, или Леру, так неожиданно и страшно потерявшую только что найденного маленького друга.

— Лерочка, я куплю тебе собаку, хочешь?

— Принеси простыню.

— Да что случилось-то? — наклонилась над ними Света. И через минуту прошептала: — Меня хотели убить... Господи, меня хотели убить!

Мила принесла не только первую попавшуюся простыню из шкафа, но захватила еще и две лопаты, хранившиеся в покосившемся сарае.

— Меня хотели убить! — все причитала Светлана. — Вы что, не понимаете? Нужно звонить в полицию.

— Звони, — равнодушно бросила Мила. — Звони. Мы что, тебе мешаем?

— Свет, ну неужели ты думаешь, что они станут этим заниматься? — устало спросила Лера. — Арсену сообщим, когда домой пойдем.

Светлана хотела что-то сказать, но Лера перебила:

— Под березами похороним.

— Да, Лерочка, — кивнула Мила.

— Вы что, с ума спятили? Меня хотели убить! Вам все равно, да?

— Почему тебя? — Лера завернула крошечное тельце в простыню и поднялась на ноги. — Почему не меня? Не Милу? С чего ты вообще взяла, что кого-то хотели убить?

— Яд мог быть или в колбасе, или в мартини. — Света смотрела на Леру, чуть не плача. — Больше песик ничего не трогал. Колбасу мы сами ели, значит, отравили мартини.

«Мы даже не догадались его покормить, — подумала Лера. — Щенок терся о мои ноги, а я боялась, что он испачкает мне джинсы». Лера тупо посмотрела на свой облезлый полутораэтажный домик и не к месту отметила про себя, что его необходимо покрасить.

— Господи, отравить хотели меня! Меня! — не успокаивалась Света.

— Кого и как хотели отравить, мы выясним, — пообещала Лера. — Мартини я отнесу нашим химикам, они разберутся.

— Тебе хорошо говорить, ты знаешь, что...

— Что никому гадостей не делала, — подсказала Мила.

— Хватит! — Лера подняла завернутое в простыню тельце. — Пойдем, Мил.

На круглой поляне у самого леса стоял чей-то грязный джип, и копать пришлось в стороне, почти у дорожки, по которой подруги обычно ходили на пруд купаться. Копать было тяжело, земля представляла собой переплетенную путаницу корней. В июне здесь все покрывалось одуванчиками, потом еще какой-то травой, а позже, уже в августе, вереском. Лера несколько раз пыталась пересадить вереск в горшок, но он не приживался, и перед Новым годом приходилось выбрасывать засохшее растение.

* * *

Корзина у Воронина была большая, а грибов он нашел мало, даже дно не прикрыл. Осенью заполнил бы корзину желтеющими листьями, а сейчас класть в нее нечего, разве что еловые лапы. Но срезать колючие ветки было лень, и он так и вышел из леса с пустой корзиной. Уже перед самым дачным поселком остановился, пересчитал грибы: всего восемь. Курам на смех. Самым правильным было бы выбросить скудную добычу, но он не стал — жалко. Три гриба большие, похожие на клубни картошки, а остальные — маленькие и вытянутые. Какие-то назывались сморчками, какие-то строчками, Воронин всегда путал весенние грибы.

Он почти дошел до оставленной на опушке машины, когда увидел трех девиц с лопатами. Первой мыслью было спрятать корзину за спину, чтобы не срамиться, но делать этого не стал. Девушки на него внимания не обращали, били по земле лопатами, вроде пытались яму вырыть. Воронин бы тоже не обратил на них внимания, если бы не увидел лежащий на траве продолговатый сверток. Мгновенно подобравшись, даже легкая усталость от хождения по пустому лесу исчезла, он поставил корзину на влажную землю и, слегка отодвинув одну из копавших, откинул испачканную землей ткань. Оказывается, девицы пытаются зарыть мертвую собаку, а ему уж подумалось... невесть что.

Теперь троица выжидающе смотрела на него. Девицы были хороши, каждая в своем стиле. Блондинке хоть сейчас позировать для мужского журнала. Вторая, с волосами потемнее, чем у блондинки, была в солнечных очках, и глаз ее он не видел. А вот у брюнетки глаза оказались сказочными, очень большими и темными, и почему-то вызвали в памяти полузабытые слова: «тиха украинская ночь».

— Как же это? — тупо спросил Воронин у всех троих, но только блондинка отреагировала:

— Помогли бы яму выкопать.

Сказала это зло, но смотрела на него совсем не зло, с явным интересом.

Воронин видел, девица решает, не добавить ли еще что-то, но дожидаться не стал, взял у темноволосой лопату и принялся копать, углубляя начатую яму.

Троица стояла, окружив его, и он буркнул:

— Отойдите, вы мне мешаете.

Девушки послушно отошли, продолжая молча смотреть на него.

Аккуратно уложив сверток в вырытую яму, Воронин засыпал могилку землей, воткнул рядом лопату. А подруги стояли все так же молча, только блондинка переминалась с ноги на ногу.

Нужно было уезжать, но он почему-то медлил. Наконец предложил:

— Давайте я вас в Москву отвезу.

— Спасибо, отвезите, — повернулась к нему брюнетка с глазами «тихой украинской ночи». Голос у нее оказался очень красивым, каким-то бархатистым. — Только нам собраться нужно. Минут двадцать подождете?

Воронин кивнул.

— Пойдем, Лерочка, — обняла она русоволосую подругу за плечи.

Та сняла очки и грязными руками вытерла глаза. Глаза у нее оказались заплаканными, и Воронин понял, что собака была ее. Потом девушка посмотрела на него, и тогда он окончательно решил, что блондинка в этой компании явно проигрывает — глаза у русоволосой были необычные, миндалевидные и все понимающие, как у мадонны.

Четверг, 22 апреля

Мила проснулась совсем рано. Украдкой, стараясь не разбудить Костю, посмотрела на часы — половина шестого. И вставать рано, и заснуть вряд ли получится. Постаралась прогнать неприятный осадок, оставшийся от вчерашнего вечера, и стала строить планы на предстоящий день, но удавалось это плохо.

Вчера Костя пришел поздно, Мила даже начала волноваться. Она могла бы позвонить ему на мобильный, но обычно ее звонки вызывали у мужа недовольство, тот считал, что в рабочее время о жене следует забывать. Недовольство было совсем легким, почти незаметным, но Мила его отмечала и старалась лишний раз супруга не тревожить.

— Как отдохнули? — Сняв плащ и повесив его на вешалку, муж слегка прижал ее к себе и поцеловал в волосы. Он очень устал, и ему совсем не хотелось разговаривать.

— Отлично. — Только что ей хотелось рассказать про их сегодняшние приключения, а сейчас желание говорить отчего-то пропало. — Ты что так поздно?

— Дела... — Костя потрепал ее по затылку, как днем Лера приблудного щенка.

— Светка тоже приехала, как будто знала, что мы на даче.

— Знала, — кивнул он, прошел в ванную и начал тщательно мыть руки под краном. — Я ей сказал.

— Когда? — удивилась Мила. — Мы же только вчера договорились с Лерой.

— Вчера и сказал. — Константин вымыл руки и теперь так же тщательно их вытирал. — Она позвонила вечером, когда ты за продуктами выходила.

— А зачем? Зачем ты ей сказал? Знаешь ведь, что я ее терпеть не могу. И Лера тоже.

— Света позвонила, спросила, не собираешься ли ты на дачу, и я ответил, что собираешься, причем завтра. А что я должен был сказать, по-твоему? — отодвигая жену, потому что та мешала ему выйти из ванной, устало произнес Костя. Ему хотелось побыть одному, и, как это иногда случалось, он пожалел, что женат. — К тому же Света ничуть не хуже твоей Леры. Нормальная девушка, не понимаю, что вы к ней цепляетесь.

Муж произнес это равнодушно, было очевидно, что ему безразличны ее подруги и ее отношение к ним. Так было всегда, но сейчас у Милы от обиды сжалось сердце. Ей казалось, что она имеет право сама решать, с кем ей проводить время. А еще ей казалось, что муж должен если не уважать мнение жены, то, по крайней мере, не пренебрегать им столь откровенно. Тем более что лично его это совсем не касалось.

Мила молча подавала на стол ужин. Она так давно привыкла считать себя счастливой, что впервые за все время замужества появившаяся мысль — а в самом ли деле она счастлива? — показалась настолько пугающей, что молодая женщина сразу как будто замерзла в теплой квартире. «Я перенервничала, — успокоила себя Мила. — Мне просто жалко Леру, вот я и готова злиться на Костю».

Но сейчас, лежа в постели без сна, Мила вдруг поняла, что Костя вчера был не просто уставший. Его раздражала она, Мила.

* * *

Воронин отлично знал, что ехать к дому брюнетки Милы ему незачем. Прежде всего потому, что та замужем, он заметил вчера обручальное кольцо на ее пальце. С замужними женщинами Воронин предпочитал дела не иметь — не любил вранья. Конечно, его самого никто и никого обманывать не заставлял, однако участие в том, что обязательно должно вызывать ложь, было ему неприятно. Вот и старался с замужними не встречаться. Незамужних же попросту боялся, потому что жениться не хотел, а все незамужние женщины хотят замуж. Тем не менее любовные связи постоянно случались в его жизни, и, как правило, не по его инициативе, что его абсолютно устраивало. Связи эти Воронин старался не затягивать, ему было неловко перед женщинами, с которыми он категорически не хотел связывать свою судьбу.

И вот сейчас он и сам не понимал, почему его так тянет к дому в старых Сокольниках.

Вчера девицы к его машине вернулись вдвоем: блондинка уехала на своей собственной. В дороге они говорили мало, брюнетка спрашивала иногда что-то у подруги Леры, та отвечала односложно. Лера все вытирала слезы, катившиеся из-под очков, и Воронин старался на нее не смотреть, хотя в зеркале было видно ее, а не темноволосую подругу, на которую ему как раз очень хотелось посмотреть.

Лера молча вытирала слезы, и Воронин почему-то подумал, что плачет девушка не только из-за собаки. Когда Лера вышла возле «Красносельской», брюнетка села рядом с ним, на переднее сиденье.

— Как вас зовут? — покосился он на нее.

— Людмила.

Воронин не удивился. Имя ей поразительно шло, недаром ему вспомнились пушкинские строки. Конечно, Людмила. Как же иначе?

Хотелось спросить, кто она, в смысле, кем работает, или еще что-нибудь про нее, но с языка слетела другая фраза:

— Люда, ваша подруга очень любила собаку?

Девушка поморщилась и поправила:

— Мила. Меня все зовут Милой.

— Роман. Воронин.

Про щенка Миле говорить не хотелось, и она спросила:

— А вы кто по профессии, Роман?

— Военный инженер.

Это ее отчего-то заинтересовало. Мила даже повернулась к нему, а раньше смотрела вперед, на дорогу.

— Я инженер, — пояснил он, — только в погонах.

— А погоны у вас какие? — Она так смешно его разглядывала, как будто он оказался пришельцем с Альтаира, а не обычным военным.

— Полковничьи.

Мила улыбнулась отчего-то и попросила:

— Здесь налево.

Ехать оказалось всего ничего, в Сокольники. Возле своего дома Мила пыталась сунуть ему деньги, но Воронин отказался, естественно, и даже обиделся. Девушка как-то сразу поняла, что он обиделся, и засмущалась. Торопливо кивнула ему и заспешила к подъезду.

Отчего-то отъехал Роман не сразу, какое-то время пялился в окно, пытался вспомнить продолжение, какие там слова дальше после «тихой украинской ночи». Не вспомнил.

Воронин все же доехал зачем-то до дома Милы и постоял у подъезда. Ее не увидел, конечно. И даже вроде бы испытал облегчение — женщина она просто роскошная, одна фигура чего стоит, да только вряд ли ее прельстит роман с каким-то там военным инженером. Не стоит и пытаться. Да и ни к чему.

Он не сразу понял, что, помимо облегчения, почувствовал заметную досаду.

Попытался сосредоточиться на предстоящих делах и поехал на работу.

* * *

Офис находился на первом этаже жилого дома. Светлана отперла входную дверь — охраны фирма не имела, у всех сотрудников имелись ключи, а замок всегда закрывали, — прошла по небольшому пустому коридору и толкнула створку приемной.

— Привет. Виктор Федорович на месте?

Света слегка улыбнулась, увидев, что секретарша Катя едва не подпрыгнула на месте, как будто увидела привидение.

— На месте, Светлана Леонидовна, здравствуйте, — пробормотала Катя.

Секретарша ее панически боялась, и Света не понимала почему. С подчиненными она всегда была безукоризненно вежлива, давно выбрав для себя такой стиль поведения, и Катин испуг ее забавлял. Но сейчас реакция девушки понятна — вчера Светлана предупредила, что может сегодня опоздать или не появиться вовсе, и, видимо, Катя ее не ждала.

— Кофе мне сделай, пожалуйста.

Света помедлила, не решив еще, в какую дверь толкнуться: сначала к себе или сразу к директору. Из приемной можно было попасть в два кабинета — в ее собственный и Виктора Федоровича. Все же отперла свой, бросила сумку на небольшую тумбочку, включила компьютер и достала из стола маленькое зеркальце. Лицо было в полном порядке. Дожидаясь, пока компьютер загрузится, стала смотреть на весеннюю улицу.

Позавчера к вечеру она устала. Рабочий день давно закончился, очень хотелось есть и поскорее оказаться дома, но трогаться с места буквально не было сил, и она позвонила Милке. Позвонила, потому что вдруг ощутила желание выбраться за город, на дачу, чтобы забыть о работе хотя бы на день. И о Викторе забыть. Вернее, не о Викторе, а о том, что Лиза может помешать ему жениться на ней, Светлане.

Когда Константин Олегович сказал, что Мила с Лерой собираются завтра на дачу, она почувствовала такую обиду и злость, что разом пропали и голод, и усталость. Ей даже сидеть стало тяжело, и Света встала из-за стола, походила по маленькому кабинету.

Давно, в детстве, они втроем были неразлучны. Тогда невозможно было представить, чтобы подруги поехали куда-то, не позвав ее. Почему все изменилось? Когда? Почему Мила, единственная, кого Света хотела бы иметь в подругах, давно перестала ей звонить? С Леркой все понятно. Та не может ей, Светлане, не завидовать. Торчит в своем вшивом НИИ на копеечной зарплате и держится за своего Сашку, который денег нормальных заработать не может, а женить его на себе не в состоянии. Но Милке-то чем она, Светлана, не угодила?

Предательство подруг ранило так сильно, что даже вспоминать об этом было сейчас больно.

Она выпила принесенный Катей кофе, еще раз посмотрела на собственное идеально правильное лицо и, пройдя приемную, без стука толкнула дверь кабинета директора.

Там, как всегда, толпился народ. Шеф улыбнулся ей совсем незаметно, а кивнул как посторонней, но она видела, как Виктор обрадовался, и ей тоже сразу стало радостно. Наплевать на все трудности и на всех подруг, она хочет быть его женой, и она ею будет.

Виктор был давним приятелем Леркиного отца, они то ли росли в одном дворе, то ли учились в одной школе. Виталий Александрович, отец Леры, тогда, устраивая ее к нему на работу, предупредил Светлану: характер у Виктора Федоровича Кузьменко непростой, человек он подчас грубый, несдержанный, однако честный и справедливый, и никаких каверз от него ждать не нужно.

Так и оказалось. Виктор мог накричать на любого в фирме за самую ерундовую погрешность, мог едва поздороваться, если был не в духе, или ни с того ни с сего начинал орать, чтобы не курили в коридоре. Но где же еще курить, если специального помещения никто не отвел, а в холод на улицу не очень-то набегаешься? Однако, как ни странно, никто Виктора Федоровича не боялся. Молча выслушивали нагоняй, если совершали оплошности. Тушили сигареты, когда директору не нравилось курение, точно зная, что через полчаса можно будет выкурить новую сигарету безо всякого риска услышать вопли начальства.

Да, его не боялись. А всегда вежливую и доброжелательную Светлану боялись и избегали. Та же Катька, например.

Света свой стиль определила сразу — в противовес грубости и хамству директора.

Разговаривая с ней в первый раз, директор предложил выбор: или она идет технологом на производство (Света ведь окончила фармацевтический институт), или садится в приемной секретарем. Прежняя секретарша как раз перед Светиным приходом ушла в декретный отпуск, и она пораздумывала немного для виду, а затем ответила: будет секретарем. Хотя что было раздумывать? Ясно же, работать нужно около начальства, если хочешь чего-то добиться.

Пользы фирме Светлана принесла много, это понимали все, и Виктор, и другие. Фирма занималась производством биологических добавок, а их сейчас на рынке бесчисленное множество, и чтобы не затеряться среди конкурентов, нужно либо гнать откровенную халтуру, на что Виктор Федорович никогда не пошел бы, либо вкладывать колоссальные деньги в рекламу. А денег таких у него не имелось. Света предложила потихоньку наладить выпуск недорогой, но натуральной косметики, и косметика стала пользоваться большим спросом. Хорошая косметика получилась, кстати сказать. И действительно натуральная.

Мысль превратить директора и хозяина фирмы в законного мужа пришла ей в голову спустя какое-то время, чему Света и сама до сих пор удивлялась. Виктор ей вполне подходил: семьей обременен не был, несколько лет назад похоронив жену, имел единственного взрослого сына и двух внуков, которых навещал только по выходным. При этом мужчина видный, умный и, даже по первому впечатлению, очень надежный. То, что надо.

Женщину в своем секретаре Виктор Федорович разглядел не сразу, Светлана уже боялась, что и вовсе не разглядит. И вот перед Новым годом шеф подарил ей коробку с чаями разных сортов (незадолго до этого она обмолвилась, что очень любит экзотические чаи). А до тех пор почти Светлану не замечал. То есть замечал, конечно, Света к тому времени потратила массу сил, нервов и времени, чтобы превратиться для него в ходячую записную книжку-справочник и робкого ненавязчивого советчика, но видел в ней только помощницу. И только когда директор поставил перед ней расписанную китайскими мастерами коробку, она поняла, что заветная цель — получить успешного мужа-бизнесмена — стала, пожалуй, заметно ближе.

Сейчас цель близка, как никогда, и она, Светлана, никому не позволит ей помешать.

Только один человек стоит у нее на пути — Лиза.

Сначала Света боялась, что сможет помешать сын Виктора Федоровича, Вячеслав. Оно и понятно: какому наследнику понравится, если папаша с большими деньгами на старости лет женится? Правда, Виктору было лишь чуть за пятьдесят, и стариком его назвать ни у кого язык не повернулся бы. Но Слава оказался совсем не опасным.

Впервые Светлана его увидела, еще будучи секретарем. Она знала, конечно, что сын директора заведует одним из производств, а технологии разрабатывает и для остальных производств тоже, но в конторе Вячеслав почти не появлялся.

Когда высокий широкоплечий парень решительно миновал приемную и уже оказался перед дверью директора, не обращая внимания на скромно сидевшую за своим столом Свету, она его опередила. Удивляясь собственной прыткости, загородила дверь начальника и негромко так поинтересовалась:

— Как о вас доложить?

Могла бы и не спрашивать — сходство незнакомого парня с директором было поразительным.

А парень улыбнулся, оценивающе оглядел похожую на фотомодель секретаршу с ног до головы и неожиданно подмигнул, словно прекрасно понимал, зачем именно та сидит в этой приемной. Уж не за тем, чтобы бумажки перебирать.

— Не надо обо мне докладывать, — мягко отодвинул он ее в сторону и открыл дверь кабинета. Но потом зачем-то добавил: — Я сам о себе доложу.

Дверь захлопнулась, и Света всерьез задумалась. Сын шефа может создать проблемы. Вячеслав как будто видел ее насквозь и знал, что она нацелилась на его отца. И при желании сумеет этим целям помешать. Попытаться помешать, во всяком случае. Парень явно не дурак и вполне способен настроить отца против красавицы-секретарши.

Светлана уже приготовилась бороться и начала продумывать тактику будущих сражений, когда дверь со стуком открылась. Высокий сын шефа вышел из кабинета, понимающе и весело улыбнулся, остановившись около ее стола, и снова подмигнул — мол, дерзай.

Никакой борьбы не будет, поняла Света, Вячеслав не станет возражать, если отец найдет себе женщину. И если этой женщиной окажется она, Светлана, тоже не будет возражать.

Ну и дурак.

— Кофе хотите? — тоже весело улыбнувшись, спросила она.

— Кофе? — задумался Слава. — Нет, кофе не хочу. Есть хочу.

— Ну, тут я вам ничем не помогу, — развела Света руками, — имеется только печенье, да и то пачка початая. Хотите?

— Хочу. Давайте.

— Кофе я все-таки сделаю, — поднялась из-за стола секретарша, похожая на фотомодель. — Или чай?

— Не надо, сухим пайком возьму.

Вячеслав сунул початую пачку в карман куртки и теперь смотрел рассеянно, словно уже не видя ни Светы, ни приемной. У Виктора Федоровича тоже была такая привычка мгновенно погружаться в свои мысли.

Жаль, что у парня двое детей, подумала Света, знавшая: ее шеф — дед двоих внуков, Степана и Даши. Ей тогда показалось, что она почти влюбилась в Славу. А может быть, просто радовалась от того, что сын директора не станет мешать ее охоте на своего отца.

Тогда Светлана не знала, что опасность придет совсем с другой стороны.

От Лизы. От жены Вячеслава.

* * *

Наутро после неудачной поездки на дачу Лера выглядела ужасно. Пришлось потратить больше часа, чтобы придать себе такой вид, когда можно отправляться на работу. Глаза от вчерашних слез совсем заплыли, она мыла их попеременно холодной и горячей водой. Потом принималась краситься, но тут, как назло, опять навертывались слезы, и приходилось все начинать с начала.

Вообще-то Лера плакала редко, почти никогда, и за свои слезы ей было даже стыдно. Она же не истеричка, в самом-то деле! Да и особых причин вроде бы для слез нет. Правда, родители далеко — отец уже шестой год преподавал в университете в Калифорнии, и мама жила с ним. Они постоянно звали ее к себе, обещали найти хорошую работу. И напирали не очень сильно только потому, что все ждали, когда дочка защитит диссертацию.

Только Лера не уезжала вовсе не из-за диссертации, о которой ей даже думать было тошно. Она не уезжала из-за Саши. И прекрасно отдавала себе в этом отчет. Не уезжала, не искала другой любви, а годы шли, почти у всех ее ровесниц уже были мужья и дети, а у нее только Саша, который все не торопился на ней жениться, да работа, оплачиваемая, мягко говоря, скудно.

Лера провозилась так долго, что зашуршал в замочной скважине поворачивающийся ключ. Дверь отворилась, и в небольшой прихожей возник гражданский муж (сейчас это так называется) — усталый и осунувшийся после бессонной ночи. Он работал диспетчером на электростанции.

— Ты что, Лер? — удивился Казанцев, застав ее дома. — Не заболела?

— Нет.

Она подошла поцеловать его, но Саша снимал ветровку, и Лера тихо остановилась рядом.

Казанцев действительно очень устал, смена выдалась тяжелая. На соседней подстанции погиб монтер. Погиб по-дурацки, из-за грубейшего нарушения правил техники безопасности. Монтера этого он не то чтобы знал, просто видел несколько раз. Теперь ему известно, что у погибшего парня остались жена и маленький ребенок. Ну и родители, конечно. Ему было тошно и не хотелось ни с кем разговаривать. Даже с Лерой.

— Как отдохнули вчера? — через силу спросил он.

Лера хотела рассказать про щенка, но Саша уже прошел в ванную, зашумела вода, и она промолчала. Ему неинтересно ее слушать. Ну и не надо! Недавно еще подступавшие к глазам слезы спрятались куда-то так быстро и так бесследно, что она не смогла бы теперь заплакать, даже если бы захотела. Слегка этому удивившись, Лера крикнула:

— Саш, я пошла!

Вообще-то она собиралась еще выпить кофе, но сейчас ей почему-то захотелось поскорее исчезнуть из собственной квартиры.

— Пока. — Гражданский муж вышел из ванной, обнял ее и погладил по голове, как маленькую. — Вовремя придешь?

— Как получится.

— Звони.

— Ты тоже.

Ехать ей было далеко, но удобно: на метро по прямой ветке, без пересадок. Сегодня Лере повезло, сидевший прямо перед ней огромный бородатый мужик встал и вышел на «Комсомольской», и она заняла освободившееся место. Можно было достать книжку и почитать, можно было послушать музыку, но почему-то не хотелось ни того, ни другого. Лера тупо смотрела, как стоящих перед ней людей сменяют другие пассажиры, и чуть не проехала свою остановку.

В институт, где она работала, ее пригласил Милин муж, Константин Олегович. Тогда Костя, давний друг Лериных родителей, еще не был Милиным мужем, но уже являлся главным инженером большого института. Работа Лере нравилась. И коллеги в основном нравились, и перспективы повышения были хорошие. Зарплата вот только подкачала. Придя в институт, Лера другой работы не искала и даже не думала об этом, и только сейчас, сидя в переполненном вагоне, подумала, что вся ее жизнь какая-то на редкость унылая и неинтересная. Жизнь пройдет, а вспомнить будет нечего.

У проходной Лера столкнулась с Аллой Борисовной, начальницей соседнего отдела, очень доброжелательной дамой предпенсионного возраста.

— Я вчера вас искала, Лерочка, — улыбнулась женщина. — Отгул брали?

— Да, — кивнула Лера. — На дачу с подругой ездили. Хорошо как за городом!

— Представляю, — опять улыбнулась Алла Борисовна. — Необычный апрель в этом году, я такого и не помню. Обычно еще снег лежит, а нынче природа нас порадовала.

— А зачем вы меня искали?

— Когда вы нам данные передадите? Сроки подходят.

— Технологи задерживают, — виновато пожаловалась Лера. — Три раза материалы приносили, и все время чего-то не хватает, даже полного списка данных до сих пор нет.

— Вы с ними построже, — посоветовала Алла Борисовна. — Там такие бездельники, будь моя воля, давно бы всех поувольняла. Генеральному пожалуйтесь.

Лера промолчала. Жаловаться генеральному директору ей совсем не хотелось.

— Точно, точно, пожалуйтесь, — повторила собеседница. — Иначе на вас же всех собак и повесят.

— Я подумаю.

Рабочий день почти подошел к обеду, когда Лера вспомнила о лежавшей в сумке пластиковой бутылочке с остатками мартини, захваченной вчера с дачи. Сейчас мысль проверить вино на наличие яда показалась откровенно дурацкой, и она решила по дороге в столовую выбросить бутылочку в мусорный контейнер, всегда стоявший в институтском дворе.

Лера оторвалась от компьютера, потянулась, покрутила головой, подошла к окну. Погода казалась скорее майской, чем апрельской, на деревьях даже появились крошечные листочки, и тратить обеденный перерыв на нахождение в душной столовой не хотелось. «Лучше схожу на рынок, — решила Лера, — куплю хлеба и огурцов, получится замечательный обед».

Она собралась набрать номер подружки, Иры Басмановой, но та объявилась сама. Позвонила и приказала:

— Выходи на улицу!

Уже через пять минут приятельницы стояли возле здания института, обдуваемые слабым приятным ветерком.

— У нас такой кошмар! — воскликнула Ира, когда они отошли на достаточное расстояние от входа. — Представляешь, Тамара умерла!

— Что?! — изумилась Лера.

Главный бухгалтер Тамара Станиславовна, интересная голубоглазая дама лет сорока пяти, непосредственная Ирина начальница, совсем не производила впечатления больной, готовой в любой момент скончаться женщины.

— У нас с утра переполох. Тамары нет и нет. Мобильный не отвечает, домашний не отвечает. А тут еще из налоговой звонят и звонят, наши тетки не знают, что делать. Часов в одиннадцать решили к ней домой ехать, у кого-то нашлись ключи от ее квартиры. Через час звонят — Тамара лежит мертвая в постели.

— Ужас какой!

— Да, ужас, — согласилась Ира. И с сожалением добавила: — Больше ничего не знаю. Вообще-то Тамара в последнее время нервная ходила, все заметили. Раньше чай пить к нам забегала, да не по одному разу, а в последние дни из кабинета вообще не высовывалась.

— А Константин Олегович знает? Они ведь с Тамарой дружили.

— Дружили... Да Тамара в него влюблена была, как десять кошек! Нет, Костя не знает. Точно. Наши-то сразу к нему кинулись, когда не смогли Тамару найти. Но он с директором на какой-то конференции, мобильные выключены.

— Невероятно! Ну отчего цветущая женщина может умереть ни с того ни с сего? А, Ир?

— Сердце, наверное, — предположила Ира. — Больше вроде бы не с чего ей помирать. Как вчера на дачу съездили?

— Плохо, — не сразу ответила Лера. — К нам щенок прибился, играл около ворот и увязался за нами. Баловался все время, потом заскочил на стол, попил мартини из моей чашки и украл колбасу. Мартини Светка привезла.

— Она тоже с вами была?

— Мы сами удивились, когда ее увидели. Ира, у нас там щенок умер.

— От чего?

— Не знаю. Умер, и все. Мы порядок после его шалости наводили, посуду мыли и закуски заново резали, и прошло, наверное, с полчаса, пока снова вышли в сад. А он там уже мертвый.

— Ну, положим, колбасой собаку не отравишь. Колбаса твоя была?

— Моя. Накануне вечером в супермаркете купила. Да мы и сами колбасу ели, и ничего, живы.

— А мартини собаки не пьют.

— Нет, песик попил. — Лера вспомнила, как щенок лизнул ее в нос, и вздохнула.

— Скорее всего, какую-нибудь дрянь по дороге съел. Может, крыс кто-нибудь травил, а он отраву подобрал.

— Может быть, — опять вздохнула Лера. Крыс в поселке не было, а мыши водились. Вероятно, действительно кто-то разбросал отраву. — Светка сразу начала кричать, что это ее пытались отравить.

— Твоя Светка сама кого хочешь отравит! — хихикнула Ира. — Она меня на твоем последнем дне рождения просто достала. Вы с Милкой на кухне возились, а Светка к Сашке твоему приставала, выпытывала, сколько тот получает, и своей зарплатой хвасталась. Хорошо, что Саша у тебя спокойный, отшучивался, и все. Другой бы нахалку за порог выгнал. Меня она тоже попробовала подколоть, но я ее быстро на место поставила.

«Нужно вылить мартини, — окончательно решила Лера, — а то буду выглядеть дура дурой. Конечно, так и было, кто-то травил мышей, а отравил щенка. Это только Свете могло прийти в голову, что ее хотели убить. Что вообще кого-то хотели отравить тем вином. Бред!»

Подружки купили теплый хлеб, огурцы, помидоры и успели перекусить, сидя на лавочке в маленьком институтском дворике, перед тем как разойтись по своим рабочим местам.

* * *

Отчего-то сегодня Лиза проснулась, чувствуя себя одинокой и совершенно несчастной, хотя особых причин для такого пакостного настроения не было. Вернее, причина имелась, но она, эта причина, ведь не сегодня же появилась.

Лиза сварила кофе, прикинула, что приготовить детям и мужу на завтрак, решила накраситься, но не стала. День обещал быть солнечным. Удивительный апрель в этом году, Лиза такого не помнила за все время, что жила в Москве. У нее на родине, в Ростове, к солнцу и теплу привыкли, хорошей погоде не радовались, подобно столичным жителям, воспринимали как должное. Теперь-то Лиза научилась ценить каждый солнечный день. Тогда ей начинало казаться, что все у нее в жизни отлично, и сама жизнь еще впереди, и она в ней не пропадет. Она, молодая красивая женщина с дипломом врача, всегда сумеет найти работу и не будет ни от кого зависеть.

Большой ошибкой все-таки было бросить работу. Конечно, детей должна воспитывать мать, кто же спорит, но это хорошо, когда мать уверена в собственном муже и собственном будущем. А Лиза ни в чем не уверена. Нужно было идти работать, тогда все было бы по-другому. Тогда она не зависела бы от ненадежного Славки и от свекра, который не сегодня завтра женится. Седина в голову, а бес в ребро, как говорится.

Ей хотелось немного посидеть в тишине, подумать обо всем спокойно. Но из детской послышались звонкие голоса, и сразу же проснулся Слава. Лиза окунулась в привычные утренние хлопоты. И только отведя детей в детский сад, смогла вернуться к своим невеселым мыслям.

Отцом Слава оказался хорошим. Прямо скажем, вопреки ее опасениям. С детьми возится много и с удовольствием. А вот муж из него совсем неподходящий.

Во-первых, все дела фирмы остаются в руках Виктора Федоровича, а сын фактически работает у него наемным химиком-технологом с зарплатой, хотя и вполне приемлемой, даже для Москвы, но все-таки далеко не такой, какой хотелось бы. Ну а во-вторых и главных, Слава не любит Лизу. И нет никаких гарантий, что не полюбит какую-то другую женщину, ради которой будет способен оставить жену и детей. Поэтому она сейчас и чувствует себя еще более одинокой, чем когда впервые приехала в Москву.

Тогда-то Лиза свою внешность оценивала высоко, одни по-настоящему голубые глаза чего стоили (впрочем, и теперь ценит, только уже знает, что любой внешности на самом деле цена невелика), совершенно не сомневалась, что вожделенная столица будет лежать у ее ног. Еще привыкая к суматошным московским улицам, она тогда всерьез размышляла, где лучше жить — в загородном особняке или в московской квартире. Причем квартиру себе представляла не иначе как в каком-нибудь шикарном высоченном новом доме или, наоборот, в старом, капитальном, сталинском.

Поступать Лиза собиралась в медицинский институт. Сначала мечтала стать артисткой, но мать убедила, что профессию нужно иметь настоящую, всегда и всем нужную, потому что неизвестно, какие сюрпризы может преподнести непредсказуемая жизнь. К экзаменам Лиза готовилась прилежно и добросовестно, она вообще все делала прилежно и добросовестно, и в институт поступила сразу, с первой попытки, опрокидывая прочно сложившееся в родном городе мнение, что без блата или взятки в московский вуз не попадешь.

Студенческие годы пролетели мгновенно. Подружки-однокурсницы выходили замуж, а Лиза все никак не встречала своего избранника, который полюбил бы ее до потери сознания и при этом имел бы особняк или огромную квартиру. Конечно, парней у нее было много, побольше, чем у тех же подружек-однокурсниц, да вот по-настоящему стоящего не попалось. Не за рядового врача же выходить, в самом деле. Она и сама обычный врач, с грошовой зарплатой. Нет, такого счастья ей не нужно.

И Лиза терпеливо ждала. Устроилась участковым терапевтом в районную поликлинику, вела прием, ходила по вызовам. Район был почти в центре, дома кругом стояли замечательные, именно то, что надо. И машины у подъездов впечатляли. Но вызывали ее, как правило, старики и старушки, а вовсе не молодые привлекательные мужчины, готовые немедленно влюбиться в красавицу-доктора.

К Дарье Степановне Кузьменко Лиза приходила часто, иногда даже без вызова. Тетка явно дышала на ладан, сердце ни к черту не годилось, а Лиза к работе относилась исключительно добросовестно. Именно так и надо к своему профессиональному долгу относиться, сразу для себя решила она, и этому правилу неукоснительно следовала.

Лизе нравилась интересная, еще совсем не старая женщина, которая имела все, чего так хотелось ей самой, и которая это все, то есть и прекрасную квартиру, и загородный дом, променяла бы на возможность нормально, не болея, жить и работать. Про загородный дом Лиза знала — Дарья Степановна как-то упомянула, что у них отличный особняк за городом, да только жить там она не может: пока «Скорая» доедет, можно и на тот свет отправиться.

Женщина поила доктора потрясающе вкусным чаем, дарила участковой дорогие духи и просила заходить почаще. Иногда Лиза встречала у Дарьи Степановны ее сына Славу, который вежливо и равнодушно здоровался, ласково целовал мать и убегал по каким-то своим то ли рабочим, то ли сердечным делам.

Странно, но Вячеслава Лиза никогда не рассматривала как потенциального мужа. А Виктора Федоровича стала рассматривать сразу, едва увидела. Сразу и всерьез.

В тот день она решила обязательно заглянуть к Кузьменко, ведь не была у Дарьи Степановны больше двух недель, и пора проведать даму. Но обход больных по вызовам затянулся, вовсю свирепствовал грипп, хотя официально эпидемия еще не была объявлена, и закончила Лиза поздно, в девятом часу. Вообще-то с районом ей повезло, в центре плотность населения значительно ниже, чем в окраинных спальных районах, поэтому у нее была возможность уделять каждому пациенту чуть больше внимания, чем районный терапевт в каком-нибудь Бибиреве. Она и уделяла. И ей было приятно, что больные это ценят.

В подъезд, где жили Кузьменко, Лиза вошла совершенно вымотанной, решила, что никакие чаи пить не станет и дольше десяти минут не задержится. Лифта она ждала вместе с высоким немолодым мужчиной, на которого от усталости почти не обратила внимания, хотя обычно мужчин от тридцати до пятидесяти лет украдкой разглядывала и даже как бы примеряла к себе. Она вышла на нужном этаже, протянула руку к кнопке звонка, но не успела позвонить — попутчик, вежливо улыбнувшись, слегка отодвинул ее и открыл дверь своими ключами.

— Елизавета Дмитриевна? — спросил он, догадавшись, кто перед ним, пропуская врача в квартиру. И опять улыбнулся. Чуть-чуть, почти незаметно.

Глаза у него были серые, усталые, и сам хозяин дома выглядел уставшим, было заметно, что улыбается мужчина через силу и больше всего хочет, чтобы докторша провалилась к чертовой матери.

— Да, — понимающе кивнула Лиза. И твердо пообещала: — Я на пять минут, не дольше.

Тут в прихожей возникла Дарья Степановна, удивленно ахнула и, увидев Лизу, защебетала. Лиза измерила ей давление, пульс, задала все полагающиеся вопросы, отказалась от ужина и пошла одеваться. Виктор Федорович — правда, тогда Лиза еще не знала, как зовут супруга больной, возник словно ниоткуда и, не глядя на нее, объяснил:

— Я вас провожу. Поздно уже.

Лиза начала отказываться, но мужчина не слушал, и только выйдя из подъезда, спросил:

— Вам куда?

— К метро.

Она ждала, что муж пациентки спросит, куда ей ехать, но тот не спросил. И вообще ни о чем не спросил, они так и шли молча, но, странное дело, Лизе было очень приятно идти по темной холодной Москве со своим молчаливым провожатым.

Уже у самого метро Кузьменко остановился, слегка придержав спутницу за локоть, и сунул ей в руки конверт. Лиза не сразу поняла, что он дает деньги, а когда уразумела, гневно вернула конверт.

— Я не поэтому к вам прихожу!

От обиды она чуть не заплакала, хотя и сама не поняла, почему и на что так обиделась. Деньги пациенты совали и раньше, и она никогда не отказывалась. В конце концов, духи, которые дарила ей жена этого мужчины, тоже стоили денег.

— Возьмите, пожалуйста, — попросил Кузьменко, глядя на нее как-то по-новому, словно открывая для себя.

Лиза помотала головой, и он снова придержал ее за локоть, снова попросил:

— Возьмите. Я очень вам благодарен за Дашу, и мне хочется вас хоть чем-то вознаградить за работу. Купите себе какую-нибудь ерунду.

Мужчина улыбнулся как-то виновато, и Лиза не выдержала, тоже улыбнулась. Он взял ее за руку, сунул в пальцы злополучный конверт и, чуть помешкав, поцеловал замерзшую ладонь. Потом быстро кивнул, словно разозлившись на себя, и, не оглядываясь, пошел назад. А Лиза неожиданно подумала, что он, скорее всего, никогда не изменял своей Даше.

В конверте оказалась тысяча долларов, огромная по тем временам для участкового терапевта сумма.

Лиза ехала в полупустом вагоне, вспоминала, как хорошо было идти рядом с высоченным Кузьменко, как робко тот поцеловал ей руку, и отчаянно завидовала старой больной Дарье Степановне. Не то чтобы она сразу влюбилась в уставшего дядьку с серыми глазами, просто ее мечта об обеспеченном и надежном муже обрела четкую телесную оболочку.

А теперь... теперь ее мечта воплотится для другой. Для Светки.

* * *

Мила любила домашнюю работу. С удовольствием готовила, с удовольствием убирала квартиру, чего Костя никак не мог понять и все шесть лет их брака навязывал жене домработниц. Но Мила решительно отказывалась. Зачем? Ей не трудно все сделать самой. Вот чего ей действительно не хотелось, так это ходить на службу.

Окончив институт, она недолго проработала младшим научным сотрудником в известном НИИ, куда ее устроил отец. Этого недолгого времени сполна хватило, чтобы навсегда отбить охоту вставать в половине седьмого, наспех краситься, а потом целый день слушать бесконечные разговоры сослуживцев, которые ее совсем не интересовали, о семьях, о грядущих повышениях и сокращениях и еще черт знает о чем. Отец, проректор одного из крупных вузов, хотел, чтобы дочурка занималась наукой, но никакая наука Милу не привлекала. И когда представилась возможность выйти замуж за Костю, девушка не раздумывала. Она хотела быть просто женой. Ей нравился Костя. И очень нравилось, как красиво тот за ней ухаживает: с неизменными цветами, с походами в рестораны, на выставки и в театры. Тогда она не любила Костю, а вот сегодня отчего-то впервые задалась вопросом, любит ли его сейчас. Вопрос был глупым и ненужным, но Мила не могла от него отвязаться. Она заботилась о муже, ждала его с работы, волновалась, когда Костя задерживался или болел, но любить...

Раздался телефонный звонок, и Мила обрадовалась, отключаясь от дурацких мыслей.

— У меня печальная новость — Тамара умерла, — огорошила ее Лера. — Ты уже в курсе?

— Н-нет, — протянула Мила. — Откуда же мне знать?

— А мне Ира сказала. Тамара сегодня на работу не вышла, а когда кто-то поехал к ней домой, нашел ее уже мертвой. Ну, насколько это Ире известно. А Костя на какой-то конференции, да?

— Да, — подтвердила Мила, — на конференции.

Положила трубку и задумчиво прошлась по квартире. Тамара была Костиной подругой с юности, уже сто лет. Мила видела ее редко, разве что на днях рождения мужа, и не хотела бы видеть совсем. Тамара явно терпеть не могла жену Константина, и Мила платила женщине тем же. Сначала скрытая Тамарина неприязнь очень обижала, но потом Мила научилась не обращать внимания. Ну, почти привыкла.

На любую Милину фразу Тамара кривила губы, словно кроме абсолютного вздора супруга друга юности не в состоянии произнести ни слова. А Мила, между прочим, окончила школу с золотой медалью, институт с красным дипломом, прекрасно владела тремя иностранными языками и была вполне способна поддержать беседу на любую тему. В конце концов в ответ на ехидную Тамарину мимику она научилась понимающе улыбаться. Правда, сначала пыталась поговорить с Костей о неприятной манере его приятельницы. Но тот ее словно не понимал. Впрочем, может быть, и в самом деле не понимал.

Сегодня муж пришел рано, намного раньше обычного — видимо, после конференции на работу уже не стал заезжать, и Мила, услышав, как поворачивается ключ в замке входной двери, выбежала в прихожую. Константин выглядел не таким измученным, как вчера.

— Ты знаешь, что Тамара умерла? — дождавшись, когда муж, как обычно, поцелует ее, спросила Мила.

— Н-нет, — совсем как она недавно, протянул тот.

Костя казался удивленным, но Мила отчетливо поняла — знает. Она уже давно умела чувствовать настроение супруга, врать ей было бессмысленно.

— У меня мобильный выключен был. Я его отключил, когда доклады начались, — пустился в объяснения Константин и зачем-то даже продемонстрировал ей свой телефон, достав его из кармана плаща. А потом спросил, как ей стала известна печальная новость.

Затем они разговаривали просто так, ни о чем, но у Милы стучало в висках — знает. Да, да, Костя, когда пришел, уже знал, что Тамары больше нет. Откуда? И почему пытался скрыть это?

Почему-то ей стало так страшно от Костиного вранья, словно Костя мог быть причастен к неожиданной Тамариной смерти. «Чушь, глупость! — осадила себя Мила. — Подобного не может быть! Я просто никак не успокоюсь из-за собаки...»

* * *

Казанцев разглядывал потолок и, казалось, ни о чем не думал. Но на самом деле думал, конечно, и мысли были неприятные. Среди работников электростанции ходили упорные слухи, что надбавки к окладу, которые составляли значительную часть зарплаты, будут сокращать. Если так, то он станет получать меньше Леры, а допустить этого ни в коем случае нельзя. Самым лучшим вариантом тогда будет перейти в Сетевую компанию, но именно диспетчером, никакой другой должности, тем более связанной с бумажной волокитой, Александр категорически для себя не желал. Уходить со станции не хотелось. Он поступил туда, еще будучи студентом. Начинал монтером, и работа ему нравилась. Работа и сейчас ему нравится, не радует лишь зарплата.

Очень хотелось спать, но снова заснуть вряд ли удастся. Сашу разбудила мать, которая звонила ему домой, то есть в квартиру Лериных родителей, где жил сын, только днем, когда Леры не было. Сегодня он разозлился: отдохнуть получилось не больше двух часов. А ведь мать прекрасно знала, что сын пришел с ночной смены. Позвонила и, как обычно, принялась жаловаться на здоровье. Александр слушал вполуха, потому что давно привык к ее постоянным жалобам.

Собственно, другой он ее и не помнил. И прекрасно понимал, что большинство болезней родительницы, если не все, выдуманные. Насторожился только тогда, когда она заговорила о новом чудодейственном средстве, помогающем всем и от всего. Название, правда, сразу же забыл, а вот цену запомнил. Цена впечатляла. Если зарплату все-таки понизят, с покупкой лекарства возникнут большие проблемы.

Желания матери поболеть Саша никогда не понимал, хотя давно перестал удивляться.

— Пойми, женщине просто хочется внимания, — объясняла ему Лера. — Звони ей почаще. Заезжай, посиди, поговори о чем-нибудь.

Казанцев посмотрел на часы и заволновался — Лера уже должна быть дома. Но ее нет. Что-то стряслось? Судорожно потыкал в кнопки мобильного, но автоматический голос сообщил, мол, абонент временно недоступен. Александр быстро оделся и отправился встречать Леру к метро.

Его настоящей болью было то, что мать Леру терпеть не могла. Прямо об этом не говорила, но он чувствовал. Вернее, совсем давно, когда только-только представил ей подругу, родительница стала высказывать свое мнение о девушке, но он пресек ее речи сразу и навсегда.

Саша достал из кармана часы и по-настоящему испугался — почти восемь, а Леры все еще нет. Тут он наконец увидел ее среди выходящих из метро людей, шагнул к ней, обнял, уткнувшись в пушистые волосы, и только сейчас заметил, какой сегодня выдался хороший, по-настоящему весенний вечер.

По дороге к дому Лера что-то рассказывала, но Казанцев почти не слушал, вернувшись мыслями к работе, зарплате и новому лекарству матери.

Лера была рядом, и все трудности казались преодолимыми.

* * *

День выдался суматошный. Неожиданно выяснилось, что для партии продукции, которую необходимо сдать в мае, не хватает сырья, и Света долго обзванивала поставщиков, ругалась с ними, просила, умоляла. Только к концу рабочего дня вспомнила, что с утра ничего не ела. И поняла, что смертельно устала.

— Хотите, кофе сделаю, Светлана Леонидовна? — сунулась в кабинет Катя. — А могу в булочную сбегать, пирожков купить. Хотите?

— Спасибо, не надо, — отказалась Света, оценив заботу секретарши. Ведь слышала, как та договаривалась с кем-то о свидании сегодня вечером. — Спасибо, иди домой.

Не хватало еще, чтобы секретарша торчала здесь. Тогда поговорить с Виктором просто так, без посторонних, не получится.

Светлана с удовольствием потянулась, закинув руки за голову, закрыла глаза, глубоко и размеренно подышала и, почувствовав, как усталость отступает, направилась в кабинет директора. Катя, к счастью, уже ушла, можно было не бояться, что сунется в неподходящий момент. Естественно, ничего лишнего Света и Виктор на работе себе не позволяли, но близкие отношения не скроешь, и секретарше лучше не сидеть за дверью.

Кузьменко заулыбался, подняв голову от бумаг и наблюдая, как Светлана идет к нему через небольшой кабинет. Поймал, протянув руку, ее за талию, усадил к себе на колени.

Он тоже очень устал и тоже, скорее всего, ничего не ел с самого утра. Однако сидеть вот так, обнявшись, было настолько хорошо, что не хотелось не только уходить, но даже шевелиться.

Может, плюнуть на все, подумала Света, и поехать к Виктору? Вообще-то она решила не появляться у него, пока мужчина не разродится наконец нормальным предложением, но... Что они, дети, прятаться ото всех? Стесняются секретарши, его родных... Надоело!

Мобильный, брошенный на стол, напрягся и зарычал, Виктор протянул к трубке руку, слегка отодвинув Светлану.

Лиза, поняла она. Никак в покое не оставит. Стерва.

Лиза говорила что-то про дочку Дашу. Света старалась не слушать, но в тихом помещении все равно было слышно.

— Свет, — виновато произнес Виктор, бросив телефон назад на стол, — Даша заболела, я должен ехать.

Ей было ясно как божий день, что никто ничем не заболел и что Лиза использует любой предлог, лишь бы не дать Виктору возможности побыть с ней, со Светланой.

— Что с малышкой? — участливо спросила она про маленькую внучку своего избранника.

— Лиза не понимает и нервничает. Она же не педиатр.

Тут Виктор Федорович подумал, что изрядно сомневается в компетентности невестки как доктора вообще. И всегда сомневался, поэтому к покойной жене вызывал совсем других врачей, которым много платил и на которых выходил исключительно через знакомых. Кузьменко чуть вслух не ляпнул о своих мыслях, но вовремя остановился — ругать невестку он себе не позволял. Добавил только:

— Температура небольшая, простуды вроде бы нет, но Дашка капризничает, плачет.

— А врача Лиза вызвала?

— Нет. При такой температуре неотложку вызывать глупо, а участкового поздно.

Мужчина спешно натягивал плащ, проверял, не забыл ли ключи и телефон. Света тихонько покачала головой, восхищаясь находчивостью его невестки. Что может быть проще? Всего и надо-то сказать, что заболела внучка, и любящий дед обязательно кинется к больному чаду. Виктор внуков любил, беспокоился о них, и его реакцию просчитать не стоит особого труда.

Господи, неужели он не понимает, что Лизе нужно только одно — чтобы свекор был с ней, а не со Светланой?

Конечно, не понимает. И самое печальное, что она не знает, как ему это объяснить.

— Хочешь, я тебя подвезу?

— Нет, Витя, спасибо. Езжай. Я сама доберусь. И позвони, если с Дашкой что-то серьезное.

— Угу.

Любовник чмокнул ее в нос, потом около уха, и она почти физически почувствовала, что мысленно он уже не здесь, а где-то там, с якобы больной внучкой. Вернее — с Лизой. А ведь совсем недавно казалось, что у нее все получилось...

Сразу после новогодних каникул Света явилась на работу в новых сапогах. Сапоги были красивые и жутко дорогие, на высоких каблуках, совершенно непригодных для московской зимы и обледенелых тротуаров. Делать в каникулы было совершенно нечего, Светлана болталась по магазинам, купила понравившуюся обувку и не смогла устоять перед соблазном покрасоваться в ней на работе. Днем она с удовольствием крутила ногами перед Катей и бухгалтершей Раисой Николаевной, а вечером, спускаясь почти в темноте с крыльца офиса, не устояла, поехала по скользким ступенькам вниз и грохнулась, очень больно приложившись бедром и локтем. Не видя, что сзади идет Виктор Федорович, попыталась, чуть не кряхтя, встать, но начальник как-то сразу оказался рядом и легко и обидно, как мешок с тряпьем, поднял ее. И тут же торопливо стал всю ощупывать — на предмет переломов, видимо.

— Не надо, — чуть не оттолкнула его Света, — со мной все в порядке.

Вот тут и выяснилось, что один из великолепных каблуков сломан. А поскольку в тот день она приехала на метро, шефу пришлось отвезти ее домой. Ему давно уже хотелось ее проводить. К тому времени ему уже хотелось быть с ней и видеть ее постоянно, и Света это знала.

Сидеть на ее маленькой кухне ему было хорошо. И потом, ночью, мужчине тоже было хорошо. Может быть, от того, что у него давно не было женщины, может быть, еще почему-то. Одним словом, к утру Светлана знала, что отныне может делать с Виктором Федоровичем что хочет.

Тогда она не сомневалась, что очень скоро станет его женой.

Она и сейчас не сомневалась. Но... Лиза оказалась серьезным противником.

Пятница, 23 апреля

В вестибюле здания висел некролог, и Лера присоединилась к небольшой кучке людей, стоящих перед большой фотографией главного бухгалтера. На столе под снимком в траурной рамке стояли в вазочке красные гвоздики. На портрете Тамара Станиславовна получилась хорошо, настоящей красавицей, и Лера опять подумала, как неожиданна ее смерть.

— Вот ведь ужас какой! — тихо произнесла рядом Алла Борисовна. — Я только в понедельник ее видела, мы с ней еще потрепались немного.

Алла Борисовна работала в институте давно, наверное, всю жизнь, и Лере часто казалось, что эта женщина знает и помнит всех, кто хоть когда-нибудь появлялся в здании.

— А отчего она умерла, Алла Борисовна?

Та слегка потянула ее за рукав в направлении лифтов и, когда они отошли от реденькой толпы, тихо сказала:

— Говорят, что отравилась, но я не верю.

— Что?! — ахнула Лера. — Бред какой!

Сама она главного бухгалтера знала мало, но о жестком характере ясноглазой Тамары Станиславовны была вполне наслышана от подруги Иры.

— Вот именно, бред. Она была... боец.

— Так, значит, ее убили?

— Что вы, Лерочка! — опешила Алла Борисовна. — Я совсем не это имела в виду. Человек в любом возрасте может умереть скоропостижно. А мог иметь место и просто несчастный случай.

— А... почему же пошли слухи, что Тамара Станиславовна отравилась?

— Всех дур не переслушаешь! — резко ответила Алла Борисовна. Женщине явно не хотелось откровенничать на эту тему, и она перешла совсем на другие, заговорила о служебных делах.

Лера еще не успела отпереть дверь своей рабочей комнаты, как появилась технолог Галина Николаевна, высокая темноволосая дама. Та еще две недели назад должна была передать ей рабочие материалы по текущему проекту, но в подборке не хватало то одного, то другого, то третьего документа, и продолжать работу было невозможно.

Два месяца назад генеральный директор назначил Леру, неожиданно для нее самой, руководителем проекта, и это вызвало большое недовольство сослуживцев, работающих в институте гораздо дольше.

И хотя назначение было вполне оправданным — Лера уже давно тянула на себе основной фронт работ и новой должности полностью соответствовала, — это не нравилось многим, в том числе ей самой. Леру, естественно, не обрадовали зависть некоторых сослуживцев, их косые взгляды и ехидные замечания, хоть девушка и старалась не обращать на них внимания. Тем же, кто на это место метил, разумеется, стало обидно. А метила на должность как раз Галина Николаевна.

— Что вы опаздываете? — сейчас раздраженно спросила женщина.

— Я не опаздываю, — улыбнулась Лера, которая потихоньку начинала учиться давать отпор раздраженным дамам. Иногда ей это удавалось, иногда нет.

— Опаздываете!

— Разве? — опять улыбнулась Лера, пропуская рассерженную тетку вперед, в комнату, и кивая на висящие над дверью часы. До начала рабочего дня оставалось три минуты.

Вообще-то делать ей замечания Галина Николаевна не имела никакого права. Формально Лера подчинялась начальнику своего отдела, очень пожилому и почти постоянно болеющему, а фактически — только генеральному директору, который самолично руководил основными проектами. К тому же рабочий день в институте давно стал «плавающим», народ приходил, когда хотел, и уходил тоже, благо пропускная система автоматически фиксировала время прихода-ухода, и всегда можно было определить, кто и сколько находился на работе.

Комната была небольшой, уютной, рассчитанной на три рабочих места, из которых постоянно было занято только одно — Лерино. Другое принадлежало женщине, третий год находившейся в отпуске по уходу за ребенком, а третье пустовало, потому что молодой инженер, оставшийся было в институте после прохождения преддипломной практики, нашел себе более выгодную и перспективную работу и полгода назад уволился.

— Посмотрите почту. Я переслала все, что вам нужно. — Галина Николаевна всегда говорила очень уверенно и очень раздраженно, как будто собеседники до смерти ей надоели. Впрочем, вероятно, так и было.

Лере хотелось сказать, что только она сама может решить, что ей нужно, но не стала. Включила компьютер, открыла пришедшие по электронной почте материалы, быстро проглядела и поняла, что все триста страниц отчета придется переписывать, выуживая из раздутого текста крупицы необходимой информации.

Нет, не права Алла Борисовна, назвав коллег бездельниками. Это совсем другая болезнь, и называется она профессиональной непригодностью.

— Галина Николаевна, я составлю таблицы по вашему отчету и пришлю вам на согласование.

— Это еще зачем? — насторожилась женщина. Потом подумала и пожала плечами. — Как вам угодно!

Лере было угодно не тратить время на переделку отчета, но иного выхода не имелось — время уходило, срок сдачи работы неумолимо приближался.

Она переложила сумку, впопыхах брошенную на соседний стул, на привычное место, на тумбочку, где сейчас в целлофановом пакете так и лежала пластиковая бутылочка с мартини, вчера Лера забыла ее выбросить. Поразмышляв, сходить ли к мусорным контейнерам прямо сейчас или подождать до обеда, девушка решила, что ничего страшного не произойдет, если емкость побудет тут еще несколько часов, и сунула пакет с бутылкой в сумку.

Оторвалась от компьютера Лера, только когда зазвонил телефон, и удивилась, что время уже приближается к обеду.

— Я иду, — коротко объявила Ира.

— В курилку или ко мне? — уточнила Лера. Иногда подружки встречались в курилке, но чаще в Лерином кабинете, где никто не мешал разговаривать.

— К тебе.

Ирина появилась почти мгновенно, и по одному ее виду было ясно, что несет она сногсшибательные новости.

— Некролог видела?

— Угу, — кивнула Лера. — Слушай, я утром с Аллой Борисовной разговаривала и поняла, что о смерти Тамары Станиславовны какие-то слухи ходят. Ты в курсе?

— А-а, ты уже знаешь, — расстроилась Ира, уселась в кресло напротив и принялась покачиваться. — А я хотела тебя удивить. Короче, умерла Тамара во сне. То есть, когда наши квартиру открыли, в постели находилась, как будто спала. А на столе лежала предсмертная записка. Ну, там текст, как обычно бывает:

прошу никого не винить, и все такое. Вообще-то это большой секрет, руководство не хочет, чтобы по институту все кому не лень языками трепали, поэтому решено про самоубийство никому не говорить. Все-таки главный бухгалтер, не последний человек в институте. Я сама случайно услышала. К ней вчера Татьяна Анатольевна, ты ее знаешь, полная такая тетка, ездила, которая с Тамарой дружила. Так вот, Татьяна по секрету еще двум своим подружкам сегодня утром рассказывала, что на столе на самом видном месте лежала предсмертная записка. Но очень тихо говорила, я почти ничего разобрать не смогла.

— Алла не верит, что Тамара могла такое сделать. А она ее давным-давно знает.

— Я тоже не верю. Я скорее поверю, что главбуха убили.

— А записка?

— Подумаешь, записка! На принтере любой хоть сто записок напечатает. Чтобы Тамара себя убила? Да она сама кого хочешь убьет. Проглотит и не подавится. Такая вот стерва, хоть и грех о покойнице плохое говорить. Ты, наверное, не помнишь, у нас ее заместителем Ольга Антоновна работала. Бухгалтер была от бога, очень хороший, не в пример Тамаре. Так Тамара ее буквально затравила, Ольга и уволилась.

— Как затравила?

— Да придиралась все время, такую работу заставляла делать, какую любая дурочка сможет. Трудно объяснить, но ты, наверное, представляешь. И чтобы эта зараза на себя руки наложила? Ни за что не поверю!

— Ладно, бог с ней, пошли обедать, — вздохнула Лера.

До конца рабочего дня Лера успела сделать многое. Даже больше того, что запланировала. Оторвалась от компьютера, только когда позвонил Саша и доложил, что купил все продукты по списку. Лера всегда оставляла ему список необходимых покупок, когда Казанцев не работал в дневную смену.

— Уже ухожу, Саш. Компьютер выключу и бегу.

Тут она, сунув мобильный в сумку, наткнулась на так и не выброшенную бутылочку мартини. Все же решив, что ее необходимо наконец выбросить, Лера направилась не к выходу из института, а во внутренний дворик, к мусорному контейнеру.

— Что выбрасываем? — услышала она над ухом, копаясь в сумке, знакомый голос. И обрадовалась:

— Привет, Леня.

Леонид Дорышев, начальник химического участка, ей нравился. Лера ему, кажется, тоже. По работе они не сталкивались, просто курили вместе на пожарной лестнице, так и познакомились. И с Ирой Басмановой, кстати, она познакомилась там же, в курилке. Сначала люди курят молча, стараясь не встречаться глазами с незнакомыми коллегами, потом начинают кивать друг другу при встрече, а потом оказывается, что эти люди тебе близки и приятны.

— Так что в бутылочке-то? — улыбнулся Леонид.

— Мартини, — призналась Лера и засмеялась. Ей почему-то часто хотелось смеяться в его присутствии.

— Поделись, не выбрасывай, — жалобно попросил мужчина, но смотрел на Леру вполне серьезно.

— Нет, не поделюсь. Понимаешь, Леня... — Лера замялась, и Дорышев «подсказал»:

— Ты собиралась кого-то отравить, а потом передумала?

Лера посмотрела в улыбающиеся глаза и неожиданно решилась:

— Леня, у меня загадочная история случилась. Мы позавчера с подругами на дачу ездили, и к нам щенок прибился. В общем, так получилось, что он попил мартини. И умер. Примерно через полчаса.

Тут она отвернулась, потому что про щенка говорить стало трудно, и тогда Леонид одной рукой повернул ее себе, заглянул в глаза и догадался:

— Ты хотела взять собачку себе?

Ну вот, вроде посторонний человек догадался, а Саша вчера, когда Лера попыталась рассказать ему про щенка, даже не слушал. Делал вид, что слушает, но не слушал, она точно знала. Потому что все про него знала. И так Саше ничего и не рассказала.

— Да, — кивнула Лера. — То есть не хотела, но... взяла бы.

Почему-то под взглядом Лени спрятавшиеся вчера утром слезы снова подступили к глазам, и она опять отвернулась.

— Не знаю, чем смогу тебе помочь, Лер, — задумался Дорышев. — Все-таки у нас совсем другая химия. Яды искать не мой профиль.

— Да и не надо ничего искать, — она пожалела, что вообще заговорила о позавчерашней поездке. — Скорее всего, щенок какой-нибудь дряни по дороге наелся.

— Нет, я все же попробую, — твердо решил Дорышев, перехватив руку Леры, — та уже замахнулась, чтобы бросить бутылку в высокий контейнер.

Покрутил бутылку в руках и неожиданно зло усмехнулся:

— Что-то много отравлений вокруг...

Таким Лера приятеля еще ни разу не видела, обычно Леня всем улыбался. Не в полный рот, как американцы, а легко, одними глазами.

— Ты... про Тамару Станиславовну?

Дорышев ничего не ответил, и тогда она догадалась:

— Ты ее знал, да?

Под этим «знал» имелось в виду, что женщина была знакома Леониду не только по работе. Лера думала, что Леонид промолчит, и устыдилась собственной бестактности: не ее дело, кого тот знает. Но он ответил:

— Да.

И опять Лера догадалась: Дорышев не только знал главного бухгалтера, их связывало что-то глубоко личное, и гибель голубоглазой Тамары мужчина переживает тяжело. Ей очень хотелось выяснить, что за темные слухи ходят вокруг Тамариной смерти, но она не решилась, конечно, что-либо еще спрашивать.

— Пока, Лень, — кивнула просто. И заранее поблагодарила: — Спасибо.

Леонид смотрел ей вслед и с трудом подавил желание догнать Леру. Он давно ни с кем не откровенничал, а с ней почему-то захотелось. Захотелось сказать ей, что у него никого нет на всем белом свете, что на свидания с родственниками он ездит на кладбище к трем ровным могилам, а со смертью Тамары остался совсем никому не нужным. Почему-то про женщин, периодически появлявшихся в его жизни, Дорышев в этот момент совсем не помнил.

Леня зло пнул попавшуюся под ноги сухую ветку, подышал глубоко, успокаиваясь и глядя на хмурящееся небо, и направился назад в институт. В лабораторию. Все-таки с довольно странной историей Леры следовало разобраться.

* * *

Глаза от компьютера устали, и Света аккуратно, чтобы не размазать тушь, двумя пальцами потерла веки. Нужно пройтись, решила она, просто погулять по улицам хотя бы полчасика. В конце концов, она же женщина, а не ломовая лошадь, чтобы тащить на себе все дела фирмы. Виктор давно ее деловые качества оценил, а больше ей ничего и не нужно.

«Выйду замуж и буду сидеть дома, как Лизка», — пообещала себе Светлана, понимая, что никогда так не поступит. Характер не тот, дома не выдержит. Ей нужно быть среди людей. Ей нужно, чтобы ею восхищались, а иногда даже чтобы побаивались! И чтобы она сама могла собой гордиться.

— Катя, — крикнула она, приоткрыв дверь, — я выйду на полчасика. Если Виктор Федорович спросит, скажи, что пошла прогуляться.

— Пошли вместе прогуляемся, — резко открывая дверь и едва не стукнув ее створкой Свету по лбу, предложил нечасто появляющийся в офисе директорский сын.

— Пошли, — засмеялась она. — Ты зачем приехал?

— С тобой поговорить, — усмехнулся Вячеслав.

На улице оказалось восхитительно хорошо. «Буду ходить гулять каждый день, даже в дождь», — пообещала себе Света. Покосилась на спутника и, как всегда, отметила, что тот — красивый парень и очень похож на отца.

— Так что у тебя за разговор?

— Я хочу, чтобы ты перевела Анастасию Горовец каким-нибудь маленьким начальничком на второе производство. В Бибирево, — помолчав, попросил Слава.

Фирма имела два производства: на Рижской, которое возглавлял Вячеслав, и в Бибиреве.

— Каким начальничком? — уточнила Света.

— Ну-у... Не знаю, сама придумай. Пусть руководит хоть лаборантами, которые пробирки моют.

— Нет! — решительно отрезала она. — Ты спятил? Настя стерва и дура редкостная. Ей никем руководить нельзя.

Горовец пришла в фирму в прошлом году сразу после института. К тому времени Светлана потихонечку уже подмяла под себя руководство кадрами, считая, что кадры воистину решают все. Виктору Федоровичу самое интересное она оставила — идеи, разработки, а сама тащила рутину каждодневных мелочей. За кадрами Света наблюдала пристально, ненавязчиво собирала слухи и сплетни, точно знала, кто из работников на что способен, кого нужно повышать, а кого лучше совсем уволить. Все-таки она была отличным руководителем, куда лучшим, чем Кузьменко. Директор, как правило, верил всему, что ему говорили, решения принимал скоропалительные, а в людях не разбирался вовсе. Вот и пусть занимается наукой.

О Насте мнение было единодушное: дура и стерва. Сначала держалась скромненько, разговаривала тихо, а потом у девицы прорезался голос, она без конца торчала у начальства, передавала указания, что было для настоящих специалистов прямым оскорблением, и в целом вела себя по-хамски. Причина перемены была проста и всем понятна: начальник производства Вячеслав Викторович Кузьменко не остался равнодушным к прелестям молодого инженера-технолога.

Сначала не остался равнодушным, а теперь, значит, хочет сплавить куда подальше. А чтобы не обиделась, сплавить с небольшим повышением.

— Откуда ты знаешь, что дура? Горовец работает под моим началом, и только мне судить о ее способностях. — Он хотел произнести это твердо, а получилось почему-то неубедительно.

— Нет, Слава, — устало отказала Светлана. — Виктор Федорович прикажет — тогда назначу. Но сделаю все, чтобы этого не случилось. Твоя Настя хитренькая стервочка, и назначить ее начальницей — любой! — значит поставить крест на работе подразделения. Она никогда не потерпит рядом никого умнее себя, а сама способна только на то, чтобы тебя в постель затащить.

— А что, слухи ходят? — помолчав, спросил Вячеслав.

— Конечно, — удивилась Света. — Как могут не ходить, если она же их и распространяет? Ты бы прекратил интрижки на работе. Лиза часто приезжает, вполне может что-то услышать. Тебе это надо?

— Ладно, — легко сдался Кузьменко-младший. — Тогда просто переведи Настю в Бибирево. В той же должности.

— Хорошо, — согласилась Светлана, — после праздников. Причину подыщу и напишу приказ. Как Даша?

— Даша? — не понял он. — А что с Дашей?

— Вроде она вчера приболела.

— Мне Лиза ничего не говорила. Правда, я вчера поздно пришел, Дашка спала уже.

Что и требовалось доказать. Ничем малышка не болела, просто Лиза хоть на вечер, но отняла у нее, у Светланы, Витю. Молодец, Лиза! Умница!

* * *

Сегодня Миле было стыдно, что она вчера подумала о Косте черт знает что. Вернее, даже не столько подумала, сколько весь вечер ловила себя на мысли, что ничего не знает о собственном муже. Ерунда это все! Она знает о нем главное — Костя честный, добрый и порядочный человек, и просто счастье, что он является ее мужем.

Все намеченные дела были сделаны, когда Мила решила просмотреть электронную почту. Писали ей редко, разве что Лера иногда присылала фотографии или забавную скачанную из Интернета информацию. Как правило, приходила только рассылка из различных интернет-магазинов, поэтому она и заглядывала в ящик раз в несколько дней.

Увидев непонятного адресата, обозначенного буквой «Х», Мила решила, что это спам, и сразу нажала на «Удалить». И только тогда замерла, когда появился текст письма: «Твой муж убийца». Хватит бреда, приказала она себе, решительно нажала «Стереть» и тут же пожалела, что не обратила внимания на дату получения послания. Хотя какая, собственно, разница? Она не позволит ни себе, ни какому-то идиоту заставить ее сомневаться в Косте. Только этого не хватало!

И из-за чего сомневаться? Из-за того, что Костя обманул ее, сказав, что не знает о смерти Тамары? Но мало ли почему муж мог так сказать. Просто хотел уйти от разговора, например. Не пожелал, чтобы жена выпытывала подробности.

Лере она позвонила только потому, что всегда и во всем любила ясность.

— Про Тамару известно что-нибудь? Отчего женщина умерла? — спросила Мила, точно зная, что к смерти своей давней приятельницы Костя никакого отношения иметь не может.

— Говорят, самоубийство, но Ира не верит, а она Тамару отлично знала. Несколько лет вместе работали, каждый день разговаривали. И другие не верят.

Подруга говорила что-то еще, но Мила почти не слышала слов, как будто разом утратив способность воспринимать человеческую речь.

«Прекрати! — велела себе Мила. — Это уже форменный психоз!»

Нужно было успокоиться. Мила, торопливо простившись с подругой, накинула ветровку на старенький домашний свитер и выскочила из квартиры.

И почти не удивилась, когда у самого подъезда перед ней, словно ниоткуда, появился позавчерашний полковник Роман Воронин. Или ее уже ничто не способно удивить так, как удивило письмо от адресата Х?

А Воронину срочно пришлось поехать на дальний объект: со вчерашнего дня там снова барахлила антенна. Ее уже который месяц не могли наладить. Поработает неделю-другую и дает сбой. Инженеры опять бьются над злосчастным железом. Сегодня к середине дня антенна заработала исправно, одно удовольствие наблюдать, но не было никаких гарантий, что она не начнет дурить завтра же. Или даже вечером.

Освободился Роман рано, еще вполне мог успеть доехать к себе на работу и просмотреть технические задания к двум новым проектам, но день стоял такой почти по-летнему теплый, зелень вдоль шоссе радовала глаз, и полковнику не захотелось возвращаться в свой недавно отремонтированный кабинет. Вообще-то такое случалось с ним редко. Работать Воронин любил, а не любил как раз выходные — потому что ему было абсолютно нечем себя занять. В выходные он, почти не вставая, валялся на диване, читал купленные в ближайшем книжном магазине детективы или фантастику и ждал понедельника.

Он помедлил на светофоре и, когда сзади раздались возмущенные гудки, свернул в сторону Сокольников. Ему было просто необходимо увидеть случайную знакомую, ту самую Милу. Увидеть и понять, что эта чужая, пусть и роскошная, женщина совсем ему не нужна. И перестать о ней думать. Потому что думал Роман о ней непрерывно.

Вот и увидел. Подъехал к ее подъезду, покинул салон джипа — а тут и она вышла.

Сейчас Мила показалась ему другой, не такой, как позавчера. Сегодня смотрела напряженно и словно через силу, как будто все, что ее интересовало, спрятано в ней самой, а до всего остального мира ей не было никакого дела. Женщина чем-то напугана, понял Воронин и вновь поразился ее необычной красоте. Мила оказалась еще красивее, чем запомнилась ему.

— Что-то случилось? — тихо спросил полковник, слегка наклонившись к ней.

Она потрясла головой, то ли показывая, что ничего не случилось, то ли отказываясь говорить. Тогда Роман чуть тронул ее за рукав, потянул в сторону парка, боясь, что Мила убежит и ему ничего не останется, как поехать домой в пустую квартиру и нудно и скучно коротать оставшееся до новой рабочей недели время. Сейчас такая перспектива его всерьез испугала, Воронин уже забыл, что должен доказать себе: Мила ему совсем не нужна.

А та послушно зашагала к зеленеющей стене деревьев, и он облегченно выдохнул.

Заговорил, только когда миновали калитку, пошли по неширокой аллее.

— Что случилось, Мила? Вы чем-то расстроены?

Девушка опять покачала головой, и теперь он понял однозначно — случилось, но ей не хочется об этом говорить.

Волосы у нее были длинные, ниже плеч, и возникло нестерпимое желание дотронуться до них. Захотелось сказать ей, что ему никогда не встречалась женщина красивее и что он был бы счастлив, если бы Мила позволила ему разрешить ее проблемы. Не сказал, конечно.

— Я раньше тоже жил в этом районе. Не совсем здесь, но близко. Потом, когда переехал, долго не мог привыкнуть, что ни пива негде выпить, ни на лыжах покататься. Я тут, наверное, лет десять не был или больше, а ничего не изменилось. Только вот каштаны подросли.

— А сегодня зачем приехали? — спросила она, догадываясь, что сейчас услышит.

— Вас увидеть.

Мила прекрасно видела, что... что произвела на него впечатление. Еще тогда произвела, позавчера. И ей это было приятно. И тогда приятно, и сейчас.

То ли от чистого теплого воздуха, то ли от присутствия рядом сильного немногословного мужчины Мила как-то сразу пришла в себя, и все ее страхи показались не только надуманными, а даже не вполне нормальными. Ну как она могла допустить, что Костя может быть причастен к... убийству? Даже на минуту допустить? С ума сошла, не иначе.

— Увидели?

— Да.

Роман почувствовал, что спутница мгновенно изменилась, отбросив свои таинственные проблемы, стала легкой и веселой.

— Ну и как? — усмехнулась она.

— На комплимент напрашиваетесь? — без улыбки поинтересовался Воронин.

— Напрашиваюсь, — так же без улыбки призналась Мила. — Мне много лет никто не говорил комплиментов.

А ведь действительно, как давно никто не говорил ей, что она красавица, или что-то другое, глупое и приятное. То есть Костя не говорил, потому что больше говорить было некому.

— Я никогда не встречал женщины красивее.

— Вы преувеличиваете, но все равно спасибо. — Она быстро коснулась его руки и резко повернула назад, к выходу из парка.

— Подождите, — попросил Воронин. — Давайте еще погуляем? Я же вас не съем. И не укушу.

Мила задумалась ненадолго, улыбнулась и согласно кивнула:

— Давайте.

* * *

Нужно было заняться обедом, но Лиза не могла себя заставить. Она давно сидела, уставившись на кухонные полки, и понимала, что может потерять все.

Если Виктор Федорович женится, они со Славой денег не увидят. Муж этого не понимает — или не хочет понимать? — но она-то не слепая. Уж Светка постарается заграбастать все до копейки, тут к бабке ходить не надо.

Мысли были привычные, но от этого не менее печальные. Решение придется принимать кардинальное. И принимать именно ей. Делать этого очень не хотелось: страшно и опасно, но иного выхода, похоже, нет.

Она с трудом, как старуха, поднялась и медленно обошла комнаты. Свою квартиру Лиза не любила. В общем-то неплохая, почти в центре, в капитальном сталинском доме, и ничуть не хуже той, в которой жил свекор, куда она приходила когда-то к больной Дарье Степановне Кузьменко, будучи участковым врачом. И все-таки эта квартира была хуже, потому что постоянно напоминала, что мечта не сбылась. Лиза приходила к пациентке и мечтала жить в ее квартире, с ее мужем, не хотела никакой другой квартиры, никакого другого мужа. И, постаравшись спрятать поглубже страх, Лиза привычно пообещала себе, что и Светка не получит ни Дарьиной квартиры, ни Дарьиного мужа. Она ей не позволит.

После первой встречи с Виктором Федоровичем Лиза долго не могла думать ни о чем и ни о ком, кроме высокого усталого молчаливого мужчины. Ей очень хотелось снова его встретить. Она готова была даже караулить его около подъезда, но понимала, что делать это ни в коем случае нельзя. Нельзя показать ему собственную заинтересованность, нельзя начать приходить к Дарье по вечерам, действовать нужно не спеша и осторожно. И Лиза, как раньше, навещала пациентку днем, раз в две недели.

Только через два месяца она решила зайти вечером. Лиза заранее наметила для себя день и с замиранием сердца ждала, когда тот наступит. Заметно волновалась, звоня в квартиру, и ругала себя за свое волнение.

Дверь ей открыл Вячеслав, мрачный, осунувшийся, почерневший, и Лиза еще до того, как он начал говорить, поняла: все ее планы рухнули.

— Матери больше нет, — глядя мимо доктора, буркнул сын Дарьи Степановны.

Что-то такое, видимо, отразилось на ее лице, потому что Слава помедлил, распахнул дверь и предложил:

— Заходи. Помянем.

Конечно, он решил, что молодой врачихе жалко его мать, и был благодарен ей за эту жалость. У него даже голос изменился, сделался через силу доброжелательным. И сам Слава мгновенно стал похожим на своего отца. Впрочем, парень и без того был похож на отца.

Потом, много позже, Лиза поняла, что совершила тогда непоправимую ошибку. Нельзя было размениваться на сына, нужно было добиваться отца, как и намечала. Но в тот момент ей показалось, что у нее уже не хватит сил на борьбу, и она шагнула в квартиру, о которой так долго мечтала.

Тот вечер Лиза помнила плохо. Навалилась усталость, накопленная за длинный рабочий день, да еще смерть Дарьи выбила из колеи, поэтому выпитая рюмка водки сразу оглушила ее. Слава испуганно и удивленно успокаивал, потому что докторша рыдала и все никак не могла остановиться. Она оценила заботу парня, видя, что тот сам нуждается в утешении.

То, что Лиза осталась до утра, получилось как-то само собой и было ее главной ошибкой. Непоправимой.

Через месяц она позвонила в квартиру Кузьменко по городскому телефону. Если бы ответил Виктор Федорович, то просто положила бы трубку и постаралась навсегда забыть о несбывшихся мечтаниях, но к телефону подошел Слава.

— У меня будет ребенок, — сообщила Лиза. — Я решила, что ты должен это знать.

— А... — опешил Кузьменко-младший, — а что ты собираешься делать?

— Еще не решила.

На самом деле, Лиза, конечно же, не сомневалась, что пойдет на аборт. Куда ей с ребенком?

— Если надумаешь оставить, — вдруг твердо сказал Вячеслав, — давай поженимся.

Этого Лиза никак не ожидала. Она еще могла предположить, что случайный любовник захочет провести генетическую экспертизу, но чтобы тот вот так сразу заговорил про женитьбу...

Не зная, что сказать, Лиза молчала, и тогда Слава тем же твердым голосом пообещал:

— Я постараюсь быть хорошим мужем. И отцом. Ты мне поверь.

Через месяц они поженились. Еще через несколько месяцев переехали в купленную Виктором Федоровичем квартиру, и для Лизы началась обеспеченная жизнь неработающей женщины, о которой она всегда мечтала — и которую сейчас ненавидела.

Впрочем, сейчас она не думала о том, что ненавидит собственную жизнь. Сейчас этой жизни угрожала реальная опасность.

Причем опасность была не только в возможной женитьбе свекра, но и в том, что у Славки появилась очередная любовница. Подружки у мужа появлялись и раньше. Лизу это, конечно, огорчало и расстраивало, но не заставляло сжиматься от страха. Последняя же девица, похоже, всерьез задумала увести Вячеслава из семьи, а это означало, что безбедной Лизиной жизни может прийти конец. Следовательно, надо спасти ее любой ценой.

Телефон зазвонил, когда Лиза гладила Дашкино «концертное» платье.

Прошлой осенью Лиза отдала Дашу в музыкальную школу. У девочки обнаружился потрясающий слух, малышка начала напевать мелодии чуть ли не раньше, чем говорить, и Лиза считала необходимым учить ребенка музыке. Славка только хмыкнул и рукой махнул — делай, как хочешь. Сам он считал, что детей нужно водить исключительно в спортивные секции, чтобы росли тренированными и выносливыми, а дома заставлять читать побольше. Все остальное для дошкольников лишнее. Проявится склонность к каким-то наукам — тогда и учить нужному. А заставлять детей чем-то заниматься из-под палки — пустое дело.

Несмотря на отличный музыкальный слух, играть бесконечные гаммы Даша не любила, капризничала, Лиза очень с ней намучилась за прошедший год. Однако сейчас, когда в музыкальной школе через несколько дней должен был состояться концерт, Даша уже видела себя настоящей артисткой. Кроха без конца примеряла приобретенное для выступления платье и за пианино садилась без хныканья и причитаний.

— Вячеслава Викторовича можно? — взяв трубку, услышала Лиза ленивый и наглый женский голос.

— Нельзя, — стараясь говорить спокойно, отрезала Лиза. — Что ему передать?

— Передайте... — слегка опешила и замялась новая и опасная Славкина пассия, — передайте, что звонила Настя.

Лиза, больше ни слова не говоря, положила трубку и поняла, что бесповоротно выбита из привычной настроенности на тихие домашние дела.

Конечно, Вячеслав в любви ей не объяснялся и хранить верность не обещал, но его бесконечные девицы все-таки делали Лизу несчастной.

После женитьбы и переезда в эту квартиру Лиза жила с мужем не то как с добрым соседом, не то как с братом. Она готовила ему еду, поддерживала в доме порядок, а он вежливо благодарил, ходил с ней гулять, рассказывал об успехах и трудностях на работе и со страхом и надеждой ждал предстоящих родов. Наверное, со стороны они казались обычной молодой парой, но обычной парой они не были: по вечерам вежливо желали друг другу спокойной ночи и расходились каждый в свою комнату. Видимо, исполнение супружеского долга Слава в понятие «быть хорошим мужем» не вкладывал.

Впервые они очутились в одной постели, когда Степке исполнилось восемь месяцев. Их сын тогда впервые в своей жизни заболел, и заболел тяжело, с температурой под сорок, с поносом и рвотой. Лиза со Славой сначала ждали неотложку, потом, сидя рядом возле детской кроватки, со страхом ждали, когда у малыша спадет температура. А потом Лиза заметила, что сидят они со Славой в обнимку, и поняла, что сидеть так им обоим хорошо. Позже пили на кухне чай и смеялись, сейчас уже не вспомнить, над чем. Наверное, просто потому, что прошел жуткий страх за своего ребенка и можно было жить дальше, можно смеяться, говорить друг другу разную ерунду. Уже стоя в коридоре, снова обнялись, и вдруг Лиза почувствовала, что муж обнимает ее требовательно, совсем не так, как недавно в Степкиной комнате. Обрадовавшись этому, сама тоже потянулась к нему.

Потом они долго лежали под теплым одеялом, по очереди бегали смотреть на спящего Степу. А когда Слава, поцеловав ее напоследок, задвигался, явно собираясь уйти к себе, Лиза тихонько попросила:

— Не уходи. Пожалуйста.

Муж удивленно посмотрел на нее, и она еле сдержалась, чтобы не усмехнуться. Он что же, думал, ее устраивает такая жизнь? Считал, что его жена святая или, наоборот, чокнутая, всегда будет довольствоваться ролью бесполой подруги? Нет, Славочка, ей нужна нормальная, полноценная супружеская жизнь, в которой присутствует секс и, главное, привязанность друг к другу, единственное, что может гарантировать прочность брака. А для полной привязанности все-таки нужно спать в одной постели, а не в разных комнатах.

Тогда Слава, повернувшись на бок, впервые погладил ее по голове и поцеловал в волосы (позже этот жест стал заменять им пожелание доброй ночи).

Следующим вечером Лиза, меняя постельное белье, «случайно» забыла постелить мужу чистое, оно так и осталось лежать на его кровати аккуратной стопкой. А она, лежа у себя, с замиранием сердца ждала, делая вид, будто читает, его появления. Мог ведь и не появиться, и тогда ей придется придумывать что-то другое... Слава пришел ночевать к ней, в их теперь уже общую постель.

Через месяц Лиза заменила кровать в его комнате большим красивым диваном, и у Вячеслава появился кабинет, который должен иметься, по мнению Лизы, у каждого мужчины.

Все она тогда сделала правильно, как нужно, только уверенности в собственном будущем это ей не прибавило. У Вячеслава все равно постоянно были девицы на стороне...

Лиза попыталась снова приняться за глажку, но не смогла. Со злостью выдернула шнур утюга из розетки, схватила ключи от машины и, накинув ветровку поверх домашней одежды, бросилась вон из дома.

* * *

Константин Олегович опять приехал домой раньше обычного, в самом начале седьмого. Ему было стыдно признаться себе, что ему почти не жаль Тамару. То есть жаль, конечно, что женщина умерла, ей бы еще жить да жить, но он наконец-то почувствовал себя свободным человеком. Только теперь, после Тамариной смерти, можно наконец забыть о том страшном, что когда-то с ними случилось. Нет, совсем забыть вряд ли удастся, да и ни в коем случае нельзя, но все равно он чувствовал свободу и легкость, которых не ощущал много лет.

— Мила! — закричал Константин, отпирая дверь квартиры. — Милочка!

Мужчина ждал, что жена выбежит к нему, но та вышла не спеша, шаркая шлепанцами. И почему-то то, что супруга уютно шаркала шлепанцами, показалось ему ужасно милым и домашним, и Костя, даже не раздевшись, обнял ее, зарылся лицом в волосы, не сразу заметив, что сегодня Мила не такая, как всегда, словно и не рада ему.

«Я ее обидел, — понял он. — Ну да, ведь почти не разговаривал с ней два дня, вот Мила и обиделась».

Константин старался не обижать жену. И всегда переживал, когда не обижать не получалось. Он вообще почти постоянно чувствовал себя виноватым перед ней, потому что не любил ее. И только иногда, как накануне, когда слишком уставал или о чем-то напряженно думал, забывал об этой своей вине, тогда и проступало его истинное отношение к супруге — полное безразличие.

— Ты прости меня, — попросил он, — устал я что-то в последнее время.

— Не надо извиняться, Костя, — серьезно ответила Мила, — я все понимаю. И если на тебя обижусь, то обязательно тебе скажу.

— Да, — охотно согласился муж, — ты уж скажи, сделай милость. Не хватало нам еще из-за ерунды дуться.

Он снова притянул ее к себе и неожиданно подумал, что абсолютно счастлив. Мила сейчас очень ему нужна. Не просто нужна — необходима.

* * *

В конце дня приехали технологи с производства в Бибиреве, и почти сразу позвонил Виктор Федорович, попросил зайти.

Света совещаний не любила, у нее от непрерывной говорильни начинала болеть голова. К тому же, когда шло обсуждение технологических вопросов, мало что понимала и поэтому откровенно скучала. Кузьменко старался на совещания ее не приглашать, а уж если звал, сие означало, что участие Светланы необходимо.

Так и оказалось сейчас. Разработка новой серии шампуней была почти готова, следовало подключать художников, делать рекламу — самые Светины вопросы.

Из кабинета директора она вышла только через три часа совершенно одуревшая. Как ни странно, Катя все еще сидела в приемной, хотя обычно уходила не позже шести.

— Ты что, Кать? — удивилась Света. — Почему домой не идешь?

— Ой, Светлана Леонидовна, тут такое дело, — виновато заговорила девушка. — Приходила Елизавета Дмитриевна. Я не стала к Виктору Федоровичу соваться, сказала, что совещание, просили не беспокоить.

— Ну и правильно.

— Она подождала, подождала... и зашла к вам в кабинет.

— Что?! — ахнула Света. — Какого черта?

— Сказала, что ей нужно позвонить, — состроила гримаску Катя. — Я же не могла ее не пустить.

— Вот стерва! — не сдержалась Светлана. — Приходит как к себе домой! Позвонить ей, видите ли, нужно... Отсюда бы и звонила. Или по мобильному.

Катя Лизку ненавидела почти так же сильно, как и Света. Рядом с Виктором Федоровичем жена Вячеслава всегда была тихой, задумчивой, немного несчастной, а с секретаршами — настоящей барыней. Входила в приемную, словно не видя сидевшую за столом девушку. Потом с удивлением замечала, приветствовала легким кивком и тут же как будто о секретаре забывала. Лениво сбрасывала шубку, да так, что Катя едва успевала подхватить, и только тогда совсем тихо, почти шепотом спрашивала:

— Виктор Федорович у себя?

А смотрела при этом куда угодно, только не на девушку, державшую ее шубу в руках.

В свое время Света, будучи еще секретарем, доху подхватила только один раз, во второй даже не пошевелилась, сидела и смотрела, как светлая норка летит на пол. Впрочем, пол был чистым, манто ничего не сделалось. И поднимать шубку не стала. Жаль, что немая сцена продолжалась недолго: вышел Кузьменко и буркнул:

— Что вы одежду по полу валяете?

Затем поднял невесомый мех, повесил на плечики в шкаф и пропустил Лизу вперед, в кабинет.

Тогда Света и заполучила врага в лице невестки директора. Впрочем, нет, настоящим ее врагом Лиза стала, когда Вячеслав с женой и детьми зашел поздравить Кузьменко-старшего с днем рождения, а в квартире обнаружилась Светлана. Она до сих пор улыбалась, вспоминая вытянутую Лизкину физиономию...

— Кать, я тебе запасные ключи оставлю, — решила сейчас Света. — В следующий раз ты мой кабинет запирай, если я надолго выйду.

Вообще-то запирать кабинеты в фирме не было принято. Чужие здесь редко бывали, а своим доверяли.

— Иди домой, поздно уже, — отпустила она девушку.

В кабинете все было на своих местах, даже телефон не сдвинут, так и стоял на краю стола. Света покачалась в кресле, стараясь унять бешенство. Мда... только Лиза могла себе позволить впереться в чужую комнату как в собственную кухню. Как будто Светлана не заместитель директора фирмы, а домработница, у которой в хозяйском доме ничего своего нет и быть не может.

Пытаясь успокоиться, она решила просмотреть напоследок электронную почту и не сразу поняла, что почтовая программа открыта на папке «исходящие». Лиза не только без разрешения влезла к ней в кабинет, она еще зачем-то залезла в ее почту. Сегодня Света в «исходящие» не входила и писем не отправляла.

Ненависть накрыла ее такой тяжелой волной, что руки впились в подлокотники кресла до боли в пальцах. Стой! Надо успокоиться. Нужно спокойно подумать, что делать. Лиза хитра, но и Света не последняя дурочка.

Понедельник, 26 апреля

Только глубокой ночью, неожиданно проснувшись, Светлана поняла, что в пятницу Лиза вполне могла отправить кому-то письмо с ее адреса. Да, вполне могла. Даже скорее всего — отправила. Только зачем?

Она лежала без сна, смотрела в потолок и не понимала.

Выходные прошли бестолково.

В пятницу Виктор, как обычно перед выходными, спросил, целуя ее в пустом офисе:

— Ко мне поедем или к тебе?

Было уже почти восемь часов, все сотрудники фирмы, кроме них двоих, давно разошлись по своим пятничным домашним делам, в офисе было непривычно тихо и по-домашнему уютно.

— Ко мне, — решила тогда Света. И до сих пор жалела об этом своем решении.

Она ждала, что Виктор спросит, почему не к нему, и тогда ей как бы пришлось ответить: мол, у него дома ей хочется чувствовать себя хозяйкой, а не приходящей любовницей. Ну, не впрямую, конечно, так сказать, а намекнуть.

Кузьменко не спросил, и они поехали к ней. И уже утром Виктор уехал, потому что ему решительно нечего было делать в ее квартире. В смысле, днем делать, не ночью. Просто так смотреть на Светлану потребности у него нет, потому что он и так видит ее с утра до вечера всю рабочую неделю, дамские романы из ее библиотеки мужчина читать не станет, а больше ему заняться в непривычной обстановке нечем. Дома же его ждал привычный компьютер, привычное кресло, разбросанные по столу бумаги.

Конечно, он уехал, и Света его понимала. И, оставшись одна, уныло слонялась по маленькой однокомнатной квартирке, с удивлением вспоминая, что еще недавно до смерти радовалась собственному жилью, которое завещала ей неожиданно умершая еще совсем не старая тетя. Переехав сюда, Света почти год непрерывно что-то здесь меняла, покупала мебель и безделушки и в конце концов стала считать свое жилище уютным и достойным. И до тех пор так считала, пока не побывала в квартире Виктора Федоровича.

Разница была ошеломляющей. Впечатление производила и сама квартира — огромная, в старом кирпичном доме с широкими лестницами и высоченными потолками, а больше всего старая мебель в отличном состоянии, картины на стенах и множество книг в тяжелых переплетах, старинных, явно купленных не в последние годы. Света поняла, что все в этих апартаментах было продумано и расставлено умершей женой хозяина, вряд ли сам Виктор много думал о своем жилище. И почти наверняка вдовец ничего здесь после смерти супруги не менял. Его мысли были только о работе, ну и, в последнее время, о ней, о Светлане, это она к моменту визита сюда знала точно.

«Не буду ничего здесь менять, — подумалось ей тогда. — Так, переставлю кое-что, чтобы чувствовать себя хозяйкой, а в целом все оставлю как есть». Потом она ругала себя за эти мысли, мол, поторопилась чувствовать себя хозяйкой, сглазила. Тогда она была уверена, что шеф сделает ей предложение не сегодня завтра. А его не было до сих пор.

Из-за Лизки.

Мысли опять метнулись к непонятному интересу невестки Кузьменко к ее, Светланиному, компьютеру. Целый рой мыслей, мельтешение которых никак не удавалось остановить. Никак нельзя идти на работу в таком состоянии. Потому что она просто не сможет заниматься делами, не выяснив, какого черта Лизе понадобилось в ее кабинете и в ее компьютере. Хорошо, что до праздников осталось всего ничего, нормальные люди уже давно мысленно отдыхают на природе и не стремятся затевать какие-то новые дела. Значит, новых не будет, а все текущие у нее в полном порядке.

Правда, как она будет выяснять, что у Лизы на уме, Света не знала, но ее, словно магнитом, тянуло к невестке Виктора. Можно было заехать на работу и посмотреть в личном деле Славкин адрес, но тогда придется сделать приличный крюк по утренним пробкам. Нет, лучше подождать Лизу у детского сада. Недавно они с Витей проезжали мимо одного, с небольшой игровой площадкой, и Кузьменко сказал, что сюда ходят его внуки. Они еще остановились невдалеке и зачем-то долго смотрели через забор, хотя была суббота и садик был закрыт. Конечно, ей удастся найти это место.

Выпив наспех чашку чая, Света отправилась в путь и уже с половины восьмого терпеливо поджидала ненавистную Елизавету. Припарковалась очень удачно, напротив и чуть наискосок от входа. Свободного места рядом не было, так что свою машину Лиза поблизости не приткнет, а разглядывать стоящие на другой стороне улицы машины вряд ли станет.

Жена Славы с детьми появилась в половине девятого. Тянула Дашку за руку так, что та еле успевала передвигать ногами, Света даже пожалела несчастную девочку. А Степан шел сам по себе. Мальчишка был забавный, двигался независимо и уже сейчас очень походил на отца и деда. Вдруг вспомнилось, как смешно малыш хмурился, играя на компьютере, и на губы непроизвольно легла улыбка.

К саду Лиза почти бежала, а оставив детей за мрачной коричневой дверью, пошла не быстро, прогулочным шагом. Не шла, а гуляла. Так медленно ехать по неширокой улочке было невозможно, Света выбралась из машины, пискнула замком, боясь, что Лиза оглянется на звук, и отправилась следом.

Лиза шла все так же неторопливо, не оглядываясь. Миновала станцию метро, в наземный транспорт, слава богу, сесть не пыталась, не создавая Свете лишних трудностей — ведь в небольшом салоне попасться преследуемой на глаза проще простого. И минут через пятнадцать уверенно направилась к дверям торгового комплекса.

Входить в магазин было рискованно, но Света рискнула и не ошиблась. Минут через пять, равнодушно проходя мимо витрин, Лиза неожиданно остановилась рядом с невысоким молодым человеком. Откуда появился парень, Света не заметила, но что это Лизин знакомый, было очевидно. И точно так же было очевидно, что именно знакомый, не любовник. Парочка держалась на расстоянии друг от друга. Обниматься не пытались, целоваться тем более.

Света нырнула в ближайший бутик, быстро достала телефон и, осторожно выглянув, щелкнула не обращающую ни на кого внимания парочку. Две продавщицы, расставлявшие товар на витрине, посмотрели на нее с недоумением, но ничего не сказали. Светлана перебралась в соседний бутик и стала делать вид, будто рассматривает красивые баночки, а сама поминутно выглядывала наружу.

Если бы Лиза хоть что-то купила в магазине или хотя бы примерила, Светлана вполне могла счесть ее встречу с тем молодым человеком случайной, но молодая женщина товарами не интересовалась. Поговорив с парнем минут пять, невестка Виктора решительно и быстро вышла из магазина. На улице поймала машину и уехала.

За ее бывшим собеседником следить было легче, ведь тот Свету в лицо не знал. Она только сейчас поняла, что от непривычного занятия сильно устала. И еще, что очень нервничала, наблюдая за Лизой.

Следить было легче, но объект Светлана упустила. Молодой человек купил мороженое, отошел с ним к газетному киоску, постоял, медленно жуя и глазея по сторонам, потом медленно двинулся по улице и вдруг свернул в переулок. А когда Света свернула туда же, переулок был пуст. То есть парня там не оказалось, а редкие прохожие, конечно, наблюдались.

Вполне возможно, незнакомец где-то здесь жил и сейчас уже сидел у себя дома. Или работал где-то здесь. На супермена, умеющего уходить от слежки, он совсем не походил.

Света на всякий случай запомнила название переулка и поплелась назад к машине, размышляя.

Рядом с элегантной Лизой парень выглядел странно. Невысокий, в потертой ветровке, в стоптанных кедах, да еще вдобавок ко всему с серьгой в ухе и с волосами, собранными в хилый хвостик. Однако необычные знакомства у жены Славы.

А вот Лиза выглядела великолепно. Холеная, ухоженная, с безупречным макияжем. Только какого черта сложный макияж делать, если отправлялась из дома, чтобы всего-навсего отвести детей в садик? Для парня с хвостом, что ли?

Сама Света по выходным никогда не красилась, даже для Виктора. Если они шли в ресторан или еще куда-нибудь, тогда другое дело. А просто так, дома, с накрашенным лицом ходить смешно и глупо.

Вообще-то они с Лизой похожи, что Свету поразило, еще когда впервые увидела молодую женщину. Похожи не чертами лица, не как сестры, а просто внешним обликом. Словесный портрет у них один:

чуть ниже среднего роста, глаза серые, нос прямой, волосы светлые, прямые, до плеч.

Кстати, и покойная жена Виктора была такая же — невысокая блондинка. Света несколько раз смотрела семейные альбомы Кузьменко. Видно, не врут психологи, утверждая, что мужчинам нравятся женщины одного типа.

Когда она вернулась к детскому саду, дети гуляли во дворе. Отчего-то очень захотелось посмотреть на Степку и Дашу, но не стала подходить близко. Дети наблюдательны, могут ее узнать, ни к чему вызывать ненужные вопросы.

Светлана уселась в машину, откинулась на спинку сиденья и задумалась. Потом достала из сумки телефон и позвонила Кате.

— А вас что, не будет сегодня? — удивилась девушка.

— Не знаю, Кать. Как получится. Посмотри мне, пожалуйста, адрес Вячеслава Викторовича.

— Какого Вячеслава Викторовича? — тупо переспросила Катя. Обычно секретарша соображала быстрее.

— Кузьменко, конечно. Ты что, еще какого-нибудь Вячеслава Викторовича знаешь? Найди и перезвони мне.

— Да, Светлана Леонидовна, сейчас сделаю. А вас Виктор Федорович уже раз десять спрашивал. Сказать, что вы звонили?

— Я сама сейчас с ним соединюсь, — решила Света.

Но Виктор ее опередил, звонок раздался сразу, как только отключилась Катя.

— Ты что, проспала? — недовольно спросил директор.

В его голосе слышались и тревожные нотки, поэтому у Светланы сразу поднялось настроение.

— Нет. Я сегодня не приду, скорее всего.

— Почему? — удивился Виктор Федорович.

— Ну-у... просто не приду. Считай, что взяла отгул.

— Свет, что случилось? — Мужчина помолчал.

Теперь его голос звучал по-настоящему тревожно. О ней давно уже никто так не тревожился, разве что тетя в детстве.

— Витенька, со мной ничего не случилось. Правда. Только как-то навалилась усталость, у меня плохое настроение. Ну не хотелось мне сегодня на работу идти! Срочного все равно ничего нет.

— Я сейчас приеду!

— Я не дома, гуляю по улицам. По Сретенке, — зачем-то придумала Светлана. — Я просто устала, Вить. Похожу по магазинам, развеюсь... Ладно?

— Ты не заболела?

— Нет, конечно. Если бы заболела, так бы и сказала.

— Свет, ты правда меня не обманываешь? У тебя точно ничего не случилось?

Странно, раньше она не замечала за ним такой чуткости.

— Точно, Витя.

— Вечером увидимся?

— Да. Если ты захочешь.

— Я всегда хочу, ты же знаешь.

— Значит, увидимся.

Светлана покрутила телефон и вздохнула. Когда она стремилась, чтобы Виктор Федорович ее заметил, выделил, когда делала все, чтобы стать ему необходимой, была уверена — хочет получить его со всеми потрохами только потому, что он директор фирмы, хорошо обеспеченный и еще совсем не старый мужчина. А сейчас начала понимать, что Витя стал ей нужен сам по себе. Именно он нужен, и никто другой. Даже молодой олигарх. Впрочем, молодые олигархи в очереди за ее рукой и сердцем не стояли.

Катя отзвонилась быстро. Вячеслав Викторович Кузьменко жил совсем рядом, Света доехала минут за десять.

Ей опять удалось удачно поставить машину — и подъезд был виден, и двор просматривается. Она уселась поудобнее и приготовилась ждать.

* * *

Константин Олегович протянул руку поперек широкой кровати, и только когда ладонь наткнулась на пустоту, открыл глаза. За окном уже вовсю светило не по-апрельски теплое солнце, и он улыбнулся, не замечая этого. Из кухни доносилось негромкое позвякивание, отчего Константин почувствовал себя абсолютно счастливым, каким был только когда-то совсем давно, в юности.

Мужчина легко и пружинисто поднялся. Войдя на кухню, поцеловал еще спутанные после ночи Милины волосы и пригладил их рукой. Отчего-то ему очень понравилось, что волосы у нее еще не расчесаны, как обычно, и не стянуты на затылке в хвост или в узел.

Он уселся в уголке и, глядя на стоящую у плиты Милу, со страхом подумал, что ведь вполне мог на ней и не жениться. И удивился, что еще совсем недавно жалел, что женат.

Константин понял, что женится на ней, сразу, как только увидел. Тогда, шесть лет назад, ярким июльским днем он приехал на дачу к давнему приятелю Виталию, зашел в кажущуюся после яркой, солнечной улицы совсем темной комнату небольшого дачного домика и замер, увидев прислонившуюся к подоконнику девушку — перед ним была... Инна. Девушка стояла возле окна, из которого, из-за ее спины, било солнце, и лицо ее не было видно, только изящную фигурку и пышные волосы. Наверное, увидев Милу при другом освещении или в другой позе, он не нашел бы такого потрясающего сходства. Инна любила стоять вот так у окна, прислонившись к подоконнику... К тому времени он уже привык к мысли, что Инны больше нет. Ему казалось даже, что он почти не помнит ту единственную женщину, которой когда-то был готов служить всю оставшуюся жизнь.

Тогда Костя уставился на девушку так, что та заметно смутилась. И потом, когда уже знал, что зовут ее Мила, что она подруга Леры, дочери Виталия, и что Милин дачный участок находится как раз напротив, он все косился на нее, понимая, что его поведение выходит за рамки приличий, и вместе с тем чувствуя, что столь похожей на Инну девушке его необъяснимое внимание приятно.

В тот день Константин приехал, чтобы проконсультироваться у Виталия по одному спорному проекту. Позвонил накануне, узнал, что семья собирается на дачу, и принял предложение провести вместе денек, а еще лучше два.

Ни о чем консультироваться он тогда не стал. Сходил с девчонками на пруд, радуясь, что захватил плавки, потом довел их до дома, совсем не удивляясь, что тактичная Лера старается слегка отстать от него и Милы, торопливо простился с Виталием и его женой и поехал в Москву на первой же электричке.

В субботу днем электричка была совсем пустой, он тупо смотрел на мелькающие за окном дома и деревья и понимал, что нужно немедленно забыть о совсем еще юной Миле. Но знал, что не забудет. Костя прикинул — получалось, что если та ровесница Леры, то он старше ее на шестнадцать лет. Это, конечно, большая разница в возрасте, но не катастрофическая.

В следующую пятницу он ждал Милу у калитки в дачный поселок, чувствуя себя абсолютным дураком и не зная, что ему делать, если девушка появится не одна, а, например, с родителями. Ждал долго, большинство дачников уже проехали на своих машинах через широкие ворота, а приехавшие по железной дороге прошли через калитку. Константин уже собрался уезжать, но отчего-то все медлил, стоял, как дурак, стараясь не смотреть на проходивших мимо и косившихся на него людей, курил и ругал себя последними словами.

И чуть не пропустил Милу. Та шла по асфальтированной дорожке одна, в легком платье с сумкой через плечо, смотрела себе под ноги и наверняка прошла бы мимо, если бы он в последний момент не шагнул к ней.

Сегодня девушка совсем не показалась ему похожей на Инну. Какое-то сходство имелось, но очень слабое, и он удивился, потому что всю неделю вспоминал ее точной копией Инны.

— Здравствуйте, — хмуро сказал Костя, подумав вдруг, что зря сюда приехал. Глупо и никому не нужно.

Мила то ли не сразу его узнала, то ли просто не ожидала увидеть, но в глазах у нее было недоумение, и ему захотелось провалиться сквозь землю.

— Здравствуйте, Константин Олегович, — вежливо поздоровалась девушка, и недоумение в ее глазах сменилось счастливой радостью.

— Я уж думал, вы не приедете, — признался он, заметив это.

Мила не ответила и улыбнулась, и ему от ее улыбки сделалось весело и радостно.

— Я на вас женюсь, — неожиданно сообщил ей Костя и легко тронул за руку, потянув к краю дорожки, чтобы освободить проход какой-то очень полной даме.

Девушка смущенно подняла на него глаза, в которых все еще светилась радость встречи, и он, предвосхищая обязательные возражения, пообещал:

— У нас еще будет время и узнать друг друга, и полюбить. То есть у вас будет время. Про себя мне и так все ясно: мне необходимо видеть вас постоянно.

Константин врал. Тогда у него не было потребности быть с Милой. А вот сейчас, кажется, такая потребность появилась.

Странно, он вовсе не был уверен, что Мила согласится выйти за него замуж. И даже не знал, хочет ли сам этого. Просто сказал так, и все. Но Мила согласилась.

А вот Инна ему отказала. Хотя ему почему-то казалось, что Инна обязательно примет его предложение. Ведь Константин тогда со всех точек зрения был неплохой партией — успешно делал карьеру и входил в число тех, кого руководство института обеспечивало весьма приличной зарплатой, несмотря ни на какие кризисы и неплатежи заказчиков.

— Ой, Ко-остик, — засмеялась в ответ Инна, — ты такой чудесный! Ты очень хороший, Костик, но я не могу. Я не созрела для замужества.

Это было и правдой, и неправдой. Инна действительно «не созрела» для замужества. Правдой это было потому, что он уже тогда понимал: она едва ли когда-нибудь «созреет» до того, чтобы с удовольствием готовить обед или мыть посуду. И это было неправдой, потому что, будь он «крутым» бизнесменом, которых тогда развелось множество, Инна вполне могла бы счесть себя «созревшей».

Константин Олегович отбросил мысли об Инне.

— Похороны Тамары в понедельник. Ты пойдешь? — спросил он, когда жена поставила перед ним большую чашку с чаем. По утрам у него обычно не было желания есть, только пил чай.

— Нет, — качнула головой Мила. И добавила в оправдание: — Я же ее плохо знала.

Еще захотелось напомнить, что Тамара ее терпеть не могла, но она не стала.

— Ну и не ходи, — согласился муж.

Ему бы только пережить похороны Тамары, и после этого можно будет навсегда забыть о смерти Инны. Правда, оставались еще письма, которые он получал раз в год, но на них можно просто не обращать внимания. Никто ничего не сможет доказать. Никогда.

* * *

Начав действовать, Лиза успокоилась. План был не стихийным, а давно и хорошо продуманным, просто вчерашний звонок послужил катализатором-ускорителем. Удивительно, но продумывать план ей было страшно, а сейчас, когда она начала совершать то, за что можно всерьез и надолго сесть в тюрьму, страх отступил. У нее нет другого выхода, хоть бойся, хоть не бойся.

Лиза с удовольствием принялась готовить обед, мимоходом подумав, что стоит все же нанять домработницу. Раньше ей этого не хотелось, нравилось выглядеть перед Славой образцовой хозяйкой, да и не любила она чужих людей в доме. Но теперь, в новой жизни, все должно быть не так. Лиза еще решит, чем ей заняться, но уж точно не домашним хозяйством, которое за семь лет супружеской жизни обрыдло ей до такой степени, что и думать о нем тошно.

По-настоящему Лиза почувствовала себя несчастной, когда увидела Светлану в феврале на дне рождения Виктора Федоровича. Страшно было даже не то, вернее, не столько то, что Светка нацелилась на денежки Кузьменко. Гораздо страшнее было, что свекор относился к этой выскочке как к равной. Как будто она была не обычной шлюхой, занявшейся поисками богатого мужа, а вполне достойной женщиной, к которой и Слава, и Лиза должны относиться соответственно.

Вообще-то Лиза сразу поняла, что Светка опасна. Еще когда та сидела в приемной Виктора Федоровича. Это даже недоумок Славка понял и со смехом рассказывал, как новая секретарша строит глазки его отцу. Идиот! Но настоящей опасности Лиза тогда не оценила, подумала, что это обычная дурочка, с которой свекру и говорить-то будет не о чем. И ошиблась. Хватка у Светланы оказалась железная, и коммерческое чутье тоже на высоте. Да и разговор, надо признать, она поддержать умеет, где надо — улыбается, когда надо — молчит. Самым невыносимым было наблюдать, как свекор смотрит на свою пассию. Вроде бы слегка насмешливо смотрит, но понимаешь, что она для него куда важнее всех остальных. Когда-то Виктор Федорович так же смотрел на свою Дарью. Но это-то Лизе было понятно: супруги прожили вместе черт знает сколько лет, пусть смотрит на старую тетку как угодно. А на Светку-то с какой стати? Неужели не понимает, что выглядит престарелым дураком?

Она тем же вечером осторожно завела разговор со Славой, но тот оборвал:

— Отец не глупее нас с тобой!

Оборвал так, что вновь заводить разговор Лиза не рискнула.

Конечно, что могла, Лиза делала. Еще год назад, восстановив все свои прежние связи — знакомств за время работы в поликлинике она завела немало, — разузнала, что детей у Светки вследствие неудачного аборта быть не может, и, выбрав подходящий момент, намекнула свекру на бурное прошлое его заместителя. Но тот даже слушать не стал и впервые наорал на Лизу, чего не позволял себе никогда, ни до, ни после.

Позже она откопала еще кое-что. Но следовало хорошенько обмозговать, как преподнести информацию свекру, чтобы не получилось как в случае с абортом.

На том февральском дне рождения Виктора Федоровича Светка все делала назло Лизе. Только мужчины этого не понимали, и объяснить им такие тонкости невозможно. Бывшая секретарша без конца бегала на кухню, как хозяйка дома, принимающая гостей, — помалкивала, когда отец с сыном увлеченно беседовали; Лизе предлагала то одно блюдо, то другое... вела себя так, словно имеет полное право распоряжаться в чужой квартире и в чужой семье.

Но больше всего взбесило Лизу то, что ее соперница легко и словно не сильно к этому стремясь, мгновенно сошлась с детьми. Включила компьютер — чужой компьютер, между прочим! — скачала из Интернета какие-то игры, о чем-то шушукалась со Степкой, а Дашке дала поносить свои бусы. Вот и получилось, что дети впервые не мешали взрослым за столом, и мужчины это заметили. Интерес Светланы к детям был Лизе вполне понятен. Во-первых, той нужно было произвести хорошее впечатление на Виктора Федоровича, а внимание к внукам, которых он обожает, было ему приятно. Во-вторых, у самой-то детей нет и не будет, и к детям Светку просто по-женски тянет. Ну а в-третьих, она не могла не понимать: Лизе очень неприятно, что ее дети весь вечер ходят за чужой тетей как привязанные. Конечно, понимала. И делала назло Лизе. Стерва!

После того дня рождения Лиза поняла, что план обязательно придется осуществлять. И скоро.

Сейчас же ей стало ясно, что планов должно быть два.

* * *

Автобус в морг, где должны были начаться похороны Тамары, ждал утром у института.

Дорышев, подходя к главному входу, заметил впереди Леру и хотел догнать ее. Однако люди шли к зданию хоть и не слишком плотной толпой, но по узкой дорожке, обогнуть народ не удалось. Не расталкивать же народ локтями. И прыгать поверх голов неудобно как-то. Леонид достал сигареты, закурил, кивая собирающимся у автобуса сослуживцам, и неожиданно почувствовал себя совершенно чужим среди хорошо знакомых людей.

Он должен был думать о Тамаре, а думал почему-то о Лере. До недавнего времени Дорышев ее почти не замечал. Здоровался, встречая в курилке или в коридоре, и сразу же о ней забывал. Совсем недавно, с месяц назад, зайдя в курилку, увидел там подруг, Иру с Лерой, и пожалел, что девчонки щебечут, мешают ему думать. У него как раз не шел хорошо рассчитанный химический процесс, он не понимал, в чем ошибся, чужой разговор его отвлекал, и зав лабораторией злился. А потом... Ира что-то рассказывала, Лера тихо и очень весело смеялась, и Леня неожиданно поймал себя на том, что ему приятно и радостно на нее смотреть. А когда девушки ушли, желанное одиночество показалось совсем не желанным, наоборот, досадно скучным.

После этого Дорышев несколько раз под разными предлогами заходил к Лере, каждый раз словно заново открывая ее для себя, но напоминая себе, что связь с Лерой вряд ли будет легкой приятной интрижкой, а к сложным и серьезным отношениям он не готов. Да, Леонид был уверен, что не хочет никаких серьезных отношений, но все равно радовался, когда видел Леру. И удивлялся, что словно молодеет, становится таким, каким был совсем давно, до гибели сестры Инны, когда его любили, о нем заботились и он еще не знал, что такое одиночество.

Недавно Леня даже спросил про Леру у Тамары, заметив, что они вежливо поздоровались, встретившись в коридоре. Лера оказалась подругой жены Константина Олеговича Тишинского, и это вызвало нехороший осадок в душе, потому что Тишинского Леонид ненавидел. Поэтому он решил держаться от Леры подальше. Да только решения своего не выполнил: его по-прежнему к ней тянуло.

— Садись, Леня, — поторопила его одна из бухгалтерш, пожилая и очень полная.

Тамара рассказывала, что бухгалтерша эта — он так и не вспомнил, как ее зовут — все никак не уйдет на пенсию, изо всех сил стараясь помочь семье сына. Причем не только деньгами, женщина возила сыну тяжеленные сумки с продуктами, и Тамара пыталась ей объяснить, что такой заботой она ничего, кроме вреда, не приносит, ведь парень давно взрослый, женат и, наоборот, должен сам помогать матери. Сейчас бухгалтерша стояла заплаканная, шумно сморкалась, и Дорышев почувствовал к ней нечто вроде благодарности.

Он напомнил себе об обещании разобраться с Лериным мартини, выбросил окурок и полез в автобус.

Народу на похоронах было много, и Дорышева это злило. Ему хотелось постоять у гроба в абсолютной тишине, но люди рядом переговаривались, хоть и тихо, что раздражало. Родных у Тамары не было, и у самого гроба оказалось руководство института: директор, заместители, главный инженер Тишинский, на которого Леонид старался не смотреть. Он ненавидел его, бывшего жениха сестры Инны, так сильно, что всегда боялся как-нибудь невзначай выдать свою ненависть.

Дорышеву тоже хотелось подойти поближе, но он не стал. В институте знали, конечно, что его с Тамарой что-то связывало, но мало кто был в курсе, что именно. При встрече они с Тамарой друг другу радовались и никогда этого не скрывали, и иногда его спрашивали, кем ему приходится главный бухгалтер, но Леня отшучивался.

Тамара была для него всем — и сестрой, и подругой, и нянькой. Он бы сгинул без нее.

Когда погибла сестра, Леня Дорышев оканчивал институт. Был конец августа, он возвращался с военных сборов, которые предшествовали получению звания лейтенанта. Никаких мобильных телефонов тогда и в помине не было, поэтому, только войдя в квартиру, он узнал, что Инны больше нет. И его жизнь изменилась навсегда. Леонид любил сестру, горе его было тяжелым, но тогда он еще не представлял, что скоро останется еще и без отца с матерью. Собственно, уже остался.

Леня получил диплом, поступил в аспирантуру, но ни его успехов, ни его самого родители словно не замечали. Мать бросила работу, ежедневно ездила на кладбище, тратя почти четыре часа на дорогу, подолгу молча стояла, глядя на улыбающуюся с гранитной плиты дочь. В доме появились иконы, горели свечи, мать постоянно шептала то ли молитвы, то ли еще что, и Леонид старался приходить домой только ночевать.

Отец пытался отвлечь жену, в выходные, когда сам был дома, на кладбище ездить ей не позволял. А та, как Лене тогда казалось, постепенно теряла рассудок.

Через восемь месяцев после гибели Инны отец умер. И его смерти мать как будто не заметила. Она все так же пропадала на кладбище. Леонид, помимо учебы, работал на двух работах: химиком-технологом в институте, куда его устроила Тамара, и непонятно кем в небольшой фирме, пытающейся выпускать светодиоды на уровне китайского ширпотреба.

Однажды утром мать не проснулась. Леонид собрался на работу, заглянул к ней в комнату сказать «до свидания» и удивился, что она еще спит. Обычно-то просыпалась чуть свет, а порой сыну чудилось, что женщина вовсе лишилась способности спать. Леня потоптался в дверях и зачем-то все-таки подошел к кровати.

Тамаре Дорышев позвонил сразу, еще до того, как позвонил в полицию.

Ему иногда казалось, что если бы не Тамара, он бы и сам либо умер, как отец, либо свихнулся, как мать. После смерти Инны Тамара приходила часто, каждую неделю. Сестра познакомилась с ней на работе, знали они друг друга недолго, но Тамара родителей погибшей подруги не забывала, а все другие, с которыми Инна дружила намного дольше, забыли.

Тамара приходила, но мать уже ни на кого практически не реагировала, зато отец оживал, становился похожим на себя прежнего. И Леня начал верить, что все еще может в их жизни наладиться.

Сейчас Дорышев смотрел поверх усыпанного цветами гроба, слушал и не слышал тихой речи очередного оратора. Он не представлял, как станет жить без Тамары. Совсем один.

* * *

Лизу Светлана едва не пропустила. Та вышла в другой ветровке, бежевой, очень похожей на Светину. Пришлось даже наклониться поближе к окну, чтобы разглядеть получше. Точно, ветровка почти такая же. И волосы Лиза не собрала в хвост или в пучок, как обычно, а распустила по плечам, как Света, и это почему-то здорово разозлило.

Дождавшись, когда красный Лизин «Форд» подъедет к выезду из двора, Светлана медленно тронулась следом. Минут через пять Лиза притормозила у тротуара, и к ней в машину быстро сел невесть откуда появившийся тот самый парень с хвостиком. А еще через несколько минут Света с удивлением поняла, что едут они к производству на Рижской. К Славкиной работе.

«Форд» опять притормозил у тротуара, молодой человек вышел. Лиза проехала еще метров сто, оставила машину и, не торопясь, двинулась по направлению к одиноко стоявшему двухэтажному зданию фармацевтического производства. Молодого человека не было видно, но Света не сомневалась: тот где-то здесь. Идти следом за Лизой было рискованно, пришлось свернуть на боковую улочку и объехать производственное здание. Там Светлана бросила свой автомобиль и через незаметную калитку в заборе вошла на территорию. Здесь охраны не было, охранялось только само здание, и она подумала, что стоит приказать охранникам, чтобы запирали калитку на ночь.

Дойдя до угла здания, Света осторожно выглянула, стараясь сильно не высовываться и держаться поближе к распускающимся кустам сирени. Проходную было видно хорошо, Лиза как раз стояла на крыльце, нетерпеливо переступая ногами. Через минуту из здания вышел Слава, жена шагнула ему навстречу и что-то заговорила, жестикулируя.

Света отступила назад, быстро, через ту же калитку выбралась с территории и двинулась вдоль забора, обходя здание. Молодой человек сидел на лавочке, стоявшей среди недавно высаженных деревьев, и курил, равнодушно глядя перед собой. Кусты перед ним были невысокими, и проходную ему было отлично видно.

Первое, что приходило в голову: Лиза решила показать парню собственного мужа. Но зачем? С таким же успехом можно было продемонстрировать фотографию. Хотя... По фотографии трудно узнать человека, выходящего в толпе других работников. Увидеть наяву — совсем другое дело, тогда запомнятся рост, сложение, манера двигаться, одежда наконец.

Света, стараясь не смотреть на парня, прошла мимо. Впрочем, он ее едва ли заметил, потому что, не отрываясь, глядел на проходную.

К производству примыкала небольшая огороженная стоянка — машины Вячеслава там не было. Света для верности дважды обошла ее, на всякий случай обращая внимание не только на марку десятка припаркованных там автомобилей, но и на номера. Вообще-то Кузьменко-младший как-то говорил, что на работу на машине почти никогда не ездит — пробки, на метро быстрее. Слава даже собирался продавать машину, а Света его отговаривала, мол, продать всегда успеет, мужчине авто необходимо для солидности.

Выходя со стоянки, она увидела неторопливо удалявшуюся Лизу. Постояла минут пять и вновь двинулась к лавочке, на которой видела парня с хвостиком.

Когда приблизилась, в первый момент почувствовала досаду — скамейка была пуста. Но тут как раз появился молодой человек, держа в руках две бутылки пива. Можно было не сомневаться — устроился он надолго. Скорее всего, до конца рабочего дня.

Света вернулась к машине, выехала на улицу, ведущую к метро, подыскала место для парковки, чтобы издалека видеть Лизиного дружка, и опять приготовилась ждать. Очень хотелось пить и есть, но она не рискнула покинуть пост.

* * *

«Схожу в «Перекресток», — решила Мила. — За выходные холодильник заметно опустел, купить продукты необходимо».

Она задумчиво постояла около большого зеркала в прихожей, размышляя, не накрасить ли глаза. Решила не краситься. Заколола волосы, надела ветровку и заперла дверь. Почему-то сегодня у нее не было обычной спокойной радости от нахождения дома, от того, что не нужно никуда спешить, а можно заняться всем, чем хочется, или не заниматься ничем. Сегодня впервые за время замужества она поняла, что ей скучно. Не просто скучно — тоскливо. И впервые подумала: а не пойти ли работать? Впрочем, мысль была мимолетная, Мила сразу о ней забыла.

Она прошла через двор и только на небольшой, но многолюдной улице поняла, что ждала Романа. Ждала, и теперь ей грустно оттого, что его не оказалось во дворе, как в пятницу. Из груди вырвался вздох. Скорее всего, полковник больше никогда не появится. Сама же сказала ему, что замужем, и ей показалось, мужчина правильно все понял: никаких романов на стороне случайная знакомая крутить не собирается. Они смотрели тогда в парке на жирных и агрессивных, непривычных для Москвы, оранжевых уток. Роман еще произнес название этой разновидности, но Мила пропустила его слова мимо ушей. Он говорил ей про уток, а она зачем-то про то, что замужем. Ужасно глупо. Но тогда это почему-то показалось ей правильным.

Мила свернула на большую улицу, ведущую к универсаму, поморщилась, потому что дышать на заполненной машинами магистрали было нечем, и пожалела, что пошла пешком.

Нужно было запретить себе думать о Романе, и она стала мысленно составлять список продуктов, которые должна купить.

Почему-то почти напротив универсама ноги сами понесли ее на противоположную сторону улицы, к мрачному серому зданию. Здесь жила Тамара, Костя когда-то сказал ей об этом. И даже показал подъезд, но Мила не запомнила. Впрочем, если бы и помнила, какая разница? Ей было абсолютно нечего делать у чужого мрачного дома, но она все не уходила, переминаясь с ноги на ногу и мешая спешащим прохожим.

Костя показал жене Тамарин дом, когда Мила только-только переехала к нему жить. Тамару она тогда еще не знала, просто Костя рассказал, что здесь, совсем недалеко от него, живет его давняя знакомая, с которой они много лет работают в одном институте и с которой дружили, когда были совсем молодыми. Как теперь говорят, тусовались в одной компании.

Костя тогда много водил ее по окрестностям. Он хорошо знал историю соседних улиц и зданий. Миле было с ним очень интересно, и ее переполняла гордость, что у нее такой умный и такой импозантный муж.

— Привет! — раздалось рядом. Мила вздрогнула от прозвучавшего почти над ухом негромкого голоса и удивилась:

— Саша?

Почему-то она совсем не ожидала увидеть Лериного мужа, хотя дом подруги находился в двух шагах отсюда. Хотя, собственно, вообще никого из знакомых не ожидала сейчас увидеть.

— Ты что, — улыбнулся Казанцев, — не знаешь, куда податься?

— Знаю, — засмеялась Мила. — В «Перекресток».

— Отлично. Я тоже туда. Помогу тебе продукты донести. Пойдем... — Он с недоумением посмотрел на нее, потому что Мила как будто приросла к тротуару, не в силах отойти от серого здания. — Кого-то ждешь?

— Н-нет, — удивилась Мила. — С чего ты взял?

— Константина Олеговича недавно тут видел. С женщиной. Но ты не думай ничего такого, — спохватился Александр, — тетка старая совсем.

— Я не думаю, — машинально ответила Мила. — Женщина высокая, повыше меня? Блондинка?

— Вроде бы, — задумался Саша. — Я не приглядывался, тетка как тетка. Но что старше тебя раза в два, заметил. Лера с ней здоровается, когда встречает. Они работают вместе. Знакомая какая-нибудь?

— Да, — кивнула Мила, — знакомая. Саша, а когда это было? Вспомни, пожалуйста.

— В прошлую среду. Когда вы на дачу ездили.

— А-а... Во сколько?

— Не помню. А что, это имеет значение?

— Нет, — через силу засмеялась Мила, — я так просто спрашиваю.

— Ближе к вечеру, часов в пять, наверное. Ну, пойдем, — поторопил Казанцев. — Что мы тут стоим, на самом проходе?

Она послушно пошла за ним по переходу, как раз загорелся зеленый сигнал светофора. А мысли так и скакали в голове.

Костя был с Тамарой в среду, когда Мила с подругой ездила на дачу... Домой пришел поздно, а ночью Тамара умерла... «Твой муж убийца», — было написано в письме... Костя знал, что Тамара умерла. Не мог этого знать, но знал...

Мила машинально складывала покупки в тележку, потом о чем-то разговаривала с Сашей по дороге к дому, затем готовила ужин и — панически боялась прихода мужа.

Ей обязательно нужно во всем разобраться. Нельзя жить с человеком, если допускаешь, что тот мог кого-то убить. Что мог убить беззащитную женщину, поправила она себя.

* * *

Вячеслав посмотрел вслед жене, потоптался на крыльце и медленно двинулся к лаборатории. Ему было стыдно перед Лизой. В последнее время ему было стыдно перед ней почти постоянно.

После того, как они только поженились, он продолжал ту жизнь, которая была у него до женитьбы. Так же встречался с девушками, и ему не приходило в голову что-то менять. Супругу и детей он обеспечивал на вполне приемлемом уровне, а пламенной верной любви Лизе Слава не обещал. Но в последнее время что-то изменилось. Он словно рассмотрел наконец, какая его жена красивая, умная и глубоко порядочная женщина, и совершенно неожиданно для себя понял, что никакая другая женщина ему, в общем-то, не нужна.

Сейчас вот она заглянула к нему, просто проезжая мимо, такая радостная и доверчивая, и ему стало стыдно до отвращения. Хотелось быть достойным своей красавицы-жены, быть таким же радостным и доверчивым, а не мучиться, решая, как с наименьшими потерями избавиться от Насти.

Когда Анастасия Горовец появилась в его лаборатории, Вячеслав почти не обратил на нее внимания. То есть обратил, конечно, поскольку молодого технолога следовало обучить и загрузить работой, но тогда ему не пришло в голову, что с недавней студенткой можно заниматься еще чем-то, помимо работы. Девчонка ему понравилась. Она внимательно слушала его объяснения, была прилежной и старательной, и рядом с ней Слава сам себе казался очень ученым и умным.

Кузьменко-младший давно привык к тому, что чаще всего уходит с производства последним. Это было понятно: его отец — хозяин предприятия, и Вячеслав работает, в отличие от всех остальных, как бы на себя самого. Он не заметил, когда и как Настя стала задерживаться вместе с ним. Сначала его удивляли и даже умиляли ее старательность и желание во что бы то ни стало закончить работу. Потом он заметил, что девушка безо всякой необходимости начинает во второй половине дня работу, из-за которой наверняка придется задержаться, но которую вполне можно было начать завтра с утра и закончить вовремя. А потом Слава уже ничего не замечал, потому что вечерние задержки и сама Настя стали частью его жизни...

Горовец появилась перед ним неожиданно, и Вячеслав опять подумал, как ему не хочется больше ее видеть.

— Где ты был? — зло и тихо прошипела девушка, мимоходом оглядев пустой коридор.

— Насть, — устало вздохнул Слава, — ну какая тебе разница, где я был?

— Мне? Мне есть разница, — угрожающе заверила Настя. — Твоя... жена сюда приезжала, да?

Он слегка отодвинул ее и молча пошел дальше по коридору.

— Слава! — Девушка догнала его и дернула за рукав. — Объясни, пожалуйста, что это значит?

— Что я должен объяснять? — всерьез не понял Кузьменко-младший.

— Зачем она приезжала?

— Не твое дело!

— Что?! Ты... — задохнулась Настя. — Вот как ты заговорил, да?

— Насть, ты же знала, что я женат. — Вячеслав хотел добавить, что ничего ей не обещал и что она первая... начала их отношения, но не стал.

Вести этот диалог в коридоре, где в любой момент мог появиться кто-то из сотрудников, было неприятно, и Кузьменко направился в свой небольшой кабинет. Ему не хотелось, чтобы девушка шла за ним, но было понятно, что та обязательно пойдет.

— Вячеслав Викторович... — попыталась перехватить начальника робкая и интеллигентная Вероника Петровна, технолог.

— Позже! — бросила догнавшая его Анастасия, и ему нестерпимо захотелось ударить ее по лицу, на которое еще совсем недавно так любил смотреть.

— Заходите, Вероника Петровна, — отодвинул он Горовец локтем, ожидая скандала.

Но, к его удивлению, Настя промолчала.

С трудом заставив себя услышать и понять, что пытается втолковать ему сотрудница, Кузьменко предложил первое пришедшее на ум изменение в технологии. И почувствовал вдруг страшную усталость. Хотелось только одного — чтобы его оставили в покое.

Вероника Петровна вышла, и за дверью сразу же послышался возмущенный голос Насти. Слов было не разобрать, но Слава прекрасно понимал, что там сейчас происходит.

— В чем дело? — мгновенно выскочив в коридор и шарахнув створкой, рявкнул он, обращаясь к одной Анастасии: — Что здесь за вопли?

Настя замерла с открытым ртом, и он чуть не рассмеялся, испугавшись, что превращается в истерика.

Технолог потопталась и виновато произнесла:

— Ничего, Вячеслав Викторович. Это... недоразумение.

— Заходите, — бросил Кузьменко Насте. И, не пропуская ее вперед, как обычно, вернулся в кабинет, уселся в новое удобное кресло, к которому все никак не мог привыкнуть.

Таким девушка любовника и начальника еще не видела, и теперь не знала, как себя вести. Она привыкла к тому, что обычно он интеллигентно отшучивается, голоса не повышает, все вопросы старается урегулировать мирно, а конфликтов не выносит вовсе. Сейчас вместо привычного Славы перед ней была копия сурового директора Виктора Федоровича, и Настя растерялась.

— Ты должен меня понять, Слава. — Большие глаза начали наполняться слезами. — Мне же неприятно, что твоя... жена сюда приезжает.

Горовец уже привыкла считать себя его единственной любовью, уже намекала всем, кому можно, что если бы не дети, Вячеслав давно бы на ней женился, что вообще-то собирается жениться, несмотря на детей... И вдруг такое — он, улыбаясь, мило беседует со своей женушкой у всех на глазах. Прямо, можно подумать, любящая парочка! Жена сияет вся от счастья, как тульский самовар! А ей, Насте, что теперь делать?

— Ты почему посмела повысить голос на Веронику Петровну? — спокойно спросил Кузьменко.

Теперь Вячеслав почти не напоминал своего отца, но все равно казался Анастасии совсем чужим. Настолько чужим, что даже не верилось, еще неделю назад он шептал ей в ухо разные глупости, и Настя считала, что всегда будет им управлять.

— Я задал вопрос.

— Она же видела... видела, что мы идем разговаривать...

— Я спрашиваю, — перебил Слава, — почему ты позволила себе повысить голос? Кто дал тебе такое право?

Покрикивать на всех вокруг Горовец начала давно, почти сразу, как заняла... особое положение. Знала, конечно, что Вячеславу это не нравится, но это очень нравилось ей, а шеф и любовник открыто не возмущался. Слезы медленно потекли по щекам девушки.

— Слава, что с тобой случилось? Ну что произошло, а?

Она незаметно приблизилась к нему, но обнять не посмела.

— Так вот, уважаемая Анастасия, — строго продолжил Кузьменко, — я тебе напоминаю, что ты занимаешь должность рядового технолога. Повышать голос на кого-либо ты не имеешь права. А чтобы не болтаться без дела, ты сейчас пойдешь к Веронике Петровне и попросишь, чтобы она загрузила тебя работой. Свободна.

Настя резко повернулась и почти выбежала из кабинета. В какой-то момент Славе стало ее жалко. В конце концов, она же не виновата, что родилась дурой и хамкой. Девчонка такая, какая есть, это он должен был думать перед тем, как ее... приблизить к себе.

Уже закрывая дверь, Настя оглянулась и посмотрела на него с такой ненавистью, что жалость сразу пропала.

Вячеслав понял, что приобрел сейчас врага, но нисколько об этом не жалел. Он не считал себя виноватым перед Настей.

Виноват он был только перед Лизой.

* * *

Лера никак не могла сосредоточиться на проклятом отчете, который прислала в пятницу технолог Галина Николаевна. Ей все вспоминалось, как вчера она рассказывала Саше про то, что умерла Тамара, главный бухгалтер института, про странные слухи, которые вызвала ее смерть, а Казанцев ее почти не слушал. Это было обидно. И даже страшно. Но Лера объяснила себе, что он просто устал. Ей можно не волноваться, что Саша станет ее обманывать. Зачем? Разлюбит — уйдет. Она же ему не жена. Им не надо делить детей и совместно нажитое имущество. Они друг другу никто.

Думать так было невыносимо, рука сама потянулась за сигаретами.

Обычно в одиночестве Лера не курила — звала Иру. Бухгалтерия, как и дирекция, располагалась на четвертом этаже, Лерин отдел — на пятом, а курили все на пожарной лестнице между четвертым и пятым этажами, встречаться там было удобно.

Вообще-то сейчас Лере хотелось побыть одной, но она все-таки позвонила Басмановой. К курилке подруги подошли одновременно. Глаза у Иришки горели, и Лера улыбнулась:

— Новости?

— Еще какие! — Ира понизила голос и почти зашептала: — Я разузнала кое-что. В пятницу задержалась и изучила все счета за текущий год.

— Как изучила? — не поняла Лера.

— Села за Тамарин компьютер и изучила. У меня-то не ко всем данным доступ есть.

— Ира, ты с ума сошла? — ахнула Лера. — Тебя же уволить могут!

— Никто меня не уволит, — отмахнулась подруга.

— Но зачем? То есть какого черта ты полезла институтские счета проверять?

— Не верю я, что Тамара могла сама отравиться. Не верю, и все. Она, правда, в последнее время хмурая ходила, но с чего бы ей на тот свет захотеть отъехать? Может, ее... убили?

— А счета здесь при чем?

— Не знаю. Но кое-что странное я откопала. Мы деньги перечисляли в разные конторы, я их почти все знаю. Это когда часть наших работ другие фирмы делают. Есть счета, есть акты сдачи-приемки, все путем. А одна фирма, представляешь, и фактический, и юридический адрес имеет... наш. То есть фирма вроде как находится в нашем здании. Но ее нет. А туда, между прочим, перевели двадцать семь миллионов.

— Чего?

— Рублей, — с сожалением пояснила Ира, — не долларов. Но тоже не мало.

— Не мало, — согласилась Лера. — А откуда ты знаешь, что ее нет, той фирмы? Часть помещений сдается в аренду, какая угодно организация может здесь находиться.

— И где же она?

— Не знаю. Как фирма называется?

— «Сигма-системы». Ты когда-нибудь про такую слышала?

— Нет. — Лера задумалась. — Нужно в Интернете посмотреть. Если есть фирма, значит, должен быть сайт.

— Бросай сигарету, пойдем смотреть, — нетерпеливо пританцовывая, дернула ее за рукав подруга. — Жалко, я сама не догадалась посмотреть. Тамара денежки перевела и померла, а кто-то миллионами пользуется.

Через несколько минут, удобно расположившись в Лериной комнате, подруги знали, что фирма «Сигма-системы» все-таки существует. Она имеет свой сайт, расположена по тому же адресу, что и институт, и занимается схожими проектами. Только Лера никогда не слышала о такой фирме.

— Пошли искать? — засмеялась Ира.

— Пошли, — обреченно согласилась Лера.

Предстоящее занятие казалось им обеим чрезвычайно глупым, но что-то так сильно тянуло их на поиски неизвестной и загадочной фирмы, что сопротивляться этому желанию было просто невозможно.

Обойти двенадцать этажей оказалось непросто и не быстро, и когда они, заглянув напоследок в подвал, ждали лифта, чтобы наконец-то вернуться к работе, ноги ощутимо гудели. Но главное, что результат был получен. Никаких «Сигма-систем» в здании не оказалось.

Нужно было выполнять собственные обязанности, и Лера постаралась выбросить из головы все лишнее.

К вечеру таблицы были готовы. Она покачалась в кресле, раздумывая, сейчас их отправить назад технологам или еще раз проверить завтра, на свежую голову. Решила сегодня ничего пока не отправлять.

Поглядев в окно на резво бегущие облака, Лера решительно сняла трубку телефона.

— Сева, привет, — как можно нежнее пропела она, услышав отклик, и в тот момент показалась себе похожей на подругу детства Светлану. — Можно у тебя проконсультироваться?

— Давай, консультируйся, — согласился оказать помощь Ковальчук, который обслуживал компьютеры их отдела и Лере нравился.

— Если какая-нибудь фирма снимет у нас помещение и оборудует собственную компьютерную сеть, это мимо тебя может пройти?

— Никогда, — сразу твердо заявил компьютерщик.

— А ты про фирму «Сигма-системы» слышал?

— Вроде да, — засомневался Сева. — Но не уверен. А зачем тебе?

— Да так, любопытство заело, — увильнула от прямого ответа Лера. — Вроде бы есть такая фирма, причем находится в нашем здании, а никто про нее ничего не знает. Как такое может быть?

— Да запросто. Арендовали помещение и сидят, работают. Ничего странного.

— Севочка, когда у тебя будет время, пожалуйста, попробуй выяснить, выделялась ли такой фирме сеть или нет, — жалобно попросила Лера и опять показалась себе похожей на Светлану.

— Ладно, — засмеялся Ковальчук, — будет время — попробую.

Лера еще покачалась в кресле и понаблюдала за облаками. Затем решила собираться домой. Но, поднявшись с кресла, не к выходу из института пошла, а спустилась на один этаж, в приемную директора. И там, склонившись над столом секретаря, мрачной, но очень доброй крашеной блондинки, поинтересовалась:

— Лариса, ты про фирму «Сигма-системы» слышала?

— Слышала, — хмуро ответила та.

— И что за фирма?

— Не знаю. Просто слышала, кто-то говорил. Вроде бы им часть наших работ передали.

— Какую часть?

— Да не знаю я! А тебе зачем?

— Пойму, что к чему, расскажу, — пообещала Лера. — Не можешь узнать, что за работы им передали?

— Господи! Да как же я узнаю?

— Позвони в плановый отдел.

— Лерка, ты с ума, что ли, сошла? Они же спросят, какое мне дело, и что, ну вот что я говорить-то буду?

— Придумай!

Лариса мрачно насупилась, покусала губы, сняла трубку телефона и преобразилась.

— Леночка, — ласково запела она, — это Лариса из секретариата. Мне Михал Аркадьич велел узнать, какие работы в «Сигму» передавали, а я забыла. Начальница ваша ушла уже, так ты уж помоги, сделай милость.

Секретарша привычно нахмурилась, ожидая ответа. Но тут же снова преобразилась, когда в трубке послышался женский голос.

— Ой, спасибо, Леночка! Спасибо большое! Выручила!

Положила трубку, покачала удрученно головой и с упреком сказала:

— Вот делаю людям добро, местом своим рискую, а мне никто ничего хорошего не делает.

— Ларочка, — пообещала Лера, — я для тебя все, что хочешь, сделаю. Ну, что сказали в плановом?

— Той «Сигме» отдали программирование по северным объектам. На двадцать семь миллионов.

Машинально поблагодарив Ларису, Лера направилась к двери, пытаясь переварить услышанное. Она сама писала техническое задание на программирование по северным объектам и отлично знала программистов, которые выполняли эту работу. Все они работали в институте и никакого отношения ни к какой «Сигме» не имели.

Права Ира, произошло что-то непонятное.

* * *

Ни к какой Веронике Петровне Настя, конечно же, не пошла. Еще не хватало! Она уже давно не стояла за установками и впредь не собиралась. Горовец искренне считала себя Славкиным заместителем. И все так считали. И сам Славка, как ей казалось до сегодняшнего дня, тоже так считал. Она каждый вечер обходила сотрудников и выясняла, кто и что сделал за день, и к этому все привыкли. Получилось, что Настя сама сделала себя руководителем. Сделала вовсе не для того, чтобы теперь снова стать за установку.

Правда, обходить сотрудников Анастасия старалась так, чтобы Кузьменко этого не видел. Знала, что ему ее инициатива не понравится, и ей везло: Слава про Настино руководство так и не узнал. Зато приятно удивлялся, когда оказывалось, что та в курсе всех проводимых работ. Вообще-то о работе они уже давно не разговаривали. Девушке было скучно, неинтересно. К тому же и не все понятно, а уж этого Слава точно знать был не должен. Он должен был считать ее самым перспективным сотрудником и единственным претендентом на повышение в должности. До сегодняшнего дня ей казалось, что так и считал.

Сегодня с ежевечерним обходом Настя пройти не решилась. Обычно это доставляло ей такое удовольствие, что только ради него можно было терпеть скуку длинного рабочего дня. Ее расспросы злили и раздражали всех без исключения, и поначалу Горовец опасалась, что кто-нибудь нажалуется Славке. Но никто не жаловался. Настя очень удивилась бы, если бы узнала, что никто ее всерьез не воспринимает, на вопросы отвечают чушью, а ничего не говорят шефу исключительно из опасения поставить того в неловкое положение. Сына директора в коллективе любили.

Потерянное удовольствие еще прибавило ненависти, и сейчас Настя даже не знала, кого сильнее ненавидит, Вячеслава или его женушку. Впрочем, сейчас над этим голову ломать не стоило, сейчас нужно решить, как взбрыкнувшего Славку вернуть. Сначала нужно вернуть, а потом заставить за все ее унижения ответить.

Изменился Кузьменко неделю назад. И Анастасия догадывалась почему. Из-за Ленки. Конечно, Ленку нужно было от Славы убирать, это и дураку ясно, но тут Настя допустила какую-то ошибку. Впрочем, сделанного не изменишь, а учиться на ошибках Горовец умела.

Лена Федотова пришла в фирму несколько месяцев назад после института. Сначала Настя на нее и внимания не обратила: обычная девчонка, тихая, в меру страшненькая, ничего интересного. Попала Федотова в группу, как и сама Настя когда-то, и вдруг начальница принялась новую сотрудницу нахваливать. Как будто без Федотовой фирма совсем пропадала. Настя все еще не забеспокоилась. Забеспокоилась она, лишь увидев Федотову со Славой. Начальник производства что-то обсуждал с молодым технологом, и в этом не было ничего необычного. И опасного тоже ничего не было. Настя почти не смотрела в их сторону, просто стояла у окна, войдя в лабораторию случайно. Вообще Горовец любила ходить по лабораториям, примечала, кто отсутствует на рабочем месте, а кто присутствует, но не работает, чай пьет, к примеру. Знаниями этими она почти не пользовалась, так, иногда напомнит кому-нибудь, что он или она всю неделю к установке не подходили, и все. Славке никогда не говорила.

Наконец Анастасия прислушалась к тихому разговору Кузьменко с Федотовой, и тот очень ей не понравился. Очень. Во-первых, Слава говорил с Ленкой как с полноценным специалистом, с той же Вероникой Петровной, например. С Настей он так никогда не разговаривал. Ну а во-вторых, предлагал Ленке поступать в аспирантуру и обещал всяческую поддержку. Этого только не хватало! Чтобы какая-то девка ученую степень получила и в начальницы выбилась?

Настя тогда от расстройства пошла пить чай к табельщице Османовой. Толстая Османова была единственной, с кем Горовец не то чтобы дружила, а так... болтала иногда по-женски. Табельщица и рассказала ей, что новенькая Федотова получила какие-то замечательные результаты, так что теперь она с Вероникой Петровной на пару статью в научный журнал пишут, и не сегодня завтра для Федотовой производственный участок организуют.

— Результаты? — удивилась Настя, стараясь не показать бешенства. — Да какие такие результаты Ленка могла получить за два месяца, или сколько она тут работает? Одна, что ли, гениальная, а все другие дураки? Целая лаборатория работала и результатов не получала, а Федотова пришла и — нате вам? Чушь, и больше ничего!

— Да конечно, ерунда это, — поддакнула Османова. — Наверняка с ней Вероника своими результатами поделилась. То-то Ленка все время начальнице в рот смотрит. Как собачонка за ней бегает.

— Нет, — покачала головой Анастасия, — скорее всего, Федотова результаты Вовки Соколова прикарманила. Помните, у нас Соколов работал? Он потом в какую-то новую фирму ушел начальником отдела?

— Хороший парень был, — кивнула табельщица.

Они еще потрепались, и Настя не сомневалась: до Федотовой нужная информация дойдет. И дошла. Потому что через месяц замухрышка Ленка подала заявление об уходе. Горовец даже не ожидала такой легкой победы.

Федотова тогда обогнала Настю в коридоре и сунула шедшему навстречу Кузьменко листок. Тот и не понял сначала, что это такое. А когда прочитал, откуда-то подскочила Вероника Петровна, глянула на Настю со злостью и попыталась затащить Славу в кабинет. Но Федотова объявила:

— Не надо, Вероника Петровна, не старайтесь. Я все равно не буду здесь работать.

Анастасия в тот момент подумала, что Ленка сейчас заплачет. Но та не заплакала, развернулась и, демонстративно не обращая на нее внимания, рванула назад в лабораторию. Вячеслав и Вероника посмотрели на Настю, и Славкин взгляд девушке очень не понравился.

Это все произошла неделю назад. И Настя так обрадовалась собственной победе, что не сразу заметила одну странность: Вячеслав Викторович перестал задерживаться по вечерам. Собственно, она поняла, что победа может обернуться поражением только сейчас, а тогда, окрыленная успехом, совершила вторую ошибку. Пожалуй, посерьезней первой. Горовец начала звонить Славкиной жене.

Ничего конкретного Настя не планировала, просто ей хотелось, чтобы неведомая Славкина жена знала: у муженька есть девушка, и девушка эта имеет на него все права. Лучше всего было бы, если бы жена устроила Вячеславу сцену, забрала детей, хлопнула дверью и исчезла в неизвестном направлении. Слава, конечно, попереживал бы, поскучал немного по детям и — утешился с Настей, которая вполне способна заменить ему всех, и детей и жену. Уж она бы постаралась.

И вдруг сейчас Анастасии пришло в голову, что любовник-начальник ни разу — никогда! — не говорил с ней ни о жене, ни о детях, как будто у него их вовсе не было. Раньше ей казалось, что жена и дети просто не имеют для него особого значения, Славка и не помнит о них, выйдя из дома, и после работы к ним не спешит. Иначе с какой бы стати ему на работе задерживаться? Если бы он простой наемный работник был, тогда понятно: карьеру делать надо. А если его отец хозяин фирмы, какого черта надрываться?

Увидев сегодня Славкину жену, Настя поняла: все не так. Все не так, как она полагала. Та оказалась вовсе не тупой домашней курицей, клушей. Женщина оказалась не только поразительно красивой, что Горовец при всем желании не могла не признать, не только барственно холеной. Но еще в ней обнаружилась некая внутренняя сила, одолеть которую Настя может и не суметь. Это вам не Ленка Федотова, которая сдалась так легко.

Как девушка разглядела ту силу из окна второго этажа, она и сама не понимала, но в своих выводах не сомневалась. Слишком уж уверенно и слишком равнодушно жена начальника скользнула взглядом по окнам производственного здания, давая понять, что одним движением уничтожит любого, если такая необходимость возникнет.

Теперь Настя о своих звонках жалела. Собственно, ничего страшного не произошло — ну, позвонила пару раз, попросила к телефону Вячеслава Викторовича. Что здесь такого? Конечно, Горовец ожидала, что жена начнет выяснять, кто она такая, и тогда бы Настя ей намекнула. Однако женщина ни о чем не спрашивала. И все же девушка понимала: болезненный укольчик Славкиной супруге нанесен, что, естественно, радовало.

Впрочем, сейчас следовало думать не о своих ошибках, а о вполне конкретном деле — о том, как вернуть Славу.

Анастасия посмотрела на часы — без двадцати семь. Ни голосов, ни шагов, ни стука дверей уже минут пятнадцать как не раздавалось. Кузьменко здания не покидал: весь последний час она простояла у окна, наблюдая за выходившими сотрудниками. Горовец решительно двинулась к кабинету начальника и дернула дверь. Странно, заперто. Конечно, Вячеслав мог находиться сейчас где-нибудь еще, например, в лаборатории, но ей почему-то казалось, что тот внутри, в кабинете. А дверь запер, чтобы не видеть ее, Настю.

Девушка устроилась у ближайшего к кабинету окна и начала терпеливо ждать.

Кузьменко вышел из кабинета через полчаса. Злость на Настю прошла, теперь ему было удивительно, что он так на нее разозлился, как будто та была нормальным сознательным человеком, умным и чутким. А девчонка всего-навсего дурочка с амбициями. Во всем случившемся, как и в том, что ни в чем не повинным людям приходится терпеть ее хамство, виноват только он. Потому что прекрасно видел и глупость, и амбиции Насти. Ее давно нужно было уволить. Или, по крайней мере, перевести на должность лаборанта.

Слава подошел к заплаканной девушке, прижавшейся к подоконнику напротив его кабинета, одной рукой притянул к себе, а другой погладил по волосам, понимая, что она смертельно ему надоела. И тут же почувствовал ощутимый стыд — и за то, что связался с ней, и за то, что теперь ему придется бросить ее, неумную и ни на что не пригодную. Впрочем, на самом деле Вячеслав догадывался, что Настя, несмотря на отсутствие выдающегося интеллекта, без него не пропадет. А бросить ее придется хотя бы потому, что ему с ней скучно и противно. А еще потому, что больше не хочет обманывать Лизу.

— Проводи меня, Слава, — попросила она и снова заплакала.

Кузьменко ничего не ответил, только вздохнул и снова погладил ее по голове.

* * *

От долгого сидения затекли не только ноги, но и спина. Света вся извертелась, пытаясь усесться поудобнее. Вот удивление, а ведь всегда считала свою машину замечательно комфортной. Она дважды вылезала, прогуливалась по тротуару, но при этом так боялась упустить парня с хвостиком, что в конце концов решила не рисковать и теперь неотступно наблюдала за темной фигурой на другой стороне улицы. Парень, видимо, тоже устал от шпионской работы, потому что то принимался, как Света, вышагивать по улице, то снова усаживался на лавочку, беспрерывно курил и посматривал на часы, напоминая классического шпика из старых советских фильмов. Светлана так и думала о нем — Шпик.

Момент, когда Шпик лениво поднялся в очередной раз с лавочки и двинулся в сторону метро, Света заметила. Но только спустя пару минут поняла, что возвращаться он не собирается. Мгновенно выскочила из машины, пискнула электронным ключом и торопливо зашагала за парнем по противоположной стороне улицы, боясь, что упустит его в метро.

Очень была занята этими мыслями, поэтому не сразу заметила впереди, метрах в двадцати перед молодым человеком, Славу Кузьменко с какой-то девицей. Наверное, та и есть Анастасия Горовец. Светлана ее никогда не видела, и не будь та любовницей Витиного сына, фамилию ее не запомнила бы. Вообще-то информацию она собирала обо всех, и любую, хорошие отношения старалась поддерживать со всеми, независимо от должности, и сотрудников пыталась знать всех. С женщинами разговаривала о детях, с мужчинами об автомобилях или еще о какой-нибудь ерунде, к собеседникам всегда проявляла искренний интерес, поэтому информация стекалась к ней так легко, что это удивляло даже ее саму.

О Насте проговорилась Османова. Приехала в офис подписывать какие-то бумаги, села пить чай с Катей и выложила, что у директорского сына новый роман. Светлана, тоже подсевшая к сплетничающим женщинам, на сообщение почти не обратила внимания. Тогда у нее была собственная проблема — Виктор все никак не мог увидеть в ней собственное счастье, и это беспокоило гораздо больше чужих интрижек. Она даже порадовалась за незнакомую ей Настю, потому что к тому времени уже прочно не выносила Славкину жену. Беспокойство пришло позже, совсем недавно, когда слухи о том, будто Горовец стала чуть ли не руководителем на производстве, все умножались, и что грозило дискредитацией не только Вячеславу как руководителю, но и его отцу. Да и делу это вредило...

Парочка впереди шла не спеша. Девушка все пыталась прижаться к Славе, взять под руку, а тот не слишком умело, но решительно уклонялся. Очень похоже было, что роман окончен. Впрочем, в таких делах никогда не угадаешь, любовь может вспыхнуть с новой силой, еще пуще прежнего.

Света ускорила шаг и в подземный переход, где находился вход в метро, спустилась раньше троицы, за которой следила. Прошла немного по платформе и встала за колонной, наблюдая за потоком спускающихся к поездам людей. Славу с подружкой пропустила немного вперед, а на Шпика просто не стала обращать внимания — все равно никуда не денется, пока парочка не рассталась.

В тот же вагон она войти не решилась, поехала в следующем. Ей повезло: высокого Славу через окна вагонов было хорошо видно, причем тот стоял к ней спиной, и риск, что ее заметит, был минимальный. Вышла парочка на станции «Владыкино», к выходу приготовившись заранее, и Светлана, отстав на несколько метров, спокойно шла позади. Очень скоро ее обогнал парень с хвостом, и к Настиному дому они так и подошли, следуя друг за другом.

В подъезде Слава пробыл недолго, всего несколько минут. Скорее всего, довел подружку до квартиры и распрощался. Света едва успела закурить сигарету, стоя у соседнего подъезда и стараясь не смотреть на Лизиного знакомого, усевшегося на лавочке у двери, за которой скрылась парочка.

Вячеслав быстрым шагом вышел из подъезда, легко и быстро зашагал к метро. А вот преследователь повел себя странно. Выждал минут десять, за которые Светлана измаялась, делая вид, будто кого-то ждет, а потом вместе с какой-то тучной женщиной непонятно зачем нырнул в подъезд. Если бы парень пробыл в доме хотя бы минут десять-пятнадцать, можно было бы допустить, что тот каким-то образом дает понять девушке, как нехорошо отбивать чужих мужей. Но вышел Шпик еще скорее, чем Слава. И так же, как Кузьменко, легко и быстро направился в сторону метро.

Поразмыслив, Света решила за машиной не возвращаться: парень с хвостиком перемещался на своих двоих, Слава с Настей тоже, и если завтра преследование продолжится, от автомобиля ей никакого толку. Она зачем-то еще постояла, разглядывая дверь подъезда, а когда створка открылась, выпуская улыбчивую пожилую даму с веселым кривоногим бульдогом, улыбнулась выходящей и вошла внутрь. Там поднялась на лифте на последний, девятый, этаж и пешком спустилась вниз. На лестнице было чисто и тихо, и Света успокоилась. Снова выйдя на улицу, она достала телефон и позвонила Виктору:

— Я сейчас приеду.

* * *

К вечеру Мила почти успокоилась. Мысль, что Костя мог каким-то образом быть причастным к смерти Тамары, стала казаться почти смешной. Даже стыдно стало, что она могла подумать такое о собственном муже. И все-таки что-то мешало ей успокоиться совсем. Что-то в отношениях Кости и Тамары вызывало у Милы смутную тревогу.

Впервые она познакомилась с Тамарой на Костином дне рождения, первом после их свадьбы. Гостей собралось немного: несколько старых друзей именинника, Лерины родители, которые тогда еще жили в Москве, сама Лера, пришедшая, естественно, исключительно для того, чтобы повидаться с Милой, поскольку до Кости ей, в общем-то, не было никакого дела, да Тамара.

Застолье было в самом разгаре, все уже выпили, много шутили и смеялись, Костя рассказывал анекдоты — он был великолепным рассказчиком. А потом кто-то спросил:

— Где вы работаете, Милочка?

— Нигде, — сказала она и улыбнулась.

— Что так?

— Я попробовала, и мне не понравилось, — честно призналась девушка, не видя в этом ничего позорного.

И правда, что тут такого? Ну не нравится ей заниматься ни наукой, ни техникой. Она бы скорее пошла работать продавцом в какой-нибудь магазин женской одежды, потому что наряжать женщин ей нравится. Правда, стать продавцом ей наверняка не позволили бы Костя и родители. Есть возможность не работать, она и не работает. Что здесь плохого?

— А вы что-нибудь окончили? — не унимался гость.

— Окончила, — ответил за Милу Лерин папа. — Причем с красным дипломом.

— А поглупеть не боитесь? — улыбаясь, спросила Тамара и слегка скривила губы.

— Поглупеть можно везде, — опять ответил Лерин папа. — А уж как можно поглупеть во всяких НИИ, если языком чесать с утра до ночи, мы все знаем. Дурак рождается дураком и дураком умирает, независимо от того, где и кем работает. А умный человек останется умным при любом занятии.

— И все-таки я не понимаю, — пожала плечами Тамара. — Зачем получать образование, если не хочешь работать? Только время терять. И чем вообще можно заниматься целый день?

— Образование мы все получаем не только для добывания куска хлеба, — возразила Лерина мама, — но и для общего развития. Для освоения специальности, кстати, диплома мало: чтобы стать хорошим инженером, нужно лет десять проработать, а то и больше. А чем себя занять... Кстати, как раз на работе многие и бездельничают, к сожалению.

Если бы не Лерины родители, Тамара тогда выставила бы Милу круглой дурой. Но вот интересно: они за нее заступились, а Костя нет. Хотя Тамарины нападки ему не понравились, это было видно.

И потом, при каждой встрече Тамара не упускала случая задеть Милу, что опять же Косте явно не нравилось. Однако муж никогда за нее не заступался. Почему?

— Какое милое платье, — хвалила Тамара. — Наверное, много сил потрачено, чтобы такое найти?

— Нет, — отвечала Мила. — Случайно попалось. Я вообще терпеть не могу ходить по магазинам.

— Да-а? А чем же вы тогда занимаетесь? Вам не скучно?

— Нет, не скучно, — улыбалась Мила. — В жизни столько интересного, где уж тут скучать!

Косте не нравилась тихая война между женой и давней приятельницей, но он ни разу не встал на сторону жены. Наоборот, молчал с таким видом, словно чувствовал себя виноватым перед Тамарой. И вмешивался в разговор именно тогда, когда Мила давала подруге его юности отпор. Почему?

Никому другому Костя обижать супругу не позволял. Впрочем, никто другой и не пытался.

Мила посмотрела на часы — скоро шесть. И решила — прогуляюсь, все равно Костя вернется не скоро. С поминок рано не приходят.

Она и не заметила, как пошла тем же путем, что несколько дней назад с Романом. Дошагала до пруда и пожалела, что не взяла ничего, чем можно было бы покормить уток. Одной наблюдать за птицами было скучно, и она направилась дальше, по совсем безлюдной дорожке, мыслями снова окунувшись в прошлое.

Когда Мила впервые познакомилась с Костей, которого тогда называла Константином Олеговичем, у нее тянулся скучный роман с бывшим сокурсником Игорем Фоменко. Игорек даже сделал ей предложение, но она все находила поводы, чтобы казавшуюся неизбежной свадьбу отложить. Ей казалось, что они любят друг друга, и поводы эти Мила не подыскивала специально, сами обнаруживались. Например: нужно сдать экзамены в аспирантуру, поэтому некогда заниматься свадьбой. Или еще: лучше подождать до отпуска, можно будет поехать в свадебное путешествие. Уже потом стало ясно, что замуж за Игоря ей категорически не хотелось, удерживала ее только боязнь остаться одной. Мила понимала, конечно, что девушка она очень интересная, вот только очереди из желающих предложить ей руку и сердце почему-то не наблюдалось. Вот провести весело и с удовольствием время — это пожалуйста, кавалеров хватало. Только подобные развлечения Милу не слишком привлекали. Вернее, не привлекали совсем.

Игорь же, внешне вроде сильный и мужественный, при ближайшем рассмотрении оказался слабым до неприличия. Боялся собственного начальства: вдруг не повысят в должности. Боялся сменить работу: вдруг там будет еще хуже. Фоменко боялся всего, и ей приходилось его утешать и подбадривать, выполняя при нем роль не то мамы, не то няни.

Когда появился Костя, такой умный и уверенный в себе, такой любящий, общение с ним показалось ей нереальным счастьем. Мила даже не сразу смогла в него, в это счастье, поверить. Тут уж она не размышляла, свадьбу не откладывала, считая, что нашла свою судьбу.

И только сейчас впервые подумала, что безвольный Игорь был ей полностью понятен. Можно было легко предугадывать его слова и поступки. И точно знать, на что тот способен.

О Косте она не знала ничего. И даже теперь, после нескольких лет брака, знает мало. Вот, даже не уверена, что он не может быть убийцей.

Мила резко развернулась и — почти уперлась в грудь Воронина.

— Что вас понесло в глухомань? — помолчав, спросил тот. — Приключений ищете на свою голову?

— Уходите, — недовольно сказала она.

Но Роман видел, что Мила лжет, а на самом деле явно радовалась его появлению.

И еще видел, что женщина опять чем-то напугана.

Странно, но когда он впервые ее увидел, когда все три девицы, копая могилку для мертвого щенка, были сильно испуганы и выглядели растерянными, жалкими, Мила, несмотря на растерянность, словно светилась скрытой радостью. Сейчас же казалась совсем другой, угасшей, как будто за несколько дней пережила тяжелую потерю или переболела мучительной болезнью.

— Мила, — не обращая внимания на ее «уходите», спросил Воронин, — что случилось?

Она не ответила. Молча обошла его и зашагала назад, к выходу из парка.

Полковник помедлил и пошел за ней, чуть-чуть поотстав.

Роман опять приехал, чтобы увидеть ее и убедиться, что она ему не нужна. По крайней мере, не нужна настолько, чтобы непрерывно о ней думать, потому что мысли о Миле вертелись в голове постоянно. Воронин ругал себя за это, убеждал себя, что это просто блажь. Ему, скорее всего, просто давно пора жениться, иметь свою семью и свою женщину, и не тосковать ни о каких «украинских ночах».

Теперь убедился, что Мила ему нужна. Необходима. И сделать с этим можно только одно: больше никогда к ней не приезжать.

Он молча довел ее до выхода из парка и кивнул на прощание.

* * *

— Ну, что еще за фокусы? — осторожно обнимая Свету, недовольно буркнул Виктор Федорович. — Чтобы завтра была на работе! Нечего прогуливать.

Мужчине хотелось рассказать, как непривычно и тоскливо было ему целый день и как он злился, вспоминая, что ее нет в соседнем кабинете, как непривычно долго тянулось рабочее время, потому что без нее ему не хочется заниматься ничем, и работой тоже. Не сказал — постеснялся. Кузьменко вообще не слишком-то умел говорить такие вещи.

Впрочем, Светлана и так все знала, без слов.

— Нет, Витя, — засмеялась она, выпутываясь из его рук, — завтра тоже не приду.

Ей стало так хорошо при виде того, как Виктор рад ей, как беспокоится за нее, что даже отсутствие статуса законной жены не могло испортить настроения.

— Но в чем дело-то? Что еще за тайны? — внимательно наблюдая, как она снимает и вешает ветровку, сурово спросил Кузьменко-старший. — Ты только не вздумай мне врать! Все равно не получится. Ни за что не поверю, что ты весь день болталась по магазинам.

— Ладно, не буду врать. — Светлана сняла надоевшие ботинки, нашарила ногой тапочки и прижалась к мужчине, закрыв глаза. — Потом расскажу. Может быть, завтра.

— Почему не сейчас? — Он легонько потряс ее за плечи и заглянул в глаза. — В чем дело, Света?

Ему решительно не хотелось, чтобы у нее были какие-то тайны. В прошлом — пожалуйста. Прошлое есть прошлое, то, что было когда-то, его не касается. А в настоящем никаких тайн быть не может, он должен о ней знать все и всегда. И на работе он должен думать о работе, а не о тайнах и ее непонятном отсутствии.

— Витя, — повторила Света, — я завтра не приду. Не волнуйся, потом все тебе обязательно расскажу, а сейчас не приставай, не заставляй меня врать. К нам с тобой это не имеет никакого отношения. И вообще, я есть хочу. Весь день ничего не ела.

— Знаешь, — покачал головой Виктор Федорович, — а ведь тебе тоже не понравилось бы, если бы я вдруг исчез неизвестно куда.

— Конечно, не понравилось бы, — засмеялась Светлана и снова к нему прижалась. — Ты не исчезай, пожалуйста.

— Может, расскажешь все-таки?

— Нет. Позже. Может быть, завтра. — Тут ей стало его жалко, и она успокоила: — Повторяю, не волнуйся, я занимаюсь не своими проблемами, чужими. Просто помогаю.

— А если не своими, почему скрытничаешь?

— Из вредности, — засмеялась Света.

Кузьменко и правда очень не понравилось ее сегодняшнее отсутствие. Он уже привык считать Светлану своей, ему казалось, что никаких секретов от него у нее нет и быть не может, как когда-то у жены, у Даши. А оказалось, что секреты есть, и от этого ему делалось тоскливо и тревожно. Он знал, что настаивать не имеет никакого права, Света ему не жена, не обязана перед ним отчитываться, но обида не становилась меньше.

— Идем, накормлю. — Виктор Федорович прошел на кухню, где уже остывали вареная картошка и магазинные котлеты, а из открытой банки восхитительно пахло маринованными огурцами.

Дарья была отменной кулинаркой, он уже почти забыл, какие вкусные ужины жена ему готовила.

Сейчас Кузьменко казалось, что все это — и ужины, и сама Даша — было совсем давно, в какой-то другой жизни, когда и сам он был совсем другим. Теперешнему ему хотелось кормить Свету жареными магазинными котлетами, и обнимать ее, и удивляться тому, что она, такая молодая и красивая, любит его и что впереди много счастливых лет.

С Дашей они поженились совсем юными студентами, и Славик родился, когда оба еще учились. Так и учились, потом работали, ссорились и мирились, а после смерти жены ему показалось, что жизнь кончилась. Тогда Виктор Федорович был уверен, что никогда не найдет замену своей Даше. Поэтому даже не пытался искать, а заинтересованные женские взгляды его раздражали. Тогда он считал, что любовь — для молодых, а связь без любви всегда представлялась ему чем-то абсолютно аморальным и ненужным.

Кузьменко уже почти привык к одиночеству, к жизни без Даши и к воскресеньям, проведенным с внуками, когда заметил, что скучает без своего заместителя. Открытие показалось ему таким смешным и глупым, что он даже не разозлился на себя, а только удивился: неужто впадает в идиотизм? Это было незадолго до Нового года, Виктор Федорович тогда почти две недели провалялся с тяжелым гриппом, а выйдя на работу, узнал, что Светлана заболела. Тогда он и понял, как сильно ждал встречи с ней и как пусто без нее в офисе. Но ему еще и в голову не приходило, что между ними может быть нечто большее, чем взаимная дружеская симпатия.

И потом, когда перед самым Новым годом он, как дурак, поставил перед своей верной помощницей самый дорогой чайный набор, который смог купить, он еще ничего не планировал и вовсе не собирался за ней «ухаживать». Ему просто хотелось сделать Свете что-то приятное. Впрочем, тогда Кузьменко этого почти стеснялся. Перестал стесняться, когда молодая женщина подняла на него удивленные и счастливые глаза...

— Света, у меня к тебе вопрос, — Виктор Федорович взял со стола пустую тарелку — она мгновенно смела и котлеты, и картошку, — поставил в мойку, помолчал и, подойдя сзади, уткнулся ей в волосы. — Зачем я тебе? Зачем тебе старый пень?

Вопрос был глупый. Кузьменко совсем не собирался его задавать, но вдруг ляпнул. И ему вдруг стало не по-мужски страшно услышать в ответ что-то ненужное, что-то такое, о чем потом не захочется вспоминать.

— Честно? — Светлана вывернулась и посмотрела на него снизу вверх.

Он кивнул, не глядя на нее, и отошел к окну.

— Сначала я очень хотела за тебя замуж.

— Зачем? — удивился Виктор Федорович и, смешно вытаращив глаза, уставился на нее.

— Не зачем, а почему, — поправила Света и засмеялась. — Потому что ты такой важный, импозантный. Все вокруг мне бы завидовали. А я, знаешь ли, люблю, когда мне завидуют. Сейчас же...

— Сейчас?

— А сейчас я тебя люблю, и все. И не знаю, зачем ты мне нужен.

Она поднялась и спрятала лицо у него на груди.

— А замуж больше не хочешь? — улыбнулся Кузьменко, обняв ее за плечи.

— Хочу, — кивнула Света. — Безумно.

Она ждала, что Виктор немедленно предложит ей пойти в загс.

Но тот не предложил.

Вторник, 27 апреля

Константин Олегович смотрел на стоявшую у плиты жену и не знал, что улыбается. Ему было приятно на нее смотреть. Уходить на работу не было ни малейшего желания.

Мила поставила перед ним завтрак — яичницу с колбасой и сыром, затем села напротив с чашкой чая. Она каким-то немыслимым образом догадалась, что сегодня мужу захотелось изменить старой привычке обходиться без завтрака и, наоборот, не хотелось спешить и даже думать о делах.

Глядела сейчас жена в окно, и вновь неожиданно показалась Константину удивительно похожей на Инну. Давно, в начале их брака, он искал в Миле сходство с ней и не находил, и это его по-настоящему огорчало. Сейчас же никакого сходства не хотел, даже боялся его увидеть. Костя женился на копии Инны, а получил совсем другую женщину. И только сейчас, глядя на красавицу-жену, окончательно понял, что нужна ему именно она, Мила, его жена. Только она, и никто другой.

— О чем задумалась?

Константин Олегович протянул руку и запустил пальцы в ее волосы. Ему хотелось, чтобы жена посмотрела на него и перестала быть похожей на девушку, которую он когда-то почти до сумасшествия любил, о которой теперь не хотел даже вспоминать. Зачем? У него же есть Мила. Почему ему всегда казалось, что он равнодушен к собственной жене? Ерунда! Да у него попросту нет ничего в жизни, кроме нее. Работа? Без Милы никакая работа ему будет не нужна. Жаль, что понимание этого пришло лишь сейчас. Впрочем, и сейчас не поздно. У них еще вся жизнь впереди.

— Да так, — улыбнулась Мила и потерлась лбом о руку мужа. — Ни о чем.

Она дала себе слово ни в чем не подозревать Костю, пока все не выяснит. И вообще, как можно подозревать его в чем-то, когда супруг так ее любит? Все ее подозрения — чушь собачья, хватит забивать себе голову.

Чуть повернувшись, Мила перестала быть похожей на Инну, стала похожа на саму себя, и Константин Олегович вздохнул с облегчением.

Он любил Милу совсем не так, как Инну. Та все время словно ускользала от него, и его охватывала ревность почти до потери рассудка. Кстати сказать, для того имелись основания: Инна любила пококетничать. Девушка воспринимала и его любовь, и его самого не слишком всерьез, она весело порхала по жизни, будто ждала ежедневного праздника. И ежедневно этот праздник получала. Косте иногда казалось, что всех людей вокруг Инна рассматривает только как зрителей, призванных любоваться ею и с умилением прощать ее милые выходки.

С Милой все по-другому — жена всегда была рядом. Например, она не позволяла ему гладить рубашки и мыть посуду, потому что ей нравилось быть хозяйкой. Нравилось угадывать желания мужа и создавать ему максимальный комфорт. Как ни странно, угадывать его желания у нее получалось. Ну и создавать комфорт, само собой, тоже.

Впервые Константин заметил это, когда вернулся домой после тяжелого совещания в министерстве. Приехал поздно и совершенно вымотанный. Поднимаясь в квартиру, в очередной раз пожалел, что женат, что не может побыть один, ведь сейчас придется о чем-то разговаривать с Милой, а говорить не было никаких сил.

Когда вошел в квартиру, Мила быстро поцеловала его и шепнула, что совсем заждалась, и он как-то сразу очутился за накрытым к ужину столом, и даже книга, которую читал накануне, лежала рядом. А сама Мила неслышно удалилась и чем-то тихо занималась в соседней комнате. Через час, полностью отдохнувший, Константин шепнул жене «спасибо», и та буквально засветилась от его благодарности. А ему вдруг стало очень ее жалко. Он вообще тогда, непонятно отчего, постоянно испытывал к ней жалость, смешанную с умилением. Может быть, потому, что обманул ее, делая ей предложение. Ведь вовсе не любил ее, а она ему верила.

И вот сейчас Константин Олегович понял, что и жалость та, и умиление, и неловкость за собственные жалость и умиление и были настоящей любовью.

— Чем заниматься будешь? — ласково спросил он. И одновременно подумал: странно, раньше ему не приходило в голову поинтересоваться, что делает жена в его отсутствие.

— Не знаю, — улыбнулась Мила, пожав плечами.

— Если дождя не будет, пойди погуляй, — посоветовал Константин Олегович. Не удержался, взял ее за руку и поцеловал пальцы. — Я тебя очень люблю.

— Я знаю, Костя.

«Как хорошо, что скоро праздники, и можно будет несколько дней с ней не расставаться...» — мелькнула в голове мужчины неожиданная мысль.

* * *

К утру все, что она вчера наблюдала, сложилось в четкую логическую цепочку. Света проснулась затемно с ясной головой и неуемным желанием немедленно поговорить с Вячеславом. Но в пять часов утра это было невозможно. К тому же у нее не имелось телефона Славы, ни домашнего, ни мобильного, а звонить Кузьменко-старшему и спрашивать не хотелось. К Виктору она пойдет только с вескими доказательствами.

Вариантов во всем происходившем просматривалось два.

Лиза могла просто поручить Шпику собрать доказательства мужниной измены. Хотя бы затем, чтобы потом предъявить Славе компромат, например пикантные фотографии. Наврать, что достала их из почтового ящика, принять разнесчастный вид и вынудить мужа отказаться от служебного романа. Вариант почти беспроигрышный, поскольку Вячеслав, как и его отец, человек по сути своей добрый и жалостливый, и ради спокойствия в семье, скорее всего, Анастасию Горовец он бросил бы.

С другой стороны, существовала опасность, что Слава Настю не оставит, а наоборот, раз уж связь с ней вышла наружу, разведется с Лизой. В конце концов, мужчина может пожалеть не только жену, но и любовницу. Хотя опасность эта миновала, вряд ли Вячеслав на такое пойдет. По мнению Светланы, девица уже давно ему в тягость. Данный вывод она сделала не только потому, что Кузьменко-младший просил убрать сотрудницу подальше. Достаточно было понаблюдать вчера за ними: Горовец все время пыталась прижаться к любовнику, взять под руку, а тот старался отклониться. Причем по сторонам не смотрел, то есть не чужих глаз боялся, а просто хотел держаться от девушки подальше. Но ведь Лиза этого не знает и не может быть уверена, что муж сделает свой выбор в ее пользу, а не в пользу Насти.

В этот вариант не вписывалось и еще одно — то, что Лизе вдруг понадобилось залезть в ее, Светланин, компьютер. Зачем она это сделала? Хотела, чтобы никто и никогда не связал ее со Шпиком? Она что, убийство готовит?

Бред какой-то.

А если не бред? Если Лиза и правда решила убить кого-то... ту же Настю, например?

Тогда и получается второй вариант. Ежели Лиза и в самом деле затеяла что-то совсем дикое, то подозрение, если, не дай бог, Шпика поймают, падет на Свету. Уж никак не на жену Славы, у которой никакого доступа к Светланиному рабочему адресу быть не могло. Правда, смысла убивать Настю Горовец у Светы нет, но Елизавета вполне способна придумать такое, на что у нормального человека фантазии не хватит. И мотив для убийства Светлане подыщет, если постарается.

Вот совсем недавно, приехав зачем-то к свекру на работу, Лиза небрежно бросила свою сумку на стул в приемной. Ридикюль, полежав немного, свалился на пол, и секретарша Катя, скорчив недовольную мину, подняла его и аккуратно пристроила назад на стул.

— Вас что-то интересует в моей сумке? — с тихим бешенством произнесла Лиза, выходя из кабинета.

— Очень интересует, — не выдержала Света, случайно присутствовавшая при этой сцене. — Нам очень нравится твои сумки поднимать. Ты ведь сейчас специально свою торбу на краешек поставила, чтобы к Кате прицепиться, да, Лиза?

Невестка Виктора Федоровича открыла было рот, чтобы что-то сказать, но тут же закрыла, передумав говорить, только скривила губы. И Света поняла, что попала в точку. Не будь в тот момент в приемной Светланы, Лиза вполне могла обвинить Катю в чем угодно. С нее станется.

Тут вспомнилось, как она болталась вчера у Настиного подъезда, и Света похолодела от страха, представив, что при любом происшествии с Настей подозрения непременно указали бы на нее. Опять нестерпимо захотелось позвонить Славе, и Светлана с тоской посмотрела на часы. Стрелки показывали только половину шестого.

Придется ждать. А заснуть наверняка не удастся.

Света вылезла из-под одеяла, зажгла газ под чайником, попробовала читать купленный недавно детектив, но отложила в сторону — у нее теперь собственный детектив.

Еле дотянув до половины восьмого, она заняла пост на вчерашнем месте: уселась в свою брошенную тут, у производства на Рижской, машину. К разговору с Кузьменко-младшим, после некоторых размышлений, Света решила подготовиться поосновательней. Подумала, что надо хотя бы сфотографировать Шпика рядом с производством или рядом с Настиным домом, чтобы не выглядеть чокнутой выдумщицей. Слава похож на опера не только внешне, скорее всего, он и слушать не станет, если просто так, бездоказательно, начать его жену обвинять бог знает в чем. Виктор бы точно не стал.

В половине девятого к зданию производства быстрым шагом прошел Вячеслав. Около десяти явилась на работу Настя.

Шпика не было.

* * *

Ира зашла к подруге перед самым обедом, и почти сразу же позвонил Ковальчук.

— Есть такая фирма, — доложил он. — «Сигма-системы». Новая фирма, то есть помещение снимают только с этого года, офис десять ноль шесть.

— Спасибо тебе, Севочка, — обрадовалась Лера.

— Рад стараться, — засмеялся компьютерщик.

— Кто это? — сразу же спросила любопытная Ирина.

— Севка Ковальчук. Знаешь такого?

— Конечно. А что ему надо?

— Информацию ему мне сообщить было надо. Он выяснил по моей просьбе, что фирма «Сигма-системы» занимает офис десять ноль шесть начиная с нынешнего года.

— Умница, — непонятно кого похвалила подруга. — Пойдем дежурить?

— В каком смысле дежурить? — не поняла Лера.

— На десятом этаже, конечно. Помещение десять ноль шесть находится на десятом этаже.

— Ира, перестань. Вот придумала! Пойдем обедать. Или на улицу.

— Лер, да ты что? Пойдем, постоим на десятом этаже. Надо же разобраться, куда наши денежки ушли.

— От того, что мы там постоим, мы все равно ничего не узнаем. Узнавать нужно как-то по-другому, но я еще не знаю, как именно. Подумать нужно.

— Ты не знаешь, а я знаю, — отрезала Ира. И заканючила: — Ну пойдем, хоть посмотрим, что за офис такой.

— Отстань! — Лера заперла комнату, выпустив подругу. — Пойдем в столовую. Если очередь будет большая, просто пирожков купим, их можно без очереди взять.

Им повезло, лифт подошел почти сразу. Но едва Лера вошла в лифт, как шустрая подруга тут же нажала кнопку десятого этажа.

— Только посмотрим и уйдем, — засмеялась Ирина, которой нравилось играть в детектив.

Десятый этаж оказался совершенно пустым. Подруги дважды прошлись по длинному коридору, никого не встретив. На двери комнаты десять ноль шесть имелся кодовый замок, а кнопка звонка отсутствовала.

Ира задумалась. И Лера тихонько подтолкнула ее к лифтовой площадке, опасаясь, как бы активной подруге не пришло в голову под каким-нибудь предлогом проникнуть в заветный офис.

— Поехали. Я есть хочу.

— Я тоже хочу, — кивнула Ира, которая никак не могла оторвать взгляда от двери с кодовым замком.

И тут, как будто услышав ее молитвы, из той самой двери вышел молодой человек. С любопытством на них посмотрел и направился в сторону лифтов. Подруги, стараясь не слишком спешить, двинулись за ним.

Парень поехал на первый этаж, искоса наблюдая за ними в лифте, потом, не оглядываясь, направился в столовую и встал в конец небольшой очереди. Девушкам ничего не оставалось, кроме как пристроиться позади него.

Когда молодой человек с подносом, уставленным тарелками, отходил от кассы, полностью освободился столик у окна, за который тот и уселся. И почти сразу у этого столика оказалась Ира с собственным подносом, равнодушно спросив парня:

— Можно?

— Да-да, конечно, — закивал тот. Вежливый молодой человек даже попытался привстать и смотрел на подруг с большим любопытством.

Лера видела, что Ирина срочно обдумывает, как начать с ним разговор, и заранее боялась, что они покажутся симпатичному незнакомцу круглыми дурами. Но все произошло очень просто. В кармане парня зазвонил телефон. Он вытащил один аппарат, чертыхнулся, вытащил второй и строго произнес в трубку:

— Денис Завьялов, «Сигма-системы», здравствуйте.

Потом парень слушал, что говорит ему мужской голос, слабо доносившийся до подруг, и что-то односложно отвечал. А когда наконец убрал телефон, Ирина радостно ахнула:

— Надо же, «Сигма-системы»! А мы все думали, что за фирма такая!

— Фирма как фирма, — засмеялся молодой человек. — Что вас, собственно, заинтересовало?

— У нас с вашей фирмой договор был, — на ходу принялась сочинять Ира. — От вас письмо пришло, а я его потеряла.

— Ну, — собеседник зачем-то отложил вилку, — тут я вам ничем не помогу. Я же не директор, второго письма не напишу.

— У вас копия должна была остаться, — объяснила Ира. Наклонилась к нему и, перейдя на свойский тон, жалобно попросила: — Может, посмотришь?

Лера незаметно толкнула ее коленом под столом, чтобы остановить запредельный бред.

— Да я даже не знаю, где у нас письма, — пожал плечами парень и снова принялся за еду, но уже почему-то без прежнего удовольствия. — Если хотите, можно у секретаря нашего спросить.

— Хотим! — обрадовалась Ира. — Очень хотим, спасибо тебе!

Секретарем «Сигма-систем» оказалась хмурая девица с длинными светлыми волосами. Волосы падали ей на лицо, и она со злостью отбрасывала их рукой.

— Лен, — обратился к ней Денис, отперев дверь и пропуская подруг вперед, в таинственный офис, — девчонки письмо какое-то ищут, помоги им.

Офис оказался достаточно большой комнатой, обставленной новой светлой мебелью. Компьютеров стояло много, но почти все были выключены. Внутри помещения видны были две закрытые двери, ведущие, скорее всего, в кабинеты начальства. Во всем помещении находились только два человека: Денис и светловолосая Лена.

— Какое письмо? — подняла глаза от компьютера секретарша и рукой расчесала волосы, отодвигая их ото лба.

— Сопроводительное. К договору на двадцать семь миллионов. Поищите, пожалуйста, — как можно жалобней зачастила Ира.

— Самим нужно письма регистрировать! — зло заявила Лена, в упор разглядывая непрошеных гостей. — Нет у меня такого письма. И договора такого у нас нет. Если хотите узнать про договор, идите к директору.

— Да ладно тебе, — миролюбиво упрекнул секретаршу Денис. — Девчонки же не виноваты, с них начальство требует.

Лена еще их поразглядывала, покусывая палец, и повторила уже помягче:

— Не было такого письма. И договора тоже не было, я бы помнила. У нас договоров-то всего два, спутать невозможно.

— Жалко, — вздохнула Ира. И не удержалась от вопроса: — А что у вас народу-то никого нет? Одни компьютеры.

— Да у нас все дома работают, — хмуро объяснила Лена. — Программисты! Только мы с Денисом, как два дурака, целый день тут сидим.

Выйдя в коридор, Лера накинулась на подругу:

— Ну куда ты полезла? Мы теперь перед этой Леной дуры полные.

— Ничего, переживем, — засмеялась Ира. И совершенно серьезно заключила: — Слушай, а ведь Тамару вполне могли убить за такие деньги. Бухгалтер миллионы перевела и стала не нужна, вот ее и кокнули.

— Да ну тебя! Что за бред? — Однако самой Лере эта мысль бредом уже не казалась. — Тамару же не убили.

— Ага! С какой стати ей помирать ни с того ни с сего? Убили ее, к бабке не ходи!

— Ладно, пойдем работать, — вздохнула Лера.

Работать Ире не хотелось, и она молча пошла вслед за Лерой в ее кабинет, где уселась в кресло и задумалась. В комнате повисла тишина, которую неожиданно нарушил громкий звонок внутреннего телефона. Девушки вздрогнули, звонок им обеим показался почему-то зловещим. Ира даже перекрестилась.

Генеральный просил Леру зайти к нему, и она отправилась на четвертый этаж, проводив по пути подругу.

Директор Лере нравился. Улыбался мужчина редко, но всегда был безукоризненно вежлив, всех сотрудников помнил по именам и производил впечатление очень надежного человека. Лера сначала его побаивалась, но скоро перестала, и сейчас никакого трепета перед директором не испытывала.

— Что у вас за конфликт с технологами? — хмуро спросил генеральный, поздоровавшись и дождавшись, когда подчиненная усядется.

— Конфликт? — удивилась Лера, никак не ожидавшая, что Галина Николаевна бросится на нее жаловаться. — Я бы так не сказала. Просто они технологию на трехстах страницах описали, но алгоритмов четких нет, одни разрозненные формулы. Входные и выходные данные не перечислены.

Лера понимала, что технологи просто надергали в отчет текстов из выпущенных ранее работ, не удосужившись даже создать видимость новой работы, но прямо говорить о своем мнении не собиралась. Это означало бы совсем испортить отношения с малоприятной Галиной. Да и доносить начальству... неудобно.

Генеральный вздохнул. Он все прекрасно понимал и знал, что технологи не слишком компетентны.

— Что намерены предпринять?

— Пытаюсь составить таблицы.

— Хорошо, — глядя куда-то поверх ее головы, заключил директор, и Лере показалось, что думает он о чем-то совсем другом. — Составьте таблицы, отправьте Галине Николаевне по электронной почте, а копию мне.

Начальник уткнулся в бумаги, и Лера тихо вышла в приемную.

— Лер, — окликнула ее Лариса, оторвавшись от компьютера, — я вспомнила. Про «Сигма-системы» Константин Олегович Тишинский говорил. Ты его знаешь?

Лера кивнула. Конечно, она знает Милиного мужа.

* * *

Казанцева разбудил телефонный звонок. Оказалось, что уже почти двенадцать, и Александр удивился, а заодно даже обиделся, что утром Лера, уходя на работу, с ним не попрощалась.

— Сань, я узнавал, у наших диспетчеров вакансия есть, — обрадовал бывший однокурсник Влад Семенов. — Могу договориться, чтобы с тобой побеседовали. Хочешь?

Семенов уже давно служил в Сетевой компании, и Казанцев как-то признался ему, что хотел бы сменить место работы. И еще добавил тогда, что больше всего хотел бы трудиться именно в этой компании, но только непременно диспетчером. Правда, в тот момент вопрос так остро еще не стоял. Сейчас Казанцев о своем разговоре с однокурсником вспомнил и сразу же ответил:

— Конечно, Влад, спасибо тебе. Я могу либо сегодня, либо послезавтра. Завтра днем я на смене.

Потом Александр ждал, пока Семенов договорится о времени визита, курил на кухне и смотрел в окно. Вообще-то Лера дымить в квартире не разрешала, но она придет нескоро, и он рискнул, покурил.

Наконец Влад снова позвонил и сообщил, что собеседование назначили на сегодня. Саша доехал до нужной станции метро и долго искал спрятавшееся за огромным пустырем трехэтажное здание. Войдя в него, шел по длинному коридору между диковинных растений в кадках и испытывал неожиданное волнение. Потом долго беседовал с бородатым начальником диспетчерской службы, заметно робея и злясь на себя за эту робость, и вышел из трехэтажного здания совершенно обалдевшим. Однако ему показалось, что впечатление он на будущего возможного руководителя произвел хорошее.

Когда вернулся домой, оказалось, что Лера уже пришла, и Саша обрадовался. Привычно обнял ее и долго не хотел отпускать. А когда та спросила, где он был так долго, соврал:

— Да так... В книжный магазин ездил.

Казанцев даже ей не стал говорить, что мечта, кажется, начала сбываться. Боялся сглазить.

Вот подпишут его заявление о приеме на работу, тогда и скажет.

* * *

В половине второго из производственного здания вышел Слава и быстро направился к метро. На совещание спешит, вспомнила Светлана. Виктор Федорович еще на прошлой неделе планировал во вторник обсудить возможность ввода новой линии. По-хорошему, и ей тоже следовало быть там, на совещании, а не сидеть в машине, как последней дуре. Света повздыхала, пытаясь устроиться поудобнее, включила музыку, потом выключила и опять уставилась на входную дверь.

Настя появилась одной из первых, когда до конца рабочего дня оставалось чуть меньше часа. Шла не торопясь, по сторонам не смотрела. Светлана провожала ее глазами, чувствуя себя полной идиоткой, и жалела о потерянном времени. И вдруг, повинуясь внезапному порыву, сама не зная зачем, выскочила из машины, чуть не забыв включить сигнализацию, и понеслась к метро по противоположной стороне улицы.

Горовец она опередила. На станции опять села в другой вагон, а потом чуть не бегом поднялась наверх. По знакомой со вчерашнего дня дороге помчалась к Настиному подъезду, вошла в него вместе с какой-то маленькой девочкой, снова пешком дошагала до самого чердака и только тогда почувствовала облегчение. Неужели она всерьез предполагала, что Анастасию в подъезде ждет киллер? Наверное, окончательно спятила.

На всякий случай Света постояла у небольшого окна под самым чердаком, с трудом отдышавшись и подумав, что ведет слишком сидячий образ жизни, а это нехорошо. На ее глазах Настя Горовец вошла в подъезд. Наконец хлопнула дверь ее квартиры несколькими этажами ниже, и только тогда Светлана медленно побрела вниз по лестнице.

Нужно было забрать машину, но снова тащиться на «Рижскую» не было никаких сил, и она поехала домой на метро.

* * *

Виктор Федорович впервые после смерти жены почти не слушал, о чем ему докладывают собравшиеся на совещания люди. Очнулся, лишь когда в кабинете повисло удивленное молчание.

— Извините, отвлекся, — буркнул Кузьменко, ощущая неловкость. — Я что-то устал, голова болит. Давайте перенесем разговор на... Лучше всего встретимся после праздников.

Он посмотрел на стоявший на столе календарь, попытался что-то прикинуть, но только махнул рукой.

— Потом решу, когда именно. Извините.

Сотрудники потянулись к двери. Слава задержался, делая вид, что разглядывает что-то на стене. Закрыл за последним выходящим дверь и зло — от того, что сильно встревожился, — спросил:

— Что с тобой, пап? Может, давление измерить?

— Отстань, сын, — попросил Виктор Федорович. — Какое еще давление? Голова разболелась, и больше ничего.

Вячеслав не уходил, и отец пообещал:

— Анальгин сейчас приму и домой поеду.

— Проводить тебя?

— Совсем спятил? — засмеялся Кузьменко-старший.

Тут Слава наконец-то облегченно хмыкнул и вышел, закрыв за собой дверь.

Голова действительно болела, но где взять анальгин, Виктор Федорович не знал. Без Светы он многого не знал. Например, что ему делать, если ее нет. Без нее даже дела фирмы как-то сразу стали неинтересными.

Когда умерла Даша, его спасла именно работа. В офисе о жене ничто не напоминало. Правда, сослуживцы говорили с ним, напустив скорбное выражение на лица, но на это он старался внимания не обращать. А домой, где о супруге напоминало все, Виктор Федорович приходил только спать. После смерти Даши он даже и в выходные приезжал на работу. Сидел в офисе, читал газеты, смотрел футбол. Тогда ему казалось, что так будет всегда.

Все изменилось, когда светловолосая секретарша Светлана умело и уверенно начала напоминать ему о планах на день. Она всегда очень вовремя, не спрашивая разрешения, приносила кофе и даже подсовывала таблетки от головной боли, каким-то чудом угадывая, что у него началась мигрень. Тогда Виктор Федорович наконец-то прекратил засиживаться в офисе допоздна, футбол стал смотреть дома, где смог уже спокойно смотреть на привычные напоминавшие о супруге вещи. Но то, что Кузьменко сейчас чувствовал, было совсем не похоже то, что он когда-то испытывал к жене. Например, ему, конечно же, не пришло бы в голову выстаивать по несколько часов под Светиными окнами и ждать, когда она проснется, как давным-давно, в юности, он стоял под окнами Даши.

Да, это было очень давно. Виктор Кузьменко приехал с практики ночью и прямо с рюкзаком ждал утра, сидя во дворе на лавочке и куря болгарские сигареты (тогда болгарские сигареты считались лучшими). И только потом, нацеловавшись с Дашей в подъезде, поехал домой. Перепуганные родители долго его ругали, а Витя долго оправдывался и каялся, что не сообразил позвонить, когда благополучно доехал до Москвы.

Светлана не вызывала у Виктора Федоровича чувства восторга, которое вызывала молодая Даша. Просто начиная с некоторого времени он заметил, что видеть Свету для него такая же необходимость, как принимать пищу, пить или спать, и это открытие его не удивило и не испугало. Впрочем, после смерти Даши его уже ничто не могло испугать.

Он ничего не планировал, когда поставил перед Светланой коробку с какими-то мудреными сортами чая (купил ту коробку, потому что накануне услышал, как она рассказывала Кате: кто-то подарил ей чудесный чай, и она радуется по утрам от одного его запаха). Да он ничего не планировал. Но когда Света подняла на него удивленные и благодарные глаза, понял, что начинается новая жизнь. Может быть, эта жизнь и не будет такой сияющей, как в молодости, но она будет не менее счастливой.

Но сейчас Виктору Федоровичу очень не нравилось двухдневное отсутствие Светланы, и ему было необходимо с этим разобраться.

* * *

К подъезду Света подходила с единственной мыслью — скорее в ванну! Да, да, поскорее окунуться в горячую ванну с душистой пеной, смыть усталость от идиотского сидения в машине и от беготни по метро и вообще от собственной глупости. Она так сосредоточилась на этой мысли, что едва не вздрогнула, когда ее окликнул Виктор Федорович.

— Ох, нагулялась? — мрачно спросил он, вылезая из машины.

— Нагулялась, — честно призналась Света, чувствуя, что «прогулки» со слежкой поднадоели.

Собственно, какое ей дело до Лизкиных таинственных встреч? Пусть творит, что хочет, Светлану ее заморочки не касаются. Вот только залезать в свой компьютер она Лизе больше не позволит.

— А машина твоя где? — поинтересовался Виктор, входя в квартиру. Он отслеживал въезжающие во двор автомобили и из-за этого едва не пропустил Свету, шагавшую пешком.

Та небрежно махнула рукой, мол, ну ее, машину, и, стараясь не допустить дальнейших ненужных вопросов, задала свой:

— Есть хочешь?

— Хочу, — подумав, признался Кузьменко-старший. — Очень.

Он действительно почувствовал голод, ведь ничего не ел с самого утра. Странно, что вспомнил об этом лишь сейчас.

— Завтра-то ты наконец появишься в офисе?

Наблюдая, как Света достает продукты из холодильника, мужчина неожиданно испугался, что завтра ее опять не будет на работе и ему придется снова мучиться, не зная, чем таким секретным она занята.

— Появлюсь, — кивнула Светлана, которая в тот момент быстро резала финскую ветчину. Не удержалась и положила кусочек себе в рот.

— Ну, слава богу! — Виктор Федорович тоже взял ломтик прямо из-под ножа и зажмурился от удовольствия.

— Витя... — заговорила Света, одновременно критически оглядев второпях накрытый стол и подумав, что недостает чего-нибудь горячего, хотя бы картошки. Но у нее не было сил готовить. — Лиза в пятницу вечером к тебе приходила, помнишь?

Кузьменко кивнул, накладывая себе в тарелку ветчину, сыр и маринованные огурчики. Да, жена сына приходила в пятницу, но его не дождалась. Он был занят, а невестка никогда не отрывала Виктора Федоровича от дел.

— Представляешь, Елизавета залезла ко мне в компьютер. В почту. Думаю, отправила письмо с моего адреса.

В конце концов, почему Светлана должна одна заниматься его проблемами? Свекра тоже должны интересовать дела собственной невестки.

— Зачем? — машинально спросил Кузьменко, а сам подумал вдруг, что давно уже не получал удовольствия от еды, как сейчас.

— Вот и я хотела бы знать, зачем.

— С чего ты взяла, что Лиза посылала какое-то письмо? И что вообще пользовалась твоим компьютером?

— Она вперлась в мой кабинет, чтобы кому-то позвонить. Во всяком случае, так мне потом Катя сказала. Когда я пришла, почта была открыта на «исходящих». А я в этот день никому писем не отправляла.

— Ерунда какая-то... Лиза неопытный пользователь, могла от безделья пасьянс разложить, а потом случайно ткнуть куда не надо. Не придумывай глупостей.

— Это не глупости. — У Светы вдруг пропал аппетит. Совсем. — На следующий день она встретилась с каким-то парнем...

— Все! — рявкнул Виктор Федорович, отложив вилку. — Ничего не желаю слушать! Не наше с тобой дело, с кем встречается Славкина жена.

Ему тут же стало стыдно, что он наорал на Светлану, и, поднявшись из-за стола, мужчина виновато обнял ее, уткнувшись лицом в густые волосы.

А та ведь предполагала, что Виктор не захочет ничего слушать про Лизу, и все-таки почувствовала себя совершенно одинокой. Почти такой же одинокой, как в то время, когда у нее с ним еще ничего не было. Впрочем, тогда она себя одинокой не считала.

— Ты что, два дня выслеживала Лизу? — догадался Кузьменко. Он знал, конечно, что Света и невестка друг друга едва выносят, и это было его постоянной головной болью. Но следить за Лизой... это все-таки чересчур. — Свет, давай оставим их со Славой семейные дела им. Нас они не касаются.

— Ладно, давай, — вздохнула Светлана.

— Так завтра ты будешь на работе? — на всякий случай уточнил Виктор Федорович.

— Буду. Только задержусь немного.

Про себя же она подумала: машину-то нужно наконец забрать. А Лизу и правда выбросить из головы.

* * *

— Слава! — обрадовалась Лиза. — Ты что так рано?

— Отец совещание отменил и всех отпустил.

Вячеслав повесил ветровку на вешалку и обнял жену, заглянув ей в лицо. Та смотрела на него с радостью и нежностью. И он быстро, потому что было стыдно, чмокнул ее куда-то в ухо, пообещав себе завтра же порвать с Настей. И больше никаких баб!

— Это на Виктора Федоровича не похоже, — удивилась Лиза.

— Не похоже, — согласился Слава. — Сказал, голова заболела. Устал.

— Светка догадалась давление ему измерить?

— Светланы не было. — Он прошел в ванную и принялся мыть руки. — Секретарша сказала, два дня на работе не появлялась.

— Да? — удивилась Елизавета. Сняла полотенце с вешалки и протянула мужу. — Очень странно. Мне казалось, она Виктора Федоровича ни на минуту от себя не отпускает. Заболела?

— Не знаю.

— Папа! Папа пришел! — звонко закричала маленькая Даша, прибежав откуда-то и изо всех сил обхватив его ноги.

Лиза почувствовала заметный укол ревности: на ней Дашка никогда так не висла.

— Привет, пап, — степенно проговорил подошедший Степан, глядя на отца строго и внимательно.

— Привет. — Вячеслав обеими руками прижал к себе детей, снова мимолетно подумав: завтра обязательно порву с Настей. — Как дела?

— Нормально, — ответили сын и дочка хором. И так же хором спросили: — В выходные куда пойдем?

— Там видно будет.

По выходным Вячеслав обычно водил детей то в музей, то в зоопарк, то в детский театр, и спрашивать о планах на выходные они начинали уже с понедельника. Почему-то всегда втроем, без Лизы. Сейчас это показалось ему несправедливым по отношению к ней, и Слава добавил:

— И маму возьмем. Пойдешь с нами?

— Там видно будет, — улыбнувшись, повторила его слова Лиза и смешно наморщила нос.

Вообще-то сказать ей хотелось совсем другое: не хватало еще тащиться куда-то в воскресенье! Она и так почти все время с детьми проводит. Жизнь им посвятила. Ему-то, Славке, хорошо: у него работа, девки, а сын с дочкой — так, развлечение.

— Ты очень много с ними возишься, — благодарно произнесла Лиза, когда ребятишки снова вернулись к своим игрушкам и книжкам.

— Это же мои дети, — удивился Вячеслав. — Почему я не должен с ними возиться?

Жена подавала на стол ужин, и он привычно удивился грациозности ее движений.

— Слава, я так тебе благодарна, — тихо сказала Лиза, отвернувшись. — За все.

— За что? — сделал Вячеслав вид, что не понял. На самом же деле все прекрасно понял: он ведь не любил ее, когда женился на ней. И опять возникла та же мысль: немедленно бросить Настю! Немедленно! У него прекрасная жена. У него прекрасная семья. И никакие Насти ему не нужны. Ему нужна только его семья.

— Ты тратишь жизнь на меня, — все так же тихо объяснила Лиза, не глядя на мужа, — а мог потратить ее на другую женщину. На любимую.

— Я и трачу жизнь на любимую женщину. — Слава выбрался из-за стола и крепко прижал к себе Лизу. И неожиданно для себя произнес то, чего никогда ей не говорил: — Я люблю тебя.

Он обнимал хрупкие плечи, понимая, что сказал сейчас правду. И удивился, что так долго этого не понимал.

Среда, 28 апреля

— Ой, Светлана Леонидовна, здравствуйте! Как хорошо, что вы пришли! — обрадовалась Катя. — Я вчера просто не знала, что делать: всю вторую половину дня телефон надрывался, а ни вас, ни Виктора Федоровича.

Девушка убрала ветровку в шкаф и повернулась к Свете, которая отметила про себя: точно, секретарша очень рада ее присутствию. И от этого настроение почему-то сразу стало замечательным, под стать сегодняшней погоде.

— Ну и кто же нам звонил? — Света уселась на стул рядом с Катиным столом, закинула руки за голову и с удовольствием потянулась.

— Из Самары два раза звонили. — Катя дождалась, когда загрузится компьютер, и доложила: — Какой-то «Проммедсервис».

— Это насчет оборудования. Еще раз позвонят, переключи на меня.

— Еще Дерюгин из министерства.

— Его переключай на Виктора Федоровича. Кто еще?

— Из чужих все. Еще наши звонили. Из отдела сбыта.

— Черт с ними. Это не срочно. Кать, а ты мои цветы поливала?

— Конечно, — обиделась девушка, смешно надувшись. Улыбнулась и предложила: — Хотите, кофе сделаю?

— Спасибо, только что пила. Себе сделай. — Светлана с сожалением поднялась и вздохнула: — Ладно, пойду трудиться.

Кузьменко опаздывал, а ей хотелось, чтобы Виктор был рядом. Ну, не совсем рядом, в соседнем кабинете, но главное — знать, что он близко, что к нему можно в любой момент зайти. Витя или обнимет ее тогда одной рукой, не вставая с кресла, или буркнет что-нибудь недовольное, если ее появление помешало. Пусть бурчит. Она точно знает, что очень ему нужна.

Света включила компьютер, полюбовалась в окно на зеленеющие кусты и потянулась к зазвонившему телефону.

— Светочка? — послышался в трубке усталый голос.

— Привет, мам.

— Дочка, у нас неприятности.

— У вас всегда неприятности. — Хорошее настроение пропало сразу, в одно мгновенье, даже зелень за окном словно потускнела. — Что на сей раз?

Неприятности у родителей были постоянными, непреходящими и звались братом Глебом.

— Папе задерживают зарплату, а Глебу срочно нужны деньги. Он обещал свозить Леночку в Италию.

Леночка являлась очередной подружкой братца. Светлана никогда ее не видела и не стремилась увидеть. Впрочем, никто и не рвался показывать ей Леночку.

— Ну так пусть заработает деньги и свозит!

Света понимала, что говорить это бессмысленно и бесполезно, но все пыталась достучаться до матери. Как все последние годы. Как все годы, что себя помнила.

— Но он не может заработать!

— А не может заработать, пусть дома сидит!

Мать молчала, скорее всего, плакала, и Света понимала, что деньги даст. Как всегда. Вопреки здравому смыслу и собственным представлениям о разумном. Нельзя допустить, чтобы родители залезли в долги и потом экономили на всем, считая каждую копейку. Причем экономить они станут на себе. А любимый братик, привыкший к безбедному существованию, умерять свои аппетиты не станет.

— Мам, ну почему он не может заработать?

— Господи, Светочка, неужели ты не понимаешь? Работу и раньше было трудно найти, а сейчас и подавно. В кризис всех посокращали, но и сейчас, когда самые тяжелые времена вроде бы миновали, штаты расширять не спешат. Разве его вина, что инженеры нигде не нужны? А он молодой, ему всего хочется, и за границу тоже.

— Во-первых, инженеры нужны. Пусть к отцу на завод идет работать.

— Свет, — вздохнула мать, — ну о чем ты говоришь? Как будто не знаешь, какие там зарплаты. Тебе хорошо, ты в фирму устроилась...

Какие зарплаты на заводе, где отец трудился много лет, Света представляла. Небольшие, мягко говоря. Ей хотелось сказать, что даже небольшая зарплата лучше, чем вовсе никакой, но говорить это было бессмысленно. Брат, еле-еле окончив институт, нигде не работал, всерьез ожидая, что ему на голову упадет солидная должность с еще более солидным окладом, и размениваться на «пустяки» вроде устройства на завод или еще куда-нибудь, где оклады не слишком впечатляют, не имеет никакого смысла.

По ее, Светиному, мнению, молодому здоровому парню сидеть на шее у отца с матерью, которые много и тяжело работают, было откровенной подлостью. Но ее мнение никого не интересовало. Ни родителей, ни брата.

— Да, — согласилась Светлана, — мне хорошо. Сколько Глебу нужно?

— Две тысячи. Светочка, мы отдадим. Мы обязательно отдадим, как только папе переведут деньги...

— Две тысячи чего?

— Евро.

И опять Свете захотелось сказать, что можно было бы съездить гораздо дешевле, даже в Италию, но она снова промолчала. Как всегда.

— Я дам деньги.

— Спасибо, доченька. — Мать запнулась и, помявшись, спросила: — Сегодня сможешь привезти?

— Не знаю. — Светлане до смерти не хотелось ехать к родителям, видеть замотанных отца и мать и наглого брата. — Если сегодня не смогу, привезу завтра. Послезавтра в крайнем случае.

Света положила трубку и уставилась в «заснувший» экран компьютера.

Брат Глеб родился, когда ей было шесть лет. Дом наполнился суетой, криком, пеленками, и очень скоро маленькая Света поняла, что родителям она не нужна. Причем, наверное, раньше тоже была не слишком нужна. Потому что и до рождения Глеба большую часть времени проводила с тетей Ниной и бабушкой Клавой, двоюродной сестрой и теткой матери. Собственно, ту квартиру, в которой она когда-то жила с родственницами мамы и где проживала теперь, Света всегда и считала своим настоящим домом. И себя она никогда не чувствовала обделенной заботой и лаской — благодаря тете Нине и бабушке Клаве. Они обе маленькую Свету любили и баловали, покупали ей игрушки и одежду. Летом жили с ней на даче, а зимой Нина водила ее в музеи и театры и ходила на родительские собрания в школу. Потом бабушка Клава заболела и исчезла, и у Светы осталась одна Нина. Пока была жива тетка, она никогда не чувствовала себя одинокой. Мать и отца, не говоря уже о Глебе, Света давным-давно не считала близкими людьми, но это не мешало ей чувствовать себя вполне счастливой — у нее была Нина.

Собственно, отец ей не был настоящим отцом, то есть, как теперь говорят, биологическим. Биологического отца она не помнила совершенно. Мать разошлась с первым мужем, когда дочке было чуть больше двух лет. Что явилось причиной развода, Света не знала и никогда не стремилась узнать. Какая разница?

Тогда мать подкинула ребенка тетке и ее одинокой дочери, своей двоюродной сестре, а сама принялась устраивать свою личную жизнь. Бабушка Клава к тому времени уже была на пенсии, девчонку полюбила сразу и стала самоотверженно о ней заботиться, помогая непутевой племяннице. А Нина очень быстро заменила маленькой Свете мать.

И позже, когда Светлана стала жить с матерью и отчимом, которого называла отцом, настоящий ее дом был у Нины, а родители и брат — так, где-то сбоку...

— Ты что опаздываешь? — Света повернулась на звук открывшейся двери кабинета.

— Проспал. — Виктор Федорович наклонился к ней, вдыхая свежий запах густых волос. — А ты почему хмурая такая?

Она, не отвечая, пожала плечами и слегка отъехала от стола вместе с креслом. После каждого разговора с матерью ей требовалось время, чтобы отделаться от тягостного чувства.

— Что случилось, Свет? — настаивал Кузьменко.

Он распрямился, прислонился к письменному столу. Смотрел пытливо и настороженно, и неприятное чувство начало отступать.

— С матерью поговорила, — вздохнула Светлана. Она не рассказывала ему подробности своих семейных отношений, но Виктор догадывался, естественно.

— Опять Глебу что-то нужно?

— Угу. Денег.

— Зачем?

— Обещал свозить Леночку в Италию.

— А сам почему заработать не может?

— Потому что дурак и бездельник. Ну его к черту, я не хочу больше об этом говорить.

— А денег, конечно, дашь?

— Конечно, дам. Куда я денусь?

Она слегка покачивалась в кресле и казалась сейчас Виктору Федоровичу трогательно беззащитной. Пожалуй, за все время их знакомства Светлана впервые показалась ему беззащитной. До сих пор таковой виделась только одна женщина — Лиза.

— Света... — позвал он и опять наклонился к ней, придвинув к себе вместе с креслом. — Я хочу, чтобы ты стала моей женой.

* * *

Лера сидела в кресле, смотрела в окно и все никак не могла приняться за работу. Саша вчера ее обманул, сразу стало ей ясно. Не ездил он ни в какой книжный, был где-то еще. А скрывать от нее Казанцев может только одно — что больше ее не любит. Скрывать что-то другое ему нет никакого смысла. Собственно, и незачем, разве только из жалости. Лера попробовала отогнать страшные мысли и вспомнила, как Саша обнимал ее вечером. Но гадкое предположение не уходило, засев в мозгу занозой. Ей даже показалось, что закружилась голова, как будто выпила лишнего. Захотелось немедленно спросить у Александра о причине обмана, но тот сейчас на смене, за диспетчерским пультом, и звонить ему нельзя.

— Зачем вы послали копию генеральному?

Галина Николаевна с бумагами в руках ворвалась в кабинет так неожиданно, голос ее прозвучал громко и резко, что Лера вздрогнула. Но ответила технологу сдержанно:

— По его просьбе.

— Вы что, не понимаете, что с подобной ерундой к генеральному не лезут?

— Я ни к кому не лезу, — стараясь говорить спокойно, объяснила Лера. — Вы ему нажаловались, директор меня вызвал и попросил всю нашу переписку пересылать ему. И я буду пересылать.

Еще вчера Лера расстроилась бы, что Галина Николаевна на нее обиделась, но сегодня ей было все равно. Сегодня она могла расстраиваться только из-за Саши.

Технолог почти задохнулась от возмущения. Явно намеревалась сказать что-то еще, но, кажется, не находила слов. И Лера неожиданно почувствовала острый приступ жалости к немолодой усталой сотруднице, которая явно не справляется со своими служебными обязанностями и готова уничтожить всякого, кто ей об этом напомнит.

— Давайте, Галина Николаевна, ваши бумаги. Это замечания, да? Спасибо.

Женщина молча вышла.

Лера вздохнула и, сделав над собой усилие, принялась за работу.

Перед обедом, как обычно, позвонила Ирина:

— Пора в столовую. Я сейчас за тобой зайду.

Появилась Ирина почти мгновенно и затрещала без остановки:

— Я вот что думаю, Лер. Та фирма, «Сигма», скорее всего, перевалочная. Должна быть еще одна. Понимаешь, Тамара не могла перевести деньги в фирму и сразу забрать их. Это же любая проверка мгновенно вскроет. А кто в «Сигме» способен выполнить работу на двадцать семь миллионов? Пара-тройка программистов, работающих на дому? Нет, наверняка имеется другая фирма, куда «Сигма», в свою очередь, перевела наши деньги. Точно тебе говорю! Узнать бы только, какая...

— А как мы это узнаем? — равнодушно спросила Лера. Сегодня ей не было дела до пропавших миллионов. Сегодня ее занимало только одно — почему Саша ее обманул.

— Надо думать, — не успокаивалась Ира. — Обязательно что-нибудь придумаем.

В столовой опять оказалась очередь, и они терпеливо встали в хвост.

— Привет, девчонки! — Сегодня Денис оказался прямо за ними.

Подруги обернулись, и Ира обрадованно заулыбалась.

— Привет.

— Как дела?

— Трудимся понемножку, — рассмеялась Ира и заговорщицки подвинулась к знакомому: — Ты бы нам помог, а?

— Всем, чем смогу, — заверил молодой человек.

Готовили в столовой хорошо, вкусно, и на выбор блюд понадобилось какое-то время.

— Так какая помощь вам требуется? — первым не выдержал Денис, когда они опять вместе заняли столик у окна.

— Нам бухгалтерию вашу посмотреть надо, — воровато оглядевшись по сторонам, шепнула Ира.

— Что?! Вы, кажется, спятили совсем, — опешил парень.

— Денис, — проворковала Ира, — ну правда, очень нужно, помоги...

— Все, кроме этого, — отрезал молодой человек. И заключил: — Просто дурдом.

Ирина надулась и замолчала. Какое-то время все молчали.

— Зачем вам это? — снова не выдержав, хмуро спросил Денис.

— Потом расскажем, — отрезала Лера.

Не обсуждать же их с подругой намерения, в самом деле смахивающие на криминальные, в переполненной столовой.

Покончив с обедом, они втроем поднялись на десятый этаж в офис загадочной «Сигмы». Сегодня Денис был там один, без белобрысой Лены.

— Понимаешь, — начала объяснять Ира, — я в бухгалтерии работаю, и у нас недавно главный бухгалтер умерла. Ни с того ни с сего. В общем, я платежки просмотрела, и оказалось, что в вашу фирму были перечислены двадцать семь миллионов рублей. А работ на такую сумму вы никак сделать не могли. У вас сколько всего человек-то работает?

— Четырнадцать, — подумав, хмуро ответил Денис.

— А программистов из них сколько? — уточнила Лера.

— Восемь.

— Ну вот, — удовлетворенно заключила Ира, — значит, деньги ушли еще куда-то. Если бы программисты нашим договором занимались, об этом всем было бы известно. И секретарше Лене в том числе. А она про наш договор даже не слышала.

— У нас жуликов нет! — отрезал Денис.

— Да ты не думай ничего плохого, — успокоила его Ирина, — это обычное дело, многие так делают. Тут никакого криминала нет.

— Ну а от меня-то вы чего хотите? Я в комп бухгалтера залезть не могу — пароля не знаю.

— А и не надо в комп, — обрадовалась Ира. Денис явно сдавался. — Я только платежки ваши посмотрю, и все.

Парень немного постоял в задумчивости, потер подбородок и сдался окончательно.

— Ладно, смотри. Если найдешь... — Он не договорил, и подруги не поняли, что молодой человек имел в виду.

Денис открыл одну из дверей и пропустил девушек в маленькую комнату с единственным рабочим столом и большим шкафом, забитым папками, напротив.

Ирина, деловито подойдя к шкафу, провела пальцем по корешкам толстых папок с надписями и почти сразу вытащила нужную. Положила ее на стол и стала переворачивать подшитые листы, внимательно их проглядывая. Денис стоял почти вплотную — не иначе как опасался, что она какую-нибудь страничку вырвет.

— А почему у вас никто на службу не ходит? — тихо поинтересовалась Лера, пока подруга листала папку. Мастерство, с которым Ира разобралась в чужой документации, ее поразило.

— Говорил уже, наши дома работают, — мрачно объяснил Денис. — У нас же все программисты, у каждого комп есть. Зачем в офис таскаться? Сиди в квартире да пиши программы.

— Здорово, — похвалила Лера. — Я бы тоже от такого графика не отказалась.

— Ну так переходи к нам, — улыбнулся молодой человек. Похоже, к нему возвращалось хорошее настроение.

— Я бы перешла, да только программист из меня так себе, — пожаловалась она. — А чем вообще ваша фирма занимается?

— Раньше за все подряд хватались, а теперь вроде к одному делу пристроились. Обучающие программы создаем.

— А ты почему все время в офисе?

— За серверы отвечаю. Да мне все равно, что дома сидеть, что здесь.

Ира наконец явно нашла в папке нужное и удовлетворенно улыбнулась. Потом зачем-то посмотрела на потолок, схватила со стола листок бумаги и ручку и, не торопясь, выписала кое-какие данные. Она обнаружила, что деньги были перечислены в фирму «БетаМ-софт».

— Ну что там? — навис над ней Денис.

— Нашла. Ой, спасибо тебе за помощь! Век не забуду!

— Рад стараться! — засмеялся парень, провожая девушек к выходу.

— Давай рассказывай, — попросила подругу Лера уже у себя в кабинете. — Говори скорее!

— Миллионы из «Сигмы» ушли в «БетаМ-софт». Юридический и физический адрес тоже наши. И что у них за страсть к греческим буквам? Вот дают! По одному зданию бабки крутят! Звони Севке, пусть теперь узнает, в каком офисе эта контора устроилась.

— Подожди, сами справимся, — отмахнулась Лера. Полезла в Интернет и очень быстро нашла контакты фирмы «БетаМ-софт».

Подруги поглазели на номер телефона, безусловно находящегося в их здании, если судить по первым цифрам, и Ира решительно сняла трубку.

— Налоговая, Семенова, — гаркнула она, услышав отклик. — С директором соедините!

Выслушала, что ответил девичий голос, и, погрузившись в раздумья, постучала трубкой по подбородку.

— Почему Семенова? — усмехнулась, глядя на нее, Лера. — Почему не Иванова? Или Сидорова?

— Не знаю, — хмыкнула Ира. — Семенова и Семенова, какая тебе разница... В общем, так. Секретарша сказала, что Константина Олеговича сегодня нет. Слушай, совпадения бывают всякие, но мне как-то не верится... Я в нашем здании только одного Константина Олеговича знаю. Выходит, Тамара деньги Тишинскому перевела? Черт-те что! Теперь ты позвони.

Лера потянулась к внутреннему телефону, потом передумала и зачем-то взяла сотовый.

— Здравствуйте. Скажите, пожалуйста, как Тишинскому позвонить? Да, Константину Олеговичу... — Ей почему-то стало так страшно, что губы с трудом выговаривали слова. — Спасибо.

— Узнала?

Лера кивнула. Сняла с полки институтский телефонный справочник, нашла номер главного инженера Тишинского К.О. и опять кивнула. Итак, Константин Олегович являлся не только главным инженером института, но и директором фирмы «БетаМ-софт». Очень интересно.

— Тамара перевела ему бабки и стала не нужна?

— Ира, прекрати. Ну что за бред?

— Бред думать, что она сама себя убила! Кто угодно, только не Тамара. Да она сама бы кого хочешь убила!

— Нет, не может быть. Костя нормальный. Получается, Тамару за двадцать семь миллионов Тишинский убил?

— За двадцать пять. Два остались в «Сигме», — пояснила Ира и принялась отстукивать шариковой ручкой по столу «Турецкий марш». — «Сигма» же не бесплатно в этом участвовала.

— Не верю! — твердо сказала Лера. И задумалась. Она еще самой себе не могла признаться, что начинает верить.

* * *

Проснулась Настя рано, задолго до звонка будильника, чего с ней не случалось давным-давно. Ворочалась, ворочалась, но больше так и не заснула. И стала смотреть на пробивающееся сквозь щель в занавесках утро. В голове так же ворочались неприятные мысли. Позавчера Славка, поднявшись на ее этаж, даже из лифта не вышел, не поцеловал, кивнул, как чужой, и поехал себе вниз. А вчера им вообще поговорить не удалось, он на совещание рано уехал и к Насте не заглянул. Положение было почти катастрофическим, и что делать, девушка не представляла.

Пожалуй, она вела себя неправильно. Не стоило его дожидаться после работы: получилось, что навязывается, а мужики этого, как известно, не любят. С другой стороны, а что ей было делать? Делать вид, что она ему никто, рядовой технолог? Может, еще опомнится и прибежит прощения просить... Хорошо бы! А если нет?

Главное — поставить цель. Так всегда говорит подружка, Людка Дорошина. Ага, ей легко рассуждать, она своей цели добилась: выскочила за бизнесмена и живет себе припеваючи, не работает, по будильнику не встает, в переполненном метро не ездит, целый день в лаборатории от скуки не умирает.

Настя еще поворочалась, поправила подушку и снова уставилась на светлеющую между занавесками полоску. Правда, бизнесмен у Людки так себе, не чета Славе, весь его бизнес — несколько торговых точек на рынке.

До сих пор никаких конкретных целей Анастасия не ставила, с Кузьменко все получилось почти само собой. Если начальник — сын хозяина, молодой, интересный, даже, можно сказать, красивый мужчина, не упускать же такой случай! Никто бы не упустил. Вот и Настя не упустила.

Какой красивой парой они были бы со Славой! Но — Горовец всегда говорила себе правду — и с женой Вячеслав смотрелся неплохо. Пожалуй даже, до его жены сама Настя недотягивает. Лиза роскошная баба, ничего не скажешь. Хотя... Если бы ей Лизины шмотки, еще неизвестно, кто роскошнее выглядел бы. К тому же она, Настя, моложе, хоть и не намного. Впрочем, молодость не аргумент — молодых с каждым годом только прибавляется. А что аргумент? Душевные качества, вот что!

Если бы доказать, что она, Настя, добрая, умная, чуткая и Славке до гроба преданная, а жена его — дура набитая... Нет, дурой Лиза быть никак не может, это чувствуется с первого взгляда. Дурой быть не может, а вот... изменять мужу — вполне. Господи, да ведь наверняка так и есть! Любовник-то Славка неважнецкий, уж ей ли, Насте, не знать. Дети в сад ходят, Османова говорила, выходит, Лиза целый день одна, сама себе предоставлена. И что же, такая женщина целый день дома сидит, супруга с работы поджидает? Вот уж не верится! Значит... значит, надо собрать доказательства ее измены. Как их собирать, Горовец не знала. Ничего, об этом можно будет подумать потом.

Итак, необходимо найти доказательства Лизиной неверности. И еще, самое главное, уверить Славку в том, что сама она, Настя, ему нужна больше всех. Только она ему друг и главный помощник, как Светлана Леонидовна — директору. Османова говорила, что Света из простых секретарш в заместители генерального шагнула, потому что всегда у начальника под рукой была, настроение директора чувствовала и никого другого к нему близко не подпускала. Османова сама однажды видела, в тот момент в приемной была, как директор приехал откуда-то, прошел в свой кабинет, едва кивнув, а секретарша Светлана вскочила и за ним кинулась со стаканом воды и с какой-то таблеткой — поняла, что у мужчины голова болит. А через минуту опять за свои дела принялась как ни в чем не бывало. Еще минут через десять вышел директор — добродушный, веселый, даже пошутил с Османовой, а Светлане благодарно кивнул, будто та ему не таблетку от головной боли дала, а от смертельной болезни спасла. Вот и Насте нужно действовать так же. Правда, определить, когда у Славки голова болит, у нее вряд ли получится, но идея была понятна.

Быть такой, как Светлана Леонидовна, Насте очень хотелось. Едва ли не больше, чем за Славку замуж. Горовец видела замдиректора несколько раз, когда та приезжала к ним на «Рижскую» по каким-то своим начальственным делам. Светлана Леонидовна шла по коридору, вежливо всем улыбалась, со всеми здоровалась, даже с уборщицей, и все улыбались ей в ответ и здоровались, только чувствовалось, что женщина тут хозяйка, а все остальные — так, никто. Раньше Настя с уборщицей никогда не здоровалась, а после того случая стала. Очень хотелось быть похожей на замдиректора.

Кажется, Настя все-таки задремала, потому что будильник прозвенел оглушительно и даже как-то тревожно. Девушка выползла на кухню, принюхалась и скривилась:

— Яичница?

— На тебя не угодишь, — обиделась мать. — Вчера котлеты были — плохо, сегодня яичница — опять плохо. Не в ресторан пришла! Сама готовь в другой раз. Я и так ради тебя ни свет ни заря встаю...

Дальше слушать Настя не стала, поплелась в ванную и еле расслышала телефонный звонок. Успела подойти к аппарату до матери, удивляясь на ходу — странно, так рано им никто никогда не звонил.

— Девушка, — затараторил приятный мужской голос, — я вас поздравляю. Вы выиграли приз — праздничный набор. Когда и куда вам его привезти?

— Какой приз? — удивилась Горовец. — Я ни в каких лотереях не участвовала.

— Лотерея проводилась фирмой... — название фирмы собеседник произнес скороговоркой, и Настя его не расслышала, — среди жителей вашего микрорайона. Вам положены конфеты и вино. Но если вы отказываетесь...

— Нет, — перебила Горовец, — я не отказываюсь. А когда вы можете привезти?

— Начиная с десяти часов.

— Тогда, — решила Настя, — привозите на «Рижскую».

Праздничный набор оказался неожиданно хорошим — конфеты в немыслимо красивой коробке и бутылка мартини. Курьер оказался симпатичным парнем в очень дорогих джинсах. Интересно, зачем работать курьером, если есть деньги на такие джинсы? Понять это Настя никак не могла. И продолжала размышлять о том же, возвращаясь от метро, где назначила встречу, на работу. Впрочем, какое ей дело до какого-то курьера? У нее есть заботы поважнее.

Подойдя к двери кабинета Кузьменко, Настя замерла, прислушалась — тихо. И тогда робко толкнула дверь.

— Слава, — без улыбки обратилась к мужчине Горовец (она же страдает из-за их размолвки, какие уж тут улыбки?), — я получила в подарок мартини. Возьми, пожалуйста, я спиртное не люблю.

На самом деле выпить девушка любила и отдавать мартини ей было жаль, но другого повода заглянуть в кабинет Вячеслава не нашла, а захотелось нестерпимо.

— Спасибо, но я не пью мартини, — равнодушно сообщил Кузьменко. Из-за стола не встал и даже попытки приподняться не сделал, не то чтобы обнять.

Дело было совсем плохо, и Настя растерялась.

А ведь отчего-то была уверена, что от мартини Слава не откажется и выпьет его вместе с ней. Тогда она пожалуется, как страдает из-за его охлаждения, а любовник пожалеет ее и попросит прощения.

— Все-таки возьми, — покачала Настя головой, ставя на стол бутылку. — Зачем мне мартини?

— А мне зачем? — все так же равнодушно спросил Вячеслав, и девушка поняла, что все кончено.

Впрочем, нет, так думать нельзя ни в коем случае! Бороться нужно до конца!

Настя повернулась и молча вышла из кабинета.

* * *

Делать было решительно нечего: продуктов достаточно, обед готовить рано, читать не хотелось, по телевизору ничего интересного. И Мила вышла на улицу — просто так, ни за чем. Собралась было опять, как вчера, оглядеться по сторонам, но не стала. Даже отругала себя за появившееся желание. Конечно же, она не будет высматривать неожиданно свалившегося на голову поклонника!

Помялась, не зная, в какую сторону направиться, и медленно двинулась сначала к метро, а потом к парку, размышляя на ходу.

Костя изменился после смерти Тамары. Почти неуловимо изменился, но Мила почувствовала. Стал спокойным и веселым, как будто Тамара давила на него одним лишь тем, что жила на свете. Может быть, у женщины имелся на него какой-то компромат? Едва ли. Если бы было так, Костя бы и сейчас нервничал, не зная, в чьи руки может попасть его тайна.

А он не только не нервничал, а словно освободился от груза, который каким-то образом был связан с Тамарой, и теперь наслаждался легкостью свободного существования. С другой стороны, могло быть и так: Тамара одна знала что-то страшное о Косте, а тот был уверен, что она никому об этом не расскажет. Хм, пожалуй, больше похоже на правду...

Додумать Мила не успела, потому что непонятно каким образом почувствовала присутствие Романа. Губы стали растягиваться в дурацкой улыбке, и пришлось их прикусить, чтобы не выглядеть законченной дурой. Она не обернулась, только слегка замедлила шаг. И не остановилась, когда услышала:

— Здравствуйте.

— Здравствуйте, — спокойно, справившись с желанием улыбнуться, ответила Мила. — Вы что, бросили работу?

— Нет, просто взял отгулы до конца месяца, — серьезно объяснил полковник.

То, что с ним происходило, было похоже на болезнь, на сумасшествие. Весь мир сузился до... до одной этой женщины, и все, что так занимало его раньше, казалось неинтересным и ненужным. Собственно, кроме работы, Воронина по-настоящему ничто и не интересовало, но, приехав сегодня на службу, Роман понял, что не может и не хочет заниматься ничем, кроме как ждать встречи с Милой и радоваться, если удастся ее увидеть.

Наверное, если бы случайная знакомая откровенно послала его куда подальше, он, промучившись с недельку, излечился бы от внезапно свалившейся на него страсти и жил бы дальше спокойно и размеренно, как раньше.

Сейчас Воронин даже хотел, чтобы женщина его прогнала, но одновременно боялся услышать резкие слова. И понимал, что сам никогда от нее не откажется.

Мила промолчала. Вообще-то нужно было сказать полковнику, чтобы уходил, что она никогда не станет изменять мужу и опасается, как бы тот не узнал про ее прогулки с Романом. Но произнести такие простые слова язык не поворачивался. Потому что сейчас ей стало понятно, как сильно она хотела, чтобы Роман все же появился.

Парк встретил шумом, навязчивой громкой музыкой. И ноги сами как-то сразу понесли их подальше от центра, к тихим, узким, почти лесным дорожкам.

Воронину легко было идти рядом с Милой молча. Но ему хотелось слышать ее голос, и он мучился, не находя темы разговора.

— Вам не скучно сидеть дома? — наконец ляпнул Роман то, что всерьез его занимало. Он же вырос при советской власти, когда работали все без исключения, и только такой образ жизни считал единственно возможным. Конечно, если мать находится неотлучно при ребенке, тогда понятно, но у этой женщины, судя по всему, ребенка не было.

— Скучно, — не стала отрицать Мила. Повернулась к полковнику и усмехнулась: — Но на работе еще скучнее.

Сегодня она уже не казалась ему испуганной, и Роман обрадовался. Потому что невольно тревожился за нее последние дни.

— Где же вы трудились, если кроме скуки вспомнить нечего?

— В НИИ. Работала и училась в аспирантуре. Больше не хочу ни работать, ни учиться.

Женщина снова отвернулась, и Воронин украдкой ее разглядывал. Сейчас она казалась ему еще более красивой, чем тогда, на краю леса, при первой встрече.

— Но, по-моему, чем-то заниматься нужно. Чтобы мозги тренировать. Если дома сидеть...

— Поглупеешь, — подсказала Мила.

— Ну, поглупеешь не поглупеешь, а все-таки...

Угораздило же его влюбиться! Мало того, что женщина чужая жена, так еще и образ жизни ведет такой, какой он всегда считал абсолютно неприемлемым.

— Роман, вы учите меня жить?— засмеялась Мила. Весело засмеялась, нисколько не обидевшись.

— Нет. — Ему тоже вдруг стало смешно. — То есть да.

Черные кудри слабо развевались на легком ветру, и полковнику очень хотелось до них дотронуться.

— Не учите — бесполезно, — отсмеявшись, посоветовала Мила. И серьезно добавила: — А кроме того, я этого не люблю.

Ей до смерти надоели почти постоянные разговоры родителей на ту же тему. Сначала было: жизнь непредсказуема, Милочка, нельзя остаться без специальности... Теперь звучит иное: нельзя запирать себя в четырех стенах, нужно общаться с людьми...

Она сама прекрасно знает, что ей нужно.

— У вас на работе есть женщины?

— Есть.

— Тоже с погонами?

— Разные. Есть с погонами, есть без погон.

— И у них у всех тренированные мозги?

— Нет, — вынужден был признать Роман, — не у всех.

Конечно, не у всех. Если честно, то почти ни у кого.

— Простите, я не хотел вас обидеть.

— Я знаю. Вы меня и не обидели. — Она снова засмеялась. — Просто мне родители надоели с нравоучениями.

— А... родители у вас кто?

— Научные работники.

Мила достала телефон и посмотрела на часы — пора возвращаться, она приучила Костю к тому, что его всегда ждет вкусная и горячая еда.

Нужно было немедленно сказать полковнику, чтобы тот больше никогда не приезжал, но — не сказала. Более того, к собственному ужасу, Мила вдруг поняла, что ей до смерти хочется, чтобы Роман обнял ее на безлюдной дорожке.

Не обнял, конечно. Не посмел.

* * *

Константину Олеговичу было трудно привыкнуть к тому, что Тамары больше нет. Раньше он часто, почти каждый день, заходил к ней в кабинет — просто так, перекинуться парой слов. И она к нему заходила. Собственно, если не считать Милу, Тамара была единственным человеком, с которым Костя разговаривал не о работе.

Дома Тишинский о Тамаре не вспоминал, а на работе думал почти постоянно. Ему стыдно было в этом признаться, но ее смерть принесла ему... чувство свободы. Он как будто только сейчас получил право жить, не думая о прошлом, и быть счастливым. За прошлые годы Константин так устал от своей вины перед Тамарой, что сейчас словно открывал жизнь заново.

Ему хотелось навсегда забыть о том страшном, что их связывало. Забыть о Тамаре, об Инне и о самом себе — том, давнем, для которого Инна была единственным центром Вселенной.

Сейчас трудно поверить, но ведь сначала Инна ему не понравилась. Когда девушка только пришла в институт, Константин Олегович уже считался одним из ведущих специалистов, хотя никакой руководящей должности тогда еще не занимал. Он и не обратил бы внимания на молодую девчонку, весело смеявшуюся с такими же молодыми инженерами, если бы ту не ввели в его группу. Инженером Инна была никаким, работать откровенно не хотела, сразу же стала звать его Костиком, чего он терпеть не мог, и Тишинский не знал, как от нее отделаться, — пока не понял, что не может без нее жить. И до сих пор не понимал, как выжил после ее гибели.

Константин Олегович оторвался от компьютера, вышел в маленькую комнатку-кухню, примыкавшую к кабинету, и включил чайник. Постоял, глядя в окно на зеленеющие кусты, и неожиданно вспомнил, как

Мила сегодня тоже смотрела в окно, сузив глаза, и от этого показалась ему поразительно похожей на Инну.

В первый раз он заметил, как у Инны сузились глаза, когда девушка была для него еще никем. Время шло к обеденному перерыву — тогда, много лет назад, никому и в голову не могло пойти обедать в какое-то другое время, помимо строго для принятия пищи отведенного. В комнату, которую занимала его группа, влетела Тамара, высокая, гибкая, голубоглазая. Влетела, увидела его и обрадовалась. И Костя обрадовался, потому что не видел ее целую неделю: Тамара болела, а у него скопилось много работы, и невозможно было выбраться навестить ее. Никаких слов между ними еще сказано не было, но и так было ясно, что им хорошо вместе, что они отлично друг друга понимают и что слова — отнюдь не главное. (Потом он долго благодарил судьбу за то, что ничего так и не было сказано, от этого его предательство становилось вроде бы и не предательством вовсе.)

Тамара весело огляделась, затормошила его, но Константин был занят, и ей пришлось подождать несколько минут. Тогда она и увидела новенькую, принялась с ней знакомиться. Костя бросил на них взгляд, и рядом с сияющей Тамарой Инна показалась ему почти невзрачной. Но вдруг заметил, как у девушки странно сузились глаза, и подумал о навязанном ему молодом инженере: «А ты ведь стерва...»

Тогда он еще мог трезво смотреть на Инну. Еще мог видеть в ней злую, капризную, завистливую девчонку, совершенно не выносящую чужого счастья и чужого успеха. Однако совсем скоро Инна стала казаться ему самой лучшей, самой прекрасной на свете. Только один раз он не то чтобы усомнился в этом — просто постарался поскорее выбросить из памяти неприятный случай.

Тамара шла по коридору ему навстречу, и ему вспомнилось, что давно ее не видел. Отметил, что подруга сильно похудела и вообще как-то изменилась, и подошел к ней, испытывая стыд и жалость. И тут не понятно откуда появилась Инна. Засмеялась и взяла его за руку. Ему не понравилось, что девушка взяла его за руку в институтском коридоре, где были посторонние люди, но Костя стерпел. Инна что-то сказала, он что-то ответил. И не сразу заметил, что та щурится от удовольствия, как кошка. А когда обернулся, Тамара быстро удалялась от них, почти бежала. Константин выдернул руку, постоял, как дурак, не зная, что делать, опять обернулся к Инне — и тут же забыл о Тамаре. Тогда в присутствии Инны он забывал обо всем на свете.

Чайник щелкнул, сообщая, что вода вскипела. Тишинский залил кипятком пакетик чая, бросил в чашку два кусочка сахара и задумчиво помешал темнеющий на глазах напиток.

А ведь Мила была какой-то необычной в последние дни... Что-то с ней происходит...

* * *

Ехать к родителям не хотелось настолько, что даже радость от долгожданного предложения оказалась какой-то неполной. Не оглушающей. И работать совсем не хотелось, что со Светой случалось крайне редко. Пожалуй, даже никогда.

Она лениво просмотрела почту, так же лениво злясь на бесконечный спам, и только на одном письме, предлагающем за копейки восхитительные игрушки из Европы, задержала взгляд. С экрана на нее смотрел грустный пушистый заяц с умными глазками-бусинками. Почти такого же зайца ей подарил отчим, когда маленькая Света впервые его увидела.

— Доченька, — улыбнулась мама, раздеваясь в тесной прихожей бабушки Клавы, — познакомься, это твой папа.

Незнакомый дядька смотрел на Свету приветливо, но она все равно немного испугалась, не зная, что ему сказать. Ей не хотелось никакого папы. А мужчина потрепал ее по голове и вручил зайца, большого и пушистого. (Светлана потом долго спала с этим зайцем, пока игрушка совсем не вытерлась. Тогда мама ее выбросила.) А вскоре мама забрала дочь к себе.

Дядя-папа, натыкаясь на девочку в комнатах или в коридоре, гладил ее по голове, и на лице его каждый раз появлялось выражение удивления, словно мужчина вспоминал, кто она такая и откуда взялась в их небольшой квартире.

После рождения Глеба отец еще какое-то время трепал Светочкины волосы, а затем перестал. Потому что для него перестали существовать все, кроме Глеба. И кроме жены — ведь та была матерью его сына и была ему, сыну, нужна.

Больше отец не дарил Свете ничего и никогда. В день рождения родители приходили к ней в комнату, мама вручала подарок — наспех купленную книгу или что-нибудь из одежды, целовала дочку в лоб и говорила, что они с папой ее поздравляют. Отец улыбался, желал ей успехов и тут же напоминал матери, что Глеба пора будить, или кормить... или собирать в школу. Света была для него человеком второго сорта, и он даже не пытался это скрыть.

Настоящий праздник — с тортом, свечами, пирогами и плюшками — ей устраивала тетка в ближайшую после дня рождения субботу. И вообще по субботам, после занятий, Света всегда уезжала к Нине и бабушке Клаве, а к родителям возвращалась в воскресенье вечером. Потом целую неделю тосковала до следующей субботы.

Все необходимое: учебники, тетради, одежду — Свете покупала Нина. Тетя приезжала поздно вечером, когда Глеб был уже в постели, закрывалась со Светой в ее комнате, обнимала и рассказывала о себе (Нина работала в конструкторском бюро), расспрашивала про учебу племянницы, проверяла ее дневник.

Иногда Глеб не спал и поднимал рев. Родители успокаивали орущего сына, и поговорить толком не удавалось. Особенно мальчик надрывался, когда тетка привезла Свете коньки. Глебу было тогда восемь лет, коньки у него имелись, правда, не такие красивые, как подаренные Ниной, а самые обычные. Кстати, кататься Глеб не любил, на каток ходил неохотно, на льду часто падал и сразу же начинал плакать, злиться, поэтому Света никак не могла понять, отчего брат так отчаянно рыдает.

Отец вызвал Нину в коридор и строго сказал:

— Вы не понимаете, что нельзя купить что-то одному ребенку, ничего не купив другому? Я могу дать вам денег для подобного случая.

— Совершенно с вами согласна, — усмехнулась Нина, — нельзя купить что-то одному ребенку, ничего не купив другому. Когда вы Свете что-нибудь покупали?

— Но... — поперхнулся отец. Помолчал секунду и нашел наконец доводы, казавшиеся ему справедливыми: — Она ведь старше! Должна понимать, что заботиться нужно в первую очередь о маленьких!

— В семье заботиться нужно обо всех, — устало возразила Нина, — и безо всякой очереди. Это бесполезный разговор, давайте его прекратим.

Через неделю Света нашла свои коньки безнадежно испорченными — покрытые толстым слоем уже заскорузлой синей масляной краски. В подъезде тогда шел ремонт, и рабочие оставляли прямо на лестнице ведра с краской. Измазаны ею коньки были добросовестно, от самой подошвы до верха голенища. Света зачем-то долго прижимала к себе ни разу не надеванные коньки, а потом выбросила их в мусоропровод, не рассказав о том, что произошло, никому, ни родителям, ни Нине. Ей было стыдно за брата Глеба. С тех пор она ни разу не каталась на коньках...

Светлана тряхнула головой, отгоняя неприятные воспоминания, и уныло оглядела свой скромный кабинет. Ехать к родителям ей очень не хотелось. И не хотелось ехать за машиной. Но, к сожалению, надо.

Света еще раз повела глазами вокруг и только тогда заметила, что из шкафа исчезла бутылка мартини, которую она принесла взамен отвезенной в прошлую среду на дачу.

Зачем держать в кабинете спиртное, Светлана сама не понимала. На метро она ездила редко, Виктор тоже, а ни с кем больше выпивать на работе никогда бы не стала. Тем не менее красивую бутылку обязательно здесь хранила. На всякий случай.

Подниматься из кресла было лень, и в надежде, что секретарша услышит, Света крикнула:

— Кать, не знаешь, куда мой мартини делся?

— Что? — приоткрыла дверь девушка.

— Мой мартини куда-то делся, в шкафу бутылка стояла.

— Не знаю, — растерялась Катя. — Я не брала.

— Да я и не думала, что ты взяла. Ладно, черт с ним. Я ухожу и уже не вернусь. Если понадоблюсь, звони на мобильный.

Кстати, телефон остался вчера лежать на сиденье машины, когда Света впопыхах выскочила из салона.

Машина, слава богу, была цела. Не побита, не угнана. И мобильный цел, так и лежал на кожаном сиденье. А сигнализацию она, оказывается, не включила. Нет, все-таки слежка не для нее. Пусть Лиза затевает, что хочет, а с нее, Светланы, детектива хватит.

Посидев пару минут в салоне, она подумала и решила: раз уж сюда попала, надо зайти к Славе. Кое-что следует с ним обсудить. Если открывать новую линию производства, нужны новые помещения, оборудование, люди, наконец. Так что с Кузьменко-младшим необходимо поговорить.

Светлана, ощутив легкое сожаление, покинула приятно пахнущий кожей салон автомобиля.

— Ты что такой... задумчивый? — удивилась она, войдя в кабинет и встретив сосредоточенный взгляд Вячеслава.

— Слушай, Свет, — Слава выбрался из-за стола и прошелся из угла в угол, совсем как его отец, — очень тебя прошу, убери куда-нибудь Горовец.

— Что это? — Светлана уставилась на стоявшую на столе бутылку. — Откуда?

— Так Горовец и принесла.

— А у нее откуда?

— Не знаю. Какая тебе разница? Света, ты меня слышишь? Я совсем о другом говорю!

Светлана его слышала, конечно, но думала о своем. Аккуратно взяла в руки темную бутылку с красивой этикеткой. Похоже, это именно та, которую она пару дней назад поставила в шкаф в собственном кабинете, потому что предыдущую в прошлую среду взяла с собой на дачу. Или нет? Внимательно осмотрела бутылку со всех сторон и пришла к выводу: во всяком случае, точно такая же.

— Где Горовец сидит?

— Ты что, Свет? — Женщина смотрела на него с таким испугом, что Вячеслав опешил.

— Где сидит Горовец?

— В третьей комнате. У окна. Справа. Да что случилось-то?

Если бы она знала, что случилось...

Светлана сунула злополучную бутылку в сумку.

Нужно срочно успокоиться. Успокоиться — и поговорить с Горовец.

Комната с номером три, аккуратно прибитым на светло-коричневой двери, была залита веселым весенним солнцем.

— Добрый день. — Замдиректора фирмы улыбнулась удивленно повернувшимся к ней людям в белых халатах.

Собственно, с чего она так перепугалась? Совсем не обязательно, что это ее бутылка. Конечно, не ее! Просто похожая. Мартини и мартини, этикетки всегда почти одинаковые. Пора прекратить искать заговоры на пустом месте, а то и до психушки недалеко.

— Настя, здравствуйте.

Светлана подошла к испуганно вскочившей девушке. От солнечного света, от присутствия людей возвращалась привычная уверенность.

— Мы организуем новую линию. Вы, наверное, знаете?

— Нет, — покачала головой Горовец.

— Организуем, — повторила Света. — И в связи с этим у нас будут некоторые кадровые перестановки. Вы, например, теперь будете работать в Бибиреве. С повышением оклада. И точно по вашей специальности. Вам ведь и ездить туда удобнее, правда?

— Но я не хочу! — неожиданно возмутилась Анастасия. И тут же невольно съежилась — все-таки перед ней стояла замдиректора.

— Вопрос уже решен, — мягко объяснила Светлана. — А пока я предлагаю вам дополнительный оплачиваемый отпуск. С сегодняшнего дня до... до десятого мая. В отпуск-то вы хотите?

Девушка закусила губу. В отпуск она хотела, а вот работать в Бибиреве не хотела. Категорически. Однако понимала: сама замдиректора до ее перевода не додумалась бы. Много ей дела до какой-то Насти Горовец! Значит, это Славка подсуетился. Подлец!

— В отпуск хочу, — усмехнулась Анастасия, отчего-то развеселившись. — Могу я прямо сейчас уйти?

А про себя девушка подумала: отпуск — это хорошо. В отпуске она все обдумает как следует. А может быть, и компромат на Славкину жену найдет, застукает Лизу с любовником.

— Конечно, — кивнула замдиректора и как будто что-то вспомнила. — Да, хотела у вас спросить... Где вы такой великолепный мартини купили?

— Я его не покупала, — зло поджала губы Настя. — А выиграла.

— Как это? — не поняла замдиректора.

— Ну в лотерею. Какая-то фирма проводила у нас в микрорайоне лотерею, и я выиграла приз, курьер мне привез праздничный набор. А что?

— Курьер? — задумалась замдиректора. И принялась щелкать телефоном.

Это было глупо, но Светлане вдруг захотелось показать девушке фотографии вчерашнего Шпика. На всякий случай. Не тот ли был тем самым курьером?

Фотографий в телефоне не оказалось!

Замдиректора круто развернулась и, не прощаясь, почти выбежала в коридор.

В туалете, где, к счастью, никого не было, Света тупо уставилась в зеркало, не видя собственного лица. Она же не сумасшедшая! Прекрасно помнит, что фотографии не удаляла!

За дверью послышались шаги. Светлана торопливо открыла бутылку и вылила содержимое в раковину. Но сразу же пожалела о том, что сделала: нужно было провести химический анализ вина. Хорошо бы точно знать, имелся ли и в этой бутылке яд, как в той, лизнув из которой, отравился щенок. Она ни минуты не сомневалась, что тот мартини, на даче, был отравлен. Иначе с чего бы щенку сдохнуть? Взял и умер ни с того ни с сего?

Если вот эта бутылка именно ее, из кабинета, и в ней был яд, Настя со Славой вполне могли бы отравиться, выпив вина. А подозрение пало бы на одного человека — на Светлану. Правда, никакого мотива убивать Вячеслава у нее не было, нет и быть не могло, зато на стеклянной поверхности бутылки наверняка сохранились отпечатки ее пальцев.

Так, так... Горовец сказала, что выиграла приз в непонятной лотерее. Что ж, вручить подобным образом Насте бутылку — это умно. Конечно, девчонка выпила бы мартини со Славой. С кем же еще? У Лизы не станет мужа, который в любой момент способен уйти к очередной девке, зато свекор будет до конца дней заботиться об овдовевшей невестке и сиротках. Конечно, Слава, уйди мужчина к другой, никогда бы не оставил бывшую жену и мать своих детей нищей, а ребятишек тем более, но ведь Лиза судит по себе...

«Господи, неужели я всерьез допускаю, что Лиза на такое способна?» — воскликнула про себя Светлана.

И тут же вспомнила, что подруга Лера хотела спросить своих химиков насчет яда, имелся ли он в той бутылке на даче. Нужно позвонить ей. Если в мартини был яд, подмешала его Лиза, больше некому.

Чушь какая! Отравила одну бутылку, потом вторую?

Но ведь бабушка Клава...

Думать о бабушке Клаве было страшно. Света помедлила немного и бросила пустую бутылку в мусорную корзину.

Телефонный звонок раздался, едва Светлана успела отпереть дверь квартиры.

— Света, ты сегодня не приедешь? — робко спросила мать.

— Сегодня нет. — Света постаралась, чтобы голос звучал помягче.

— А... завтра?

Мать работала медсестрой, и две тысячи евро были для нее колоссальной суммой.

— Постараюсь, мама, — пообещала Света. — В крайнем случае, послезавтра точно. Как раз короткий день.

— Привези, доченька. Глеб очень переживает.

— Не беспокойся, привезу. Мам, но как он мог что-то обещать своей Леночке, если нигде не работает? — не выдержала Светлана.

— Молодежи всего хочется, — вздохнула мать. — Что же, Глеб хуже других?

— Если сидит на шее у родителей, значит, хуже.

— Ну зачем ты так? Это же временно. Он найдет работу. Отдохнет и найдет.

— Отчего отдохнет? От безделья?

— Вот будут у тебя свои дети, тогда поймешь...

— Ладно, мам, — вздохнула Света, — ты не беспокойся, я привезу деньги.

Положила трубку и переобулась в тапочки.

У нее никогда не будет детей!

История была банальной и пошлой до неприличия. Любимый и самый лучший человек на свете бросил ее, как только узнал о беременности. Настоящей бедой стало то, что срок был большой. Свету спасло — или погубило? — существование сомнительных клиник, где смотрели не на срок, а исключительно на денежные купюры. Купюр у Светы в то время почти не имелось, она еще училась на втором курсе, и нужную сумму ей дала, плача, Нина. Тетка потом ждала ее около операционной и отвезла к себе домой. Поила там племянницу чаем и все плакала, плакала, а Света ее успокаивала.

Странно, но от той истории осталась не столько ненависть к любимому и самому лучшему человеку на свете, сколько обида на Леру. Светлане очень хотелось похвастаться своим избранником, и она однажды привезла его на дачу. Подружка тогда, пряча глаза, отвела ее в сторонку и промямлила:

— Света, брось его.

— Почему? — удивилась Света. Любимый был хорош собою, остроумен и богат (по их тогдашним меркам, конечно).

Лера все мялась и мялась. Ничего толком не объяснила.

Светлана совсем забыла о том глупом разговоре и вспомнила позже, когда ничего исправить уже было нельзя. Вспомнила и до боли разозлилась. Ну как же, Лерка сразу поняла, что любимый и самый лучший — подонок, а она вот только сейчас. А могла и вообще не понять, сложись все по-другому.

Света до сих пор злилась на подругу, прекрасно понимая, что попросту завидует отменному Лериному чутью. Впрочем, уже давно вся та история вспоминалась почти без боли.

Заварив чай, она села к компьютеру. А через пятнадцать минут выключила, чувствуя, как тупой ужас окутывает мысли: фотографии, которые в понедельник вечером были переписаны с телефона в компьютер, исчезли.

* * *

Зайдя после работы в магазин, Лера домой пришла поздно, но все-таки раньше Саши. И когда хлопнула входная дверь, впустив Казанцева, как раз укладывала продукты в холодильник. Лере хотелось прямо сию минуту выяснить, почему гражданский муж ее обманул, но Александр показался таким уставшим после тяжелой смены, что ничего спрашивать она не стала.

А уж когда Саша уткнулся носом ей в волосы, и вовсе устыдилась своих сомнений.

— Лер, наша институтская группа в праздники встречается. Решили на шашлыки в лес отправиться. Поедем? Все с женами будут.

Александр повесил ветровку и снова крепко обнял Леру.

Та выбралась из его рук. Ей хотелось сказать, что она ему не жена, но вспомнила данное себе слово никогда не намекать Саше, что им давно уже следовало бы узаконить свои отношения.

— Ну так что?

— Не хочется, — вздохнула Лера. — А ты поезжай, если хочешь.

— Один — ни за что.

Саша, похоже, обиделся, потому что молча ушел в комнату.

Настроение у Леры испортилось настолько, что, когда раздался телефонный звонок, не хотелось брать трубку. Но ответить пришлось. Звонить на городской номер могли только отец с матерью, все остальные соединялись по мобильному. Родители выходили на связь каждую неделю, и всегда по вечерам, когда у них было раннее утро.

— Мам, ты помнишь Тамару Станиславовну, приятельницу Константина Олеговича? — доложив, что у нее все нормально, поинтересовалась Лера.

— Конечно.

— Она умерла на прошлой неделе.

— Боже мой! — ахнула мама. — Как?

— Ходят слухи, что отравилась.

— Кошмар какой! Мне трудно в это поверить. Тамара всегда производила на меня впечатление очень сильного человека. В отличие от Кости.

— А ты ее давно знала?

— Мне казалось, что у них с Костей к свадьбе идет, но потом что-то разладилось. Мы с Костиным братом, то есть я, папа и Сергей, в одном классе учились. В институт Сережка не попал и ушел в армию. Потом поступил в офицерское училище и почти сразу после окончания погиб. Тогда война в Афганистане шла. Мы потом с одноклассниками долго на день рождения Сережи собирались, много лет. Ну и Костя, естественно, тоже с нами был. Хотя у нас разница в возрасте приличная, лет шесть, но все равно в одной компании крутились. По вечерам во дворе сидели, тогда это было принято. На праздники встречались, в основном у нас дома. Мы с папой тебя спать положим, ты же у нас рано появилась, и сидим с друзьями на кухне. Да и просто так без конца сталкивались, жили-то рядом. Так вот, одно время я Костю постоянно с Тамарой видела, а потом она исчезла. Но через несколько лет я опять увидела ее с Костей. Забирала тебя из школы и встретила их. Но уже чувствовалось, что между ними больше ничего нет. Вообще-то Тамара мне нравилась. Жаль, что он на ней не женился.

— Почему жаль? Константин ведь так любит Милу. И она его.

— Любит, — согласилась мама. — Но я не хотела бы тебе такого мужа. Какой-то он... слабый. Не то чтобы совсем бесхарактерный, но какой-то... ненадежный.

— Почему?

— Не знаю. Трудно объяснить. И вообще, Милочке нужно было выходить за ровню, за молодого человека. Рожать детей. Да и работать, в конце концов. Дома хорошо на пенсии сидеть, а смолоду все-таки нужно чем-то заниматься. Нельзя целиком сосредотачиваться на муже. Я хоть всегда и заступаюсь за нее, когда ей начинают мораль читать, но на самом деле и правда нехорошо в расцвете сил вести жизнь пенсионерки.

— Ну, это ей решать.

— Конечно, ей.

Они еще немного поговорили, и Лера положила трубку.

— Я вчера Милу встретил, — стал рассказывать Саша за ужином, — напротив метро, и обронил как-то невзначай, что видел недавно Константина Олеговича. Так мне показалось, что ей это очень не понравилось.

— Почему? — удивилась Лера.

— Сам не пойму. Я его с теткой той видел, которая у вас работает. Ты еще с ней всегда здороваешься.

— С Тамарой Станиславовной?

Казанцев кивнул.

— А... когда ты их видел? — напряглась Лера. — Когда я на дачу ездила?

— Да, — кивнул Саша. И удивился: — Что такое? Тебя-то это почему озадачило?

— Она умерла той же ночью.

— Ничего себе! — Александр внимательно посмотрел на Леру, наклонился через стол и серьезно спросил: — Ты решила, что с ее смертью не все чисто?

— Нет. То есть... Собственно, с чего ты взял, что я так решила?

— Знаю тебя немножко. И по-моему, ты проявляешь нездоровый интерес.

— Говорят, Тамара покончила жизнь самоубийством. И записку оставила.

— Вообще-то, когда я их встретил, на умирающую женщина не походила... — Казанцев отстранился, пристально разглядывая Леру. — Надеюсь, вы с задушевной подругой Милой не собираетесь искать предполагаемого убийцу? Тем более что, если бы ее убили, это уже было бы известно. Менты ведь не дураки. Во всяком случае, не глупее вас, и Константина вашего первым бы допросили. Так что выбрось глупости из головы.

— Ладно, — пообещала Лера, — выброшу.

А про себя подумала: неужели Мила тоже что-то подозревает?

* * *

Виктор Федорович все никак не решался снять трубку. Нужно было объявить сыну и невестке, что решил узаконить свои со Светой отношения, но он медлил. Сообщение никак не могло понравиться Лизе, а расстраивать ее Кузьменко не хотелось. Очень не хотелось.

Еще когда он впервые увидел робкую и застенчивую девушку, молодого врача из районной поликлиники, пришедшую к больной Даше, та вызвала у него острую жалость. Сразу и навсегда. Как будто прочитал о ней все и сразу. И сразу понял: бедной девочке с нищенской зарплатой так хочется быть богатой москвичкой. Настоящей москвичкой, с собственной квартирой и большими деньгами. И взгляды, которые доктор украдкой бросала, когда однажды Виктор Федорович пошел провожать ее до метро, тоже оценил правильно: спутница явно всерьез рассматривала его как выгодного потенциального жениха. Откровенное ее желание уцепиться за надежного мужчину показалось ему жалким и достойным сострадания. Даже зависть девушки к его жене, весьма заметная, показалась ему трогательно жалкой.

Вообще, Лиза при всей ее внешней красоте, которую невозможно было не заметить, показалась ему тогда почти убогой. Когда Слава объявил, что женится на ней, Виктор Федорович был по-настоящему поражен, даже подумал словами давным-давно умершей бабушки: сын и докторша не пара. Он всегда считал, что парня привлекают девушки умные и интеллигентные. Во всяком случае, родителей Вячеслав знакомил именно с такими.

Лиза же совсем не походила ни на интеллигентную, ни на умную, несмотря на диплом врача, и от этого почему-то представлялась Кузьменко-старшему особенно беззащитной. Конечно, как человек неглупый и поживший, Виктор Федорович прекрасно понимал: для того чтобы получше устроиться в жизни, ни ум, ни интеллигентность не нужны. Даже скорее вредны, поскольку подразумевают определенный уровень совестливости, а именно совестливость как раз очень часто и мешает пробиться к теплому месту под солнцем. Тем не менее он жалел Лизу.

Отчего-то отец был уверен, что брак сына будет недолгим, и оттого жалел Лизу еще больше. Позже, когда прошли годы, а Слава вроде и не собирался бросать жену и детей, жалел невестку, потому что догадывался, что Лиза мужу совсем не интересна. Кстати, Кузьменко прекрасно видел, что тот ей тоже не слишком интересен, как неинтересны разговоры супруга с отцом и непонятны их шутки. Особенно это было заметно, когда собирались всей семьей.

А вот Светлана совершенно другая. С ней и Виктор Федорович, и Вячеслав говорили на одном языке и понимали друг друга почти без слов. Со Светой обоим Кузьменко было легко и приятно, и Лиза не могла этого не осознавать. Вот и ревновала, и злилась, безуспешно стараясь скрыть свои чувства, что вызывало у пожилого мужчины еще большую жалость.

Виктор Федорович вздохнул и потянулся к телефону.

— Здравствуй, Лизонька.

Услышав голос невестки, он обрадовался. Ему хотелось самому все ей сказать, все объяснить и успокоить, поскольку не был уверен, что Вячеслав станет успокаивать жену.

— Как дела? — трусливо спросил свекор. И терпеливо выслушивал подробности про длинный Лизин день, про то, как плохо отчистили в химчистке любимые Славкины джинсы, как у нее едва не пригорело мясо и что вообще день был неудачный и никуда не годный.

У нее совсем нет подруг, с жалостью думал мужчина. Ей не с кем поделиться мелкими женскими глупостями, вот и делится с ним, хоть и понимает, что ему они скучны и неинтересны.

— Лиза, — решился наконец Виктор Федорович, — я женюсь.

— Поздравляю, — помолчав, почти прошептала невестка.

— Все будет хорошо, — глупо пообещал он, — ты ни о чем не беспокойся.

— А... о чем мне беспокоиться? — вроде как не поняла Лиза. Но Кузьменко знал, что жена сына все прекрасно понимает.

— И ты, и дети будете обеспечены. Что бы ни случилось.

— Я совсем об этом не беспокоюсь, — вяло обиделась Лиза.

И опять ему было ясно, что та рада услышанному, что данный вопрос ее очень волнует. И он добавил:

— Половину всех своих денег завтра же положу на твое имя.

— Не надо, Виктор Федорович, — запротестовала Лиза. — Спасибо, но... не надо.

— Я не разрешения спрашиваю, а ставлю тебя перед фактом, — засмеялся Кузьменко. Самое главное было сказано, теперь можно было расслабиться.

Он положил трубку и неожиданно ощутил сильную и непонятную тревогу. Почувствовал опасность, но не понимал, кому и откуда эта опасность грозит.

«Я просто устал», — вздохнул Виктор Федорович.

Снова потянулся к телефону и, услышав любимый голос, немного успокоился. Спросил:

— Света, давай я сейчас приеду?

— Нет, — торопливо возразила она. — Я очень устала и хочу спать. Извини, Витя.

Кузьмин еще какое-то время смотрел на телефон, потом перевел взгляд на фотографию покойной жены, висевшую на противоположной стене, и неожиданно подумал, что почти совсем не помнит Дашу. Во сне она часто бывала с ним, а в реальной жизни — почти никогда. А ведь не так уж много лет назад ему казалось, что не сможет без нее жить.

Нужно продать эту квартиру и купить новую, — пришло вдруг решение. Нельзя допустить, чтобы в Дашиной квартире жила другая женщина. Даже Света. От этой мысли почему-то стало спокойнее, и Виктор Федорович переключился на размышления о завтрашних делах.

Четверг, 29 апреля

Ночью Светлана почти не спала.

Вечером она обошла квартиру, стараясь увидеть малейшие подтверждения того, что здесь побывал кто-то чужой, но так ничего и не заметила. Или все же... Старинный маленький слоник из слоновой кости, всегда находившийся рядом с клавиатурой компьютера, сейчас стоял чуть боком, словно отвернувшись, а она обычно ставила его прямо. Кто-то его подвинул? Может быть. Но, может быть, она сама задела ненароком любимого с детства слоника, который до сих пор так и не принес ей счастья. Вчера, обнаружив пропажу файлов с фотографиями, она могла не только слоника с места стронуть, но и разумом тронуться.

Еще Света припомнила, что ей пришлось немного подвинуть кресло, когда садилась вечером за компьютер, и это ее тогда слегка озадачило, потому что обычно кресло не откатывала, просто поворачивалась на нем, вставая из-за стола. Впрочем, сейчас она сомневалась и в том, что двигала кресло, и в том, что его положение ее удивило.

Не сомневалась только в одном: в квартиру кто-то заходил, и этот кто-то уничтожил снимки в ее компьютере. Она же не сумасшедшая, в самом деле, и прекрасно помнит, что переписала файлы из телефона.

Ночью Светлана несколько раз вскакивала, снова включала компьютер и — снова убеждалась, что фотографий нет. Наконец решительно запретила себе вставать. Файлам неоткуда взяться, в ее доме кто-то побывал и их удалил. Теперь необходимо вычислить этого человека. Но голова начисто отказывалась соображать.

Прежде всего нужно заснуть, ей требуется отдых.

Светлана старалась не думать об исчезнувших фотографиях, но вместо мыслей о них к ней пришли воспоминания о бабушке Клаве. И это было еще хуже, чем понимание того, что в квартире находился чужой человек, трогал ее вещи, и теперь ей страшно и противно к ним прикасаться.

О том, что бабушка Клава сумасшедшая, Света узнала от родителей. То есть, конечно, они не сказали ей этого прямо, просто переругивались на кухне, и из ее комнаты их голоса были прекрасно слышны.

— Надеюсь, ты понимаешь, ребенок не должен знать, что у тебя в роду сумасшедшие, — зло говорил отец.

— Вовсе не у меня, — оправдывалась мать. — Клава и моя мама не родные сестры, а сводные. В нашей семье ничего похожего не было. Я и бабушку свою прекрасно помню, и даже прабабку. Что ты на меня накинулся? Я-то тут при чем?

— Представляешь, какая для ребенка травма, узнать, что старуха чокнутая?

— Ты не говори, и никто не узнает, — повысила голос мать.

— Не узнает? — почти взвизгнул отец. — Хорошо тебе так думать! Что ты, как страус, прячешь голову? Не узнает... А если это откроется? Господи, он же получит удар по психике на всю жизнь! Он же всю жизнь станет искать у себя признаки сумасшествия! Ты это понимаешь?

Сначала Света, как дура, решила, что родители беспокоятся о ее психике. Глебу в тот момент было всего шесть лет, и даже ей было понятно, что никакого удара по психике брат получить не может, так как мал и глуп. К тому же именно Света общалась с бабушкой Клавой, а вовсе не Глеб. Потом, когда до девочки дошло, что родители, как всегда, беспокоятся о сыне, ей стало очень обидно. Она привычно постаралась не заметить эту обиду, а потом на нее навалился такой оглушающий ужас, что уже и не помнила ни о какой обиде. Света мгновенно оказалась на кухне и уставилась на мать.

— Бабушка Клава сумасшедшая?

— Тише! — прикрикнул на нее отец. — Что ты кричишь? Глеб услышит!

Глеб уже давно спал и ничего услышать не мог, но мать за дочку не заступилась. Впрочем, та ничего подобного и не ждала. Ведь к тому времени уже прекрасно понимала, что для родителей важен только один ребенок — Глеб, а она для них... так, никто. Понимать-то понимала, а вот привыкнуть к этому никак не могла. И сейчас из глаз Светы брызнули слезы.

— Что с бабушкой Клавой? Мам, скажи! Пожалуйста!

Светлана до сих пор помнила, как плакала тогда на кухне, потому что с тех пор плакала всего лишь один раз — на похоронах тети Нины.

Отец молча отодвинул маленькую Свету, стоявшую в дверях, в сторону и вышел.

— Да не знаю я ничего толком... — Мать смотрела отцу вслед и кусала губы. — Спроси лучше у Нины.

Тетка приехала сразу же, как только услышала по телефону рыдания Светы. Обняла плачущую племянницу и отвела в комнату.

— Не плачь, Светочка, — уговаривала женщина, — может быть, бабушка Клава поправится, снова пирогов нам с тобой напечет.

— Она сумасшедшая? — перебила Света. — Нина, я боюсь...

— Просто больной человек. Понимаешь? У нее такая болезнь, когда человек не совсем понимает, что делает. Тут нет ничего страшного и ничего стыдного. Это всего лишь болезнь.

— Бабушка Клава поправится?

— Нам остается только надеяться, Светочка.

— А почему мама с папой боятся, что Глеб узнает, если ничего стыдного нет?

— Не знаю я, чего они боятся, — вздохнула Нина. — Человек должен знать правду. Знать правду и говорить правду. И нечего тут бояться.

Потом тетя уложила племянницу в постель и долго сидела рядом, как родители с Глебом. И Свете все не хотелось засыпать. Но когда глаза уже начали закрываться сами, она спросила то, что мучило ее больше всего:

— А девочки знают?

Нина сразу поняла, о каких девочках идет речь. Конечно, о Лере и Миле, подружках Светы. О ком же еще?

— Не знаю, Светочка, — погладила ее по руке тетка. — Ты только всегда помни, что бабушка Клава добрый и честный человек. А в том, что она заболела, никто не виноват. Ты — тем более.

Больше Светлана никогда не задавала вопросов о бабушке Клаве, а Нина никогда о болезни своей матери не говорила.

Летом, когда подруги приехали на дачу, Света все ждала, что те спросят про бабушку Клаву или скажут что-нибудь обидное, но девочки ничего не спрашивали. Она долго терялась в догадках, почему, и даже хотела поинтересоваться сама, знают ли подруги, что ее бабка сумасшедшая. Но промолчала. Хотя отчего-то понимала, что подружки все знают. В конце концов сообразила, что те жалеют ее, и от этого стало особенно обидно и больно. Тогда впервые Света почувствовала себя с ними чужой.

Если бы Лера с Милой чем-то ее обидели, с ними можно было бы поссориться, а потом помириться, и отчуждение бы исчезло. Но девочки молчали о бабушке Клаве и ничем Свету не обижали. И она сама при каждом удобном случае старалась обидеть подруг, почему-то главным образом Леру, с которой была дружна больше, чем с Милой.

Повзрослев, Светлана поняла, что тогда ей необходимо было выговорить свое детское горе, выплеснуть со словами таившуюся внутри боль. Да только в этом подруги не могли ей помочь, потому что сами были детьми. Да, она давно все поняла, но обида на Леру осталась. Даже не обида — злость. Поэтому Света, не осознавая, зачем ей это, собственно, нужно, часто цеплялась к Лере. Даже хотела рассорить ее с Милой.

Проворочавшись в постели до половины шестого, Светлана наконец не выдержала и поднялась, сварила себе кофе. Потом выпила чаю, затем опять кофе и все сидела просто так, тупо глядя в кухонное окно.

В десять часов приехал вызванный ею Николай Сергеевич, бывший инженер, который занимался в фирме Кузьменко всем, от ремонта мебели до ремонта электропроводки. Света боялась, что степенный, обстоятельный мужчина обязательно полюбопытствует, с какой стати ей пришло в голову заменить вполне исправные итальянские замки на новые, но инженер ни одного ненужного вопроса не задал. Осмотрел внимательно дверь, что-то записал в крошечную записную книжку, куда-то съездил, привез точно такие же замки, недолго повозился, выпил чаю, похвалил уютную обстановку квартиры замдиректора фирмы, вручил ей три комплекта ключей и уехал, предварительно предложив подвезти на работу.

Однако Светлана отказалась. Ей совсем не хотелось вызывать ненужное любопытство сослуживцев и ненужные разговоры. И любопытства, и разговоров в ее адрес и без того хватало. Бросила в сумку новенькие ключики, повесив их на старый брелок с подвеской из потертого аметиста и мельком подумав, что подвеску давно пора сменить, два других комплекта сунула в тумбочку в прихожей, затем внимательно вгляделась в себя в большое зеркало и осталась довольна: безумно вытаращенных глаз, как вчера вечером, больше не было. Выглядела она после бессонной ночи, конечно, не очень, но это ерунда — ей же не на съемочную площадку идти, а для фирмы сойдет.

Весенний полдень оказался таким чарующим, что казалось нелепым не только думать о чем-то пугающем, но и просто сидеть в офисе.

— Кать, кто у нас сейчас из компьютерщиков есть? — едва войдя в приемную, спросила Света.

— Не знаю, — задумалась девушка. — Могу выяснить?

— Да, пожалуйста. И пусть ко мне один зайдет. Все равно кто.

Неожиданно ей опять стало страшно. Так же страшно, как вчера вечером. Мучительно захотелось курить. Светлана, поколебавшись, приоткрыла окно кабинета, села на широкий подоконник и закурила, используя вместо пепельницы пустую кофейную банку. Виктор Федорович курение на рабочем месте считал недопустимым, и ей вдруг очень захотелось, чтобы Кузьменко прямо вот сейчас неожиданно вошел и отчитал ее за нарушение правил внутреннего распорядка. Пробурчал бы что-нибудь недовольное, и она выбросила бы из головы мысли о бабушке Клаве. О том, что у нее в роду были сумасшедшие, а значит, и она... не застрахована...

— Здрассьте, Светлана Леонидовна.

В кабинете без стука появился высокий, крепкий, хотя и чуть излишне полноватый, но все равно похожий на былинного русского богатыря компьютерщик Никита, фамилию которого Света все время забывала.

— Здравствуй, Никита. — Света потушила сигарету и слезла с подоконника. — Скажи, пожалуйста, если отправить кому-то письмо, а потом его удалить, можно это письмо восстановить?

— Нет, — слегка удивившись, сразу ответил парень и глянул на начальницу с жалостью.

— А... хоть какие-то следы найти?

— Адресата? — сам у себя спросил компьютерщик и пожал могучими плечами. — Можно попробовать.

— Попробуй, пожалуйста. Письмо было отправлено в пятницу вечером. Часов в шесть.

Никита с любопытством посмотрел на замдиректора, кивнул, бесцеремонно и задумчиво уселся в кресло перед компьютером. А минут через пять позвал:

— Вот, готово.

— Спасибо, — кивнула Света, бросив взгляд на компьютерщика.

Никита исчез мгновенно и совершенно бесшумно, как привидение.

Светлана с интересом разглядывала незнакомый адрес, чувствуя, как страх сменяется веселой злостью.

Она оказалась права: Лиза действительно воспользовалась ее электронной почтой. А адрес наверняка принадлежит Шпику.

«Я тебя найду», — весело написала Света и нажала «отправить».

— Я тебя найду, мерзавец, — так же весело, но с угрозой произнесла она вслух.

* * *

— Костя, скажи, отчего умерла Тамара?

Мила варила кофе, и Тишинскому нравилось за ней наблюдать. Он даже не сразу понял, о чем жена спрашивает. А сообразив, сказал первое, что пришло в голову:

— Тамара была тяжело больна.

Константину Олеговичу не хотелось говорить о смерти своей давней подруги. А говорить о Тамаре с Милой было просто неприятно. Он поднялся из-за стола, подошел и обнял жену.

Какое счастье, что у него есть Мила. Жаль, что ему стало это понятно только сейчас. А ведь еще неделю назад не понимал и не наслаждался своим счастьем.

— И умерла от болезни? — Мила сняла турку с плиты, аккуратно разлила кофе по чашкам.

— Я не знаю толком, отчего она умерла. Бог с ней, Милочка. Как здорово, что скоро праздники. На дачу поедем?

— Мне все равно. Как ты захочешь.

Мила села за стол, обняла пальцами чашку, посмотрела куда-то мимо мужа и — опять стала похожа на Инну. Отчего-то у него сразу испортилось настроение. Константин уже не считал себя счастливым, наоборот, ему показалось, что накатила смертельная усталость. Да, он устал. От Тамары, от Инны, которую так и не смог забыть, от работы. От всего.

— Дорогая, я не хочу больше думать о Тамаре.

Тишинский протянул руку и накрыл тонкие пальцы своими.

— Костя, а что тебя с ней связывало?

Мила высвободила руки и отпила кофе.

Константин Олегович резко поднялся, прошелся по кухне и отвернулся к окну.

— Я тебе потом расскажу. Когда-нибудь потом. Не сейчас.

Он и сам не понял, почему не стал врать и утверждать, мол, с Тамарой его не связывало ничего, кроме юношеской привязанности. Наверное, потому, что Мила все равно не поверила бы, а ему хотелось, чтобы жена верила ему всегда и во всем. В конце концов он расскажет ей правду. Не целиком, конечно, а то, что можно рассказать. Потому что рассказать все он не мог никому.

Константин Олегович отвернулся от окна и посмотрел на жену. Слава богу, та больше не напоминала Инну. И почему раньше ему так хотелось, чтобы Мила была похожей на его мучительную любовь? Так хотелось, что саму Милу он словно и не замечал, все искал это сходство. А теперь вот не знает, чем интересуется его жена, чем занимается, когда его нет, о чем думает.

Инна производила впечатление интеллектуалки — была в курсе литературных и театральных новостей, сыпала фамилиями представителей богемы. Но Костя отлично знал, что собственно интеллекта у Инны кот наплакал. Впрочем, его это не смущало, ему это даже нравилось. Может быть, потому он и от Милы ждал такого же шаловливого лепета на модные темы. Только Мила не лепетала. Она была умна и прекрасно образована, а Константин этого как бы не видел. Хотел видеть в ней Инну, и видел только ее. Ему, в общем-то, не о чем было разговаривать с Инной, и он по инерции почти не разговаривал с Милой. То есть серьезно не разговаривал, не о повседневных мелочах. И сейчас испытывал перед женой настоящий стыд.

— Чем заниматься будешь?

— Не знаю, — пожала та плечами и улыбнулась. — Тебя ждать.

— Жди. — Тишинский наклонился и обнял изумительные плечи, чувствуя, как снова возвращается чувство радостной легкости. — Ты меня всегда жди. Пожалуйста.

В следующий момент ему опять стало стыдно, потому что он понял, что рад смерти Тамары. Это было отвратительно, и Константин Олегович попытался вызвать в себе сейчас жалость к женщине, которую сделал несчастной. Но не смог. Он слишком долго ее жалел и устал от жалости.

Только подъезжая к институту, Тишинский вспомнил один неприятный момент. Тогда, в прошлую среду, когда они с Тамарой подходили к ее дому, на пути им попался дружок Леры. Ее гражданский муж, это теперь так называется. Правда, Константин Олегович не был уверен, что тот их видел, а тем более узнал. Парня этого он встречал всего несколько раз и даже не помнил, как его зовут, только все равно факт был неприятный. То есть ничего опасного в той встрече не было. В смерти Тамары вообще нет ничего для него опасного, но... Это может дойти до Милы и вызвать ненужные подозрения. Или уже вызвало, и ее вопросы с тем и связаны?

Да, факт действительно неприятный. Впрочем, он всегда сможет его объяснить.

* * *

Славкин дом Настя нашла сразу. Где он живет, любовник ей, конечно, не говорил, но Горовец знала: посмотрела однажды у него в паспорте адрес и запомнила. Слава богу, на память Анастасия пока не жаловалась. Тогда же и на карте в Интернете Славкин дом нашла, не поленилась.

В действительности здание оказалось даже лучше, чем ей представлялось. Не то что ее девятиэтажка — солидное, старое, построенное буквой «П». И двор тоже не такой. Собственно, у Настиного дома никакого двора и не было, просто располагалась детская площадка между двумя параллельными корпусами, вот и все. Качели да рядом пара чахлых, неизвестно кем посаженных березок, только подчеркивавших убогость «зоны отдыха».

А здесь, у Славкиного дома, все было не так. Настя сидела на уютной лавочке под кустами сирени, которая вот-вот должна распуститься, и вдыхала радостный запах свежей зелени, как будто находилась не в задымленном городе, а где-нибудь на природе. Наблюдала, как в песочнице копошатся маленькие детки, как две улыбающиеся старушки выгуливают крошечную пушистую собачку, и размышляла.

Мысли у Насти были грустные, безрадостные. Даже, можно сказать, безнадежные. Сегодня идея представить Славке доказательства жениной неверности казалась не только неосуществимой, но и изначально бессмысленной. И не потому, что Анастасия, поразмыслив, решила, будто роскошная Лиза не изменяет мужу. Совсем не поэтому! В том, что у такой женщины просто обязан быть любовник, Настя ни минуты не сомневалась. Просто чем больше проходило времени с того момента, когда она смотрела со второго этажа производственного здания на Славкину жену, тем яснее девушке становилось, что Лизу ей не одолеть. Чувствовалась в супруге младшего Кузьменко железная воля, о которой самой Насте остается только мечтать. А главное, соперница при этом великолепно умеет казаться совсем несчастненькой.

Горовец до боли закусила губу, вспомнив, как Славка робко, словно молодой влюбленный, провел рукой по лицу красавицы жены. К Насте он никогда с такой нежностью не прикасался, даже когда впервые обнял ее в пустой лаборатории.

Девушка провела по губам рукой и слегка прикусила зубами палец. Ей вспомнилось еще более неприятное — как Лиза обвела глазами здание, словно бросая вызов ей, Насте, а потом легко и быстро прижалась к мужу, будто просила защиты. Умно, ничего не скажешь. И какой леший дернул ее звонить жене любовника? Только испортила все. Не зря говорят: не буди лихо, пока оно тихо.

Впрочем, и без звонков шансов у Насти не было. Никаких. Разве что Лиза сама решит от Славки отказаться. Но подобное уж совсем невероятно — богатые мужики на дороге не валяются.

Года, потерянного на связь с Кузьменко, стало так жалко, что Горовец чуть не заплакала. А ведь еще совсем недавно была уверена в победе. Почти уверена. Тогда ее слегка волновало лишь то, что у любовника есть дети. Ну, это понятно, чужие ребятишки никому не нужны, не только ей.

Вот замдиректора Светлане Леонидовне повезло: ей-то муж достанется без детей. В смысле, без маленьких детей. О том, что замдиректора не сегодня завтра станет женой директора, знала вся фирма. А Славка и словом не обмолвился, будто личная жизнь отца не касается его вовсе. Впрочем, Вячеслав о своей семье с подружкой совсем не говорил, будто у него и семьи никакой нет. Надо же, раньше это Анастасию не только не беспокоило, а даже радовало: тогда ей казалось, что семья для любовника никакого значения не имеет. А в итоге выяснилось, что сама Настя ничего для него не значит. Перевел в Бибирево и забыл навсегда.

Думать так было совсем грустно, и Горовец вернулась мыслями к Светлане Леонидовне. В грозной заместительнице директора, которой вся фирма дружно опасалась, девушка чутко уловила некую слабину: хоть и умная, и деловая, и красивая женщина, а сражаться за свое счастье, как Лиза, насмерть, не сумеет. Жаль, что не Светлана жена Славки. В борьбе с ней Настя почувствовала бы себя гораздо увереннее, чем сейчас.

Сидеть на лавочке надоело, и Горовец всерьез подумала, не бросить ли неумное занятие. Что ей та Лиза? В конце концов, у нее впереди вся жизнь, и на Славке свет клином не сошелся. Подумаешь, сын директора! Да при ее, Настиной, красоте таких сыновей еще десяток у нее будет. До сих пор, правда, не было, но ей всего-то двадцать с небольшим...

Додумать Анастасия не успела, потому что с запозданием поняла: вон та стройная невысокая женщина в светлой куртке-ветровке, неспешно удаляющаяся по направлению к шумной улице, и есть Лиза. Номера Славкиной квартиры Настя не помнила, поэтому подъезд вычислить не смогла, и чуть было не прозевала свою соперницу. Девушка вскочила с лавочки, не зная, броситься ли к припаркованной на соседней улице машине, которую выпросила у матери утром, или идти за Лизой пешком.

А Славкина жена, похоже, никуда не торопилась. Настя так же неторопливо направилась вслед за ней.

Лиза вошла в ближайший супермаркет, минут через пятнадцать вышла с объемным целлофановым пакетом и, не оглядываясь, направилась домой.

Горовец, проводив жену любовника почти до подъезда, опять уселась на лавочку. И отчего-то окончательно поняла, что проиграла. Пора было уходить. Нужно строить новую жизнь. И, скорее всего, искать другую работу — не в Бибиреве же прозябать всю оставшуюся жизнь. Но вставать с лавочки не хотелось, и Настя продолжала сидеть как последняя дура.

* * *

Мила протирала старинный деревянный ларчик и, как обычно, ругалась про себя, потому что стереть пыль с резных изгибов было трудно. Пожалуй, лучше убрать шкатулку в шкаф, решила Мила. Конечно, смотрится она на открытой полке хорошо, но следить за ней — замучаешься.

В ларце хранились семейные драгоценности Тишинских. Украшения были так себе. Собственно, какие еще могли быть в обычной советской семье? Кольцо с изумрудом и маленькими бриллиантиками Мила ни разу не надела, потому что у нее было похожее, только гораздо красивее и дороже. Лежали тут еще два золотых колечка, совсем простеньких, цепочки, серьги. В общем, советский ширпотреб. Замечательным был только серебряный браслет с янтарем, и Мила любовалась им каждый раз, когда открывала шкатулку. Хотя браслет не слишком подходил к джинсам и мокасинам, в которых Мила гуляла и ходила по магазинам, она решила сегодня надеть его. И сразу выглянула в окно. В который раз! Она все утро посматривала вниз, злясь на себя за это и не зная, чего хочет больше: увидеть Романа или убедиться, что тот больше не появится.

Во дворе Романа не было.

Мила накинула курточку, заперла квартиру и, не дожидаясь лифта, пошла по лестнице. В дверях подъезда столкнулась с пожилой соседкой. Женщина с нелепым именем Виолетта жила здесь бог знает сколько лет и помнила Костю еще ребенком. Сейчас старушка возвращалась с прогулки, ведя на поводке небольшую черную собачку. Собачка была забавная, веселая и очень породистая, только Мила все никак не могла запомнить мудреное название породы.

— Здравствуйте, Виолетта Максимовна, — пропустила ее Мила. — Нагулялись?

— Я-то нагулялась, — засмеялась соседка и кивнула на собачку, — а ему бы хоть целый день гулять. На улице хорошо очень, прямо уходить не хочется.

Мила наклонилась и погладила песика по голове.

— У Тишинских этот браслет считался несчастливым, — неожиданно произнесла старушка, глядя на украшение, высунувшееся из рукава Милиной куртки. И тут же добавила: — Впрочем, глупость, конечно.

— Почему несчастливым? — удивилась Мила. — Костя мне ничего не говорил.

— Да так, ерунда, — отмахнулась соседка, — сама не знаю, с чего мне вдруг вспомнилось.

— Нет уж, Виолетта Максимовна, — улыбнулась Мила, — раз обмолвились, говорите до конца. А то умру от любопытства, и моя смерть будет на вашей совести.

— Да я точно не помню. Елена Сергеевна, мама Кости, рассказывала, что какая-то ее бабка получила браслет в подарок от молодого мужа, а того на следующий день призвали на фронт, и больше она его не видела. Потом вроде еще какая-то родственница поносила браслет, и тоже с ней что-то плохое случилось. Ой, не верь, Милочка. Нравится тебе, вот и носи.

— Нравится, — подтвердила Мила, покрутив вытянутой рукой. — Очень красивая вещица, правда?

— Очень. И зачем я про несчастья ляпнула, сама не пойму. Ты меня не слушай!

— Я не суеверная.

— Ну и правильно. От судьбы все равно не уйдешь, хоть носи браслет, хоть не носи. Лена вон не носила, а Сереженьку все равно убили. Сережа — это Костин брат.

— Я знаю.

— Он погиб в армии. — Соседка тяжело вздохнула. — Хороший мальчик был. Вообще хорошая семья была.

Мила улыбнулась соседке и попрощалась. Медленно дошла до метро, затем двинулась в сторону парка. Не успела сделать десятка шагов, как перед ней появился Роман, и она обрадовалась так, что не смогла сдержаться — улыбнулась. Но тут же тревожно подумала, что все это очень плохо кончится.

А еще ей вдруг захотелось немедленно стянуть браслет с запястья. Но это выглядело бы глупо, поэтому Мила просто подтянула его другой рукой повыше, чтобы не торчал из рукава. И, не глядя на мужчину, попросила:

— Роман, не приезжайте больше, пожалуйста. Ни к чему это. Ни мне, ни вам.

Воронин вздохнул, сам зная, что приезжать нельзя. И что глупо выглядит, тоже знал. Да что там глупо — настоящим идиотом. Но все равно возвращался — потому что очень хотел ее видеть. И еще потому, что Мила больше не казалась ему счастливой и довольной жизнью, какой представилась в момент первой встречи. Полковник почему-то считал своим долгом понять, что же с ней происходит. И защитить ее, если понадобится.

— Я сделаю, как вы скажете, — пообещал Роман. Хотелось сказать, что он готов всю оставшуюся жизнь делать все так, чтобы ей было хорошо, но слова застряли где-то в горле. — Мила, мне кажется, вас что-то беспокоит. Я прав?

— Да, — согласилась она, не глядя на него.

— Расскажите, что именно. Мы вместе подумаем и решим, как быть. Одна голова хорошо, а две лучше.

— Нет, — вздохнула Мила. — Извините, но я не стану ничего рассказывать. Давайте лучше возьмем булочку и уток покормим.

Они как раз поравнялись с прилавком, от которого восхитительно пахло сдобой, и Воронин купил две сдобы. Булочки были мягкими и теплыми, и одну по дороге к пруду Роман и Мила как-то незаметно съели сами.

«До сих пор никто никогда не замечал, что я чем-то обеспокоена», — с грустью отметила про себя Мила.

Игорек был полностью поглощен собственными беспокойствами, а Костя... А Костя никогда всерьез ею не интересовался. Это она отчетливо поняла. Зачем Тишинский вообще на ней женился? Почему ей казалось, что муж очень ее любит? Ведь любви без взаимного интереса друг к другу не бывает, а интерес-то как раз и не было в их отношениях. Что она знает о своем муже? Да ничего! Даже не знает, способен ли тот на убийство.

— Вы женаты? — равнодушно спросила Мила, разглядывая зеленеющие кусты.

Спросила равнодушно, но Воронину показалось, что это интересует ее всерьез.

— Нет.

— А были?

— Нет.

— Почему? — Женщина наконец посмотрела на него.

— Потому что вас я встретил только сейчас, а больше ни на ком меня жениться не тянуло.

На самом деле давным-давно, двадцать лет назад, Роман очень хотел жениться на однокурснице, лучшей на свете девушке. Хотел носить на пальце кольцо и знать, что эта лучшая на свете девушка принадлежит ему. И всегда будет принадлежать. Тогда он был студентом престижного вуза и не только не мечтал о карьере военного, но даже предположить не мог, что попадет в армию, а тем более что останется служить. Впрочем, по-настоящему армейской службой то, чем Воронин занимался, можно было назвать с большой натяжкой. Обычная работа, как у любого другого инженера.

Тогда, двадцать лет назад, лучшая на свете девушка все тянула со свадьбой. А потом, перед самой защитой диплома, не поднимая глаз, грустно призналась, что полюбила другого. И добавила: по-настоящему полюбила, потому что его, Романа, она, конечно, тоже любит, но — как друга.

Все происходившее после ее слов Воронин помнил плохо, смутно. Защитил диплом и пошел в армию, радуясь, что его призвали, что два года не будет видеть улиц, по которым так любил гулять с той девушкой.

Позже ему стало известно, что она вышла замуж за молодого предпринимателя. Правда, в те годы предпринимательство называлось кооператорством. Кооператор, ошалев от немыслимых денег, вскоре начал пить. Развлечения нувориш предпочитал простые — с девками, поэтому очень быстро выставил молодую жену за порог. Или та сама ушла, Воронин точно не знал.

Жили они неподалеку, родители Романа и той девушки хотя и не дружили, но при встрече всегда общались и были в курсе жизни соседей. Расставшись с мужем, бывшая возлюбленная начала приходить к матери Ромы и рассказывать о своих страданиях от того, что бросила такого замечательного парня. Очень хотела, чтобы тот ее простил. Мол, вина ее перед ним, конечно, велика, но Роман должен понять: она просто ошиблась, приняла за любовь мимоходную влюбленность. С кем не бывает? Зато теперь девушка знает точно, что по-настоящему любит, однако, Романа.

Мать, которая раньше подругу сына, мягко говоря, недолюбливала, теперь, помня его несчастные глаза, готова была все ей простить. Но Воронин поступил иначе. Написал девушке короткое письмо, после которого она в его жизни больше не появлялась.

Сейчас, приезжая к родителям, Роман иногда ее встречал. Бывшая возлюбленная превратилась в солидную даму с цепким, агрессивным взглядом и с полным отсутствием интеллекта на лице. Он и раньше знал, что его избранница не слишком умна, но тогда это его умиляло. Тогда все в ней его умиляло. Теперь Воронин благодарил судьбу, что уберегла его от такой жены...

На безлюдных дорожках было тихо, только какие-то птицы оживленно чирикали. Возможно, то были соловьи. Полковник шел за Милой, чуть поотстав, и старался не думать о том, что она просила его больше не приезжать.

* * *

Нужно было готовить ужин, но Лиза не могла заставить себя приняться за обычные домашние дела. Она не знала, от чего мучается больше, от ненависти или от страха.

Ненависть стала уже привычной, Лиза, кажется, в равной степени ненавидела и мужа, и Светлану. А вот к дурочке Насте почему-то ничего подобного не испытывала. Таких девиц, которые не прочь отобрать у нее мужа, кругом навалом, если каждую ненавидеть, никакого здоровья не хватит. Лиза же о собственном здоровье заботилась, и не тратить нервы на глупенькую пустышку у нее здравого смысла хватало. Да и, по большому счету, Настя ни в чем перед ней не виновата.

А вот Славка виноват. Хотя... Собственно, предъявлять мужу претензии у Лизы никаких оснований не было, тот ведь не обещал хранить ей верность. Но тут ничего с собой поделать ей не удавалось. Иногда даже казалось, что, если бы не страх перед тюрьмой, она убила бы Вячеслава собственными руками. Например, вот этим кухонным ножом, который вертела сейчас в руках.

Ненависть к мужу возникла у Лизы вовсе не с появлением в его жизни Насти. Нет, это чувство присутствовало с самого начала. Уже тогда, когда Кузьменко-младший предложил ей выйти за него замуж и она согласилась. Славка не был своим отцом, и за это Лиза его ненавидела. Просто после дурацких Настиных звонков тихо дремавшая ненависть проснулась и теперь не позволяла забыть о себе ни на минуту.

К глупой девчонке Лиза никаких особых эмоций не испытывала, а вот Светку, которая, по сути, уж совсем не была перед ней виновата, ненавидела почти до судорог. Ей казалось, что она, если не произойдет чуда и Виктор Федорович все-таки женится на своей, теперь уже почти официальной невесте, буквально не переживет этого.

А сейчас к ненависти добавился страх.

Сначала, когда позвонил Турман и, усмехаясь, доложил, что Светка грозится его найти, Лиза никакого страха не почувствовала. Только удивилась: как та смогла отследить ее письмо? Она же отчетливо помнила, что письмо с рабочего компьютера Светланы удалила.

Вообще, написать Турману со Светкиного адреса Лиза решила спонтанно. В тот день Настин звонок здорово вывел ее из себя, и в кабинет она зашла именно назло Светлане. Знала, как та бесится, увидев невестку директора в своей комнате, и не могла отказать себе в маленьком удовольствии. Кстати, и мартини из кабинета захватила по какому-то наитию, еще не ведая, зачем ей Светкина бутылка. Или план возник уже в голове?

Лиза поморщилась — сейчас не до собственных тогдашних мыслей. Сейчас нужно придумать, что делать. Причем срочно, ведь будущая возможная родственница умна и дотошна, представляет настоящую угрозу.

Конечно, узнать адрес Турмана Светка не сможет, все-таки не в органах работает, но... Короче, проблема существует и требует решения.

Лиза сварила кофе и подошла с чашкой к окну. Кофе она не любила и сама не понимала, зачем его пьет. То есть при Славке и Викторе Федоровиче пила горьковатый напиток, чтобы не выглядеть провинциальной дурой, это ясно, а сейчас лучше бы выпить чаю. Сладкого, с вареньем. Лиза подула на коричневую жидкость, вдохнула терпкий аромат и посмотрела вниз, во двор.

У детской площадки виднелась одинокая фигурка. Лиза пригляделась повнимательней и замерла. Аккуратно поставила чашку на стол, сходила в Славкин кабинет за фотоаппаратом, отщелкала несколько снимков и включила компьютер. Через пять минут сомнений не осталось: в их дворе зачем-то сидела Славкина пассия. Память на лица у Лизы была отличная, но она себя проверила: достала из сумки спрятанную в потайном кармашке флешку и просмотрела присланные Турманом фотографии Насти. Точно, под окнами торчала гадкая девчонка, звонившая ей.

Лиза еще не решила, что делать, когда в двери заскрежетал отпираемый замок.

— Ты что так рано, Славик? — обрадовалась она и быстро и пылко прижалась к мужу. — Ты не заболел? Ты ночью кашлял.

— Кашлял? — удивился Вячеслав, обнимая ее одной рукой. — Я и не знал. Да нет, вроде у меня все нормально. Ездил на другую территорию, вот и освободился пораньше.

Он слегка отодвинул жену и повесил плащ на вешалку.

— Что с тобой, Лизонька? — Слава, заглянув ей в глаза, кажется, испугался.

— А что со мной? — не поняла Лиза.

— Какая-то ты... расстроенная.

Муж впервые за все годы поинтересовался ее настроением, и она удивилась, что чувствует не благодарность, а новый прилив ненависти.

— Да так. — Лиза отвернулась и пошла на кухню. — Извини, обед еще не готов. Ты есть хочешь?

— Нет. Чайку только попью. — Вячеслав догнал ее по дороге и развернул к себе. — И все-таки, что случилось?

— Ничего.

— Перестань! Я же вижу.

Ей хотелось бросить ему, что видеть нужно было раньше. И не заводить всяких Насть, не загонять ее в угол. Неожиданно липкой волной накатил острый страх, и Лиза уткнулась лбом мужу в грудь, стараясь унять забившееся, как при тахикардии, сердце.

— Я хочу тебе кое-что сказать...

— Что? — Вячеслав опять заглянул жене в глаза, и та с удовлетворением отметила, что муж по-настоящему напуган.

Наверное, относись он к ней вот так, с настоящей заботой, с самого начала, ей не пришлось бы делать то, что сделала в последние дни. Или все же сделала бы?..

Наверное, да, потому что Слава совсем не тот, кто ей нужен. Кузьменко, но младший, а не старший.

— Понимаешь, я... — Лиза отодвинулась от мужа и вошла в кухню. — Я случайно узнала кое-что про Светлану.

— Про Свету? — Вячеслав сразу как-то расслабился и посмотрел на жену с удивлением.

— Да, — твердо продолжила Лиза. — У меня есть знакомая, психиатр... Впрочем, подробности тебе неинтересны. Так вот, я узнала, что у Светланы в роду есть сумасшедшие. У нее бабка была настоящая сумасшедшая и закончила свои дни в психушке.

— Лиза, — укоризненно, будто говоря с маленьким ребенком, произнес Слава, — ну как можно случайно получить такую информацию? Ты что, изучала Светину родословную? Зачем?

Конечно, изучала. И, что уж супругу совсем знать необязательно, даже наняла частного детектива. Тогда ей хотелось застукать Светку с любовником, не с Кузьменко-старшим, а с каким-то другим мужчиной, наличие которого у соперницы она предполагала. Но это у сыщика не получилось. А вот то, что тот нарыл о бабке, показалось полезным. Правда, сумасшедшей была не совсем бабка, какая-то дальняя родственница, однако все равно информация убийственная.

— Ну какое нам дело до Светкиной бабки?

— Слава, у нас дети. А женщина с такой наследственностью становится членом нашей семьи. Ты что, не понимаешь?

— Нет, — терпеливо, не раздражаясь, произнес муж, — не понимаю. То есть понимаю, что это не наше с тобой дело. Семейное дело, но не наше. И давай зароем тему. Фу, ерунда какая...

У Вячеслава все последние дни было какое-то необычное тревожное чувство. Как будто должно произойти нечто очень неприятное. И если раньше его больше всего беспокоил затянувшийся, совершенно не нужный ему роман с Настей, то сегодня, увидев испуганные глаза жены, он всерьез встревожился. А сейчас, услышав ее объяснения, успокоился.

— Ладно, пусть ерунда, — легко согласилась Лиза и внимательно посмотрела в окно на солнечный двор. — Только я тебе еще кое-что скажу. Совсем дикое.

— Слушаю, — кивнул Слава, ожидая услышать что-нибудь столь же незначительное, похожее на предыдущее сообщение жены. Он крепко обнял ее со спины и поцеловал в волосы.

— Я, наверное, тоже схожу с ума, как Светкина бабка, — виновато прошептала Лиза, повернувшись и подставив ему для поцелуя лицо. — Посмотри вниз...

— Зачем?

— Посмотри, посмотри. Видишь девушку в красной куртке? Слава, — голос у Лизы дрогнул, — что хочешь, думай, но она за мной следит.

Идя по улице, Вячеслав обычно погружался в свои мысли и ничего вокруг не видел. Поэтому, конечно, не заметил Настю, сидевшую на лавочке с опущенной головой. Впрочем, ее и без погружения в мысли разглядеть было бы нелегко — лавочку почти скрывали кусты сирени.

Лиза с удовлетворением отметила, как каменеет лицо мужа, бросившего наконец взгляд за окно. Даже ненависть на какое-то время отступила, сменившись радостным любопытством.

А Вячеслав тут же метнулся к выходу. Выскочив из подъезда, помчался к хрупкой фигурке. Лиза поняла, что он сказал Насте что-то резкое — та, услышав его слова, отшатнулась и выбежала из двора.

Это была мелкая, совсем незначительная, но все-таки победа. Лиза и не сомневалась, что будет именно так. Зато всерьез сомневалась в другом — в том, что справится со Светланой.

Хлопнула входная дверь — вернулся Слава. Лиза даже не пошевелилась. Муж развернул ее к себе, посмотрел в глаза виновато и даже испуганно. Она и не знала, что тот умеет так смотреть.

— Лиза, ты... ты прости меня, я виноват перед тобой. Но отныне все будет по-другому, поверь. А про девушку эту забудь и никогда не вспоминай. Я люблю только тебя. И всегда любил, только раньше этого не понимал. А теперь понял. Мне никто не нужен, кроме тебя, и никогда не будет нужен. Ты мне веришь?

Лиза кивнула, уткнувшись лицом ему в грудь.

Вячеславу хотелось, чтобы жена сказала, что тоже любит его, но та молчала.

Она не от него хотела услышать эти слова.

Лиза крепче прижалась к мужу и еле слышно прошептала:

— Я верю, Слава. И я тоже тебя люблю.

* * *

Выйдя вместе с Ирой в обед на улицу, Лера купила букетик ландышей, привезенных откуда-то с юга, потому что в московских лесах они появлялись гораздо позднее. Знала, конечно, что ни продавать, ни покупать эти весенние цветы, занесенные в Красную книгу, нельзя, но все равно каждый год покупала. Правда, чувствовала угрызения совести. Не совсем она, видимо, пропащий человек.

Сейчас букетик стоял в баночке из-под кофе, и Лера каждые пять минут вставала и вдыхала восхитительный аромат. И думала о Саше.

С ним она познакомилась случайно, на трамвайной остановке. Был теплый июньский вечер. Закончилась летняя сессия, группа отметила окончание пятого курса, и Лера возвращалась домой после веселого застолья в студенческом общежитии. Долго стояла на трамвайной остановке сначала одна, потом вместе с подошедшим чуть позже парнем, вроде не обращавшим на нее никакого внимания. Она и не заметила, откуда появилась крепенькая старушка с маленьким букетиком ландышей, которые давно было запрещено продавать. Время их цветения уже вообще-то прошло, и Лера немного удивилась. Наверное, это были самые последние ландыши в подмосковном лесу.

— Возьмите цветочки, — попросила бабулька. — Хоть за двадцать рублей.

Лере стало жаль старушку, вынужденную собирать, продавать запрещенные цветы, и она полезла в сумку за кошельком.

— Давайте, — опередил ее парень, протянув пожилой женщине пятидесятирублевую бумажку. — Спасибо.

Старушка исчезла так же мгновенно, как и появилась, а Лера шагнула на рельсы, посмотреть, не едет ли наконец долгожданный трамвай.

— Это вам, — без улыбки протянул ей букетик сосед по остановке.

Лера опешила и начала отказываться, но тогда парень улыбнулся, и она неожиданно для себя цветы взяла. Пахли ландыши изумительно.

Потом как-то само собой получилось, что попутчик проводил ее до подъезда. Но телефона не спросил, и когда на следующий день он шагнул к ней, вышедшей в магазин за покупками, Лера удивилась и очень обрадовалась. И с тех пор радовалась всегда, когда Саша находился рядом. До последнего времени. До того, как он обманул ее пару дней назад...

Лера в очередной раз понюхала цветочки, достала сигарету и отправилась в курилку, надеясь, что там никого не будет. Но на лестничной площадке оказался Дорышев. И вдруг Лера захотела рассказать ему о своих подозрениях.

— Леня, мне стало известно, что Тамара Станиславовна перевела деньги за программирование в одну фирму. А я точно знаю, что программировали у нас, в институте...

— Она была кристально честным человеком. Кристально честным! — неожиданно резко перебил Дорышев. Зло стряхнул пепел и прислонился к стене.

— Я знаю... то есть тоже так считаю... — немного удивилась реакции приятеля Лера. Почувствовала себя неуверенно, но все же продолжила: — Ты послушай... Тамара перевела очень большую сумму, а тот, кто деньги получил... В общем, у меня возникло подозрение — может быть, ее убили?

— Что за чушь! — Леонид разозлился сильно, как всегда злился, когда слышал о Тамаре глупости. Но взял себя в руки и сказал уже спокойнее: — Единственный человек, которому была выгодна ее смерть, это я. А я ее не убивал.

— Ты? Почему ты? — Лера понимала, что лезет не в свое дело, но не могла остановиться.

— Потому что Тамара завещала мне свою квартиру, — объяснил Дорышев, как будто Лера имела право задавать бестактные вопросы и была уверена, что получит на них ответы. — Вернее, завещала мне все свое имущество.

Лере до смерти захотелось узнать, что связывало Дорышева с Тамарой, но она не рискнула, вернулась к волновавшей ее теме.

— Но ведь она действительно перевела деньги...

— И что? — опять перебил Леонид. — Часть денег всегда переводится в фирмы, потому что у нас очень высокие накладные расходы. Тамара мне объясняла, но я не вникал, честно говоря. Деньги переводятся в какую-то фирму, и мы потом получаем конверты. Ты что, никогда купюр в конверте не получала?

— Получала, — призналась Лера.

— Вот оттуда и деньги.

— А что за фирма, ты не знаешь?

— «Бета» какая-то, не помню точно. Раньше там Тишинский директором был, а кто сейчас, не знаю. Короче, ерунда, ничего особенно тут нет. В институте рубля нельзя потратить без ведома генерального, так что выбрось из головы. — Дорышев помолчал. Потом заговорил тихо и как-то печально: — Никто ее не убивал, Тамара сделала это сама. Она прислала мне письмо. И там, у себя в квартире, оставила записку. У нее был рак в четвертой степени.

Леонид вздохнул.

Чуть больше недели назад он столкнулся в коридоре с толстой бухгалтершей Татьяной и узнал, что Тамара не вышла на работу и что ее все ищут. У него еще теплилась надежда, что все как-то объяснится, когда бежал к себе за ключами от Тамариной квартиры и когда ехал в директорской машине к ней домой. А там первым нашел записку, в которой она объясняла свой поступок. Под запиской лежало медицинское заключение. Леонид понял, что и записку, и заключение Тамара оставила на виду, чтобы никому в голову не пришло его... заподозрить. А теперь не мог себе простить, что пропустил ее болезнь, что в последнее время редко заходил к ней и что не успел ей сказать, как сильно ее любил.

Лера смотрела на него, и Дорышев, большой, крупный, показался ей вдруг маленьким потерянным мальчиком. Ей захотелось погладить его по голове. Она отвернулась к двери и улыбнулась, представляя, как по-идиотски это выглядело бы.

— В праздники что делать собираешься? — спросил, резко сменив тему, Леонид.

Почему-то у Леры не было никакого желания говорить о планах на выходные, и она пожала плечами. Хорошо, что все объяснилось. Вот и славно, что не в чем подозревать Константина Олеговича, тот ей нравился. А самое главное, было жалко Милу — как бы подруга пережила, если бы подозрения подтвердились.

В самом конце рабочего дня к ней заглянула Ира и от Лериных новостей заметно расстроилась.

— Жалко-то как. Такая хорошая версия была и — рассыпалась. Может, Дорышев ошибается, а? Неужели Тамара сама решилась?

— Нет, он не ошибается, — твердо не согласилась Лера.

— А почему Тамара ему квартиру оставила? Они что, родственники?

— Не знаю.

— Вообще-то Леонид часто к Тамаре заходил. И разговаривали они... как-то по-домашнему. Может, все-таки родственники?

Лера пожала плечами и улыбнулась, глядя на озадаченную подругу. Ей и самой любопытно было узнать, что связывало Тамару с Дорышевым, но, наверное, не так сильно, как все еще полную раздумий Ирину.

— Да, совсем забыла сказать! — вздохнула подруга, переключаясь от мыслей о Тамаре и Дорышеве. — К моим теткам сегодня Галина из технологического отдела приходила и на тебя жаловалась. Мол, ты с каждой ерундой к генеральному бегаешь, с тобой совершенно невозможно работать.

— Ира! — ахнула Лера, чувствуя, что голос предательски дрожит. — Да она же сама первая к генеральному побежала! Неужели ты думаешь, что я бы стала на нее жаловаться?

— Конечно, не думаю. Ты что, Лер? И я не думаю, и остальные тоже. Все знают, что она стерва и дура, и никто ей не верит. Не бери в голову. Я уж жалею, что тебе сказала.

Подруга еще что-то говорила, но Лера почти не слушала. Ей нужно было справиться с подступающими слезами. И она справилась. Почти.

К вечеру пошел дождь, но не надоедливый, а тихий, приятный. Лера, выйдя из института, не стала раскрывать зонт, а просто накинула капюшон и, вдыхая по дороге к дому свежий от дождя воздух, чувствовала, что напряжение последних дней отступает.

А готовя ужин, не выдержала и похвасталась:

— Саш, мы с Ирой вскрыли, как у нас деньги крутят. То есть в основном Ира, — добавила честно.

— Какие деньги?

— По договорам. Чтобы зарплаты побольше были.

— Да? — удивился Александр. И спросил: — Как же вам удалось?

Спросил машинально, потому что в данный момент его волновало другое. Сегодня позвонил приятель, Семенов, и сказал, что визы на документах Саши, которые тот подал в Сетевую компанию, все собраны. Осталось только получить подпись директора, но это пустая формальность. И сейчас Казанцев не знал, рассказать о своих новостях Лере или подождать, когда все станет окончательно ясно.

А Лера начала рассказывать, но сразу заметила, что слушает Саша как-то отрешенно. Вернее, почти и не слушает. В какой-то момент ей даже показалось, что улыбается каким-то своим мыслям, и сердце тревожно сжалось.

— Саша, ты меня любишь? — вдруг спросила Лера, оборвав рассказ на полуслове. И тут же разозлилась на себя и за вопрос, и за то, что прозвучал он как-то... жалко.

Саша встал из-за кухонного стола, обнял ее, поцеловал в шею и сказал:

— Очень люблю.

Все было, как обычно, но Лера ему почему-то не поверила. Нет, поверила, но не до конца.

Ей хотелось пожаловаться, что технолог Галина Николаевна распространяет по институту лживые слухи, будто Лера бегает к начальству с жалобами на сослуживцев, чего она, конечно, никогда не делала и делать не собиралась. Но не рассказала. Потому что решила: Саше неинтересно то, о чем Лера говорит.

И сама Лера ему неинтересна.

И вообще ему не нужна.

Пятница, 30 апреля

Лера едва успела отпереть свой кабинет, как позвонил Дорышев.

— Ты на месте? — нелогично спросил Леня, как будто она могла снять трубку внутреннего телефона, находясь где-то еще. И, не дожидаясь ответа, приказал: — Сиди там, я сейчас зайду.

Вчера вечером ему позвонил институтский приятель-криминалист, которому он передал неделю назад Лерину пластиковую бутылочку. Леонид был уверен, что никакого яда в ней нет и быть не может, так и предупредил бывшего сокурсника, но все-таки попросил проверить. На всякий случай.

Вернувшись с работы домой, Дорышев ощутил вдруг желание даже не выпить, а напиться, что было для него совсем не характерно. Он сидел за кухонным столом, пил водку и смотрел в книгу. Смотрел просто так, неизвестно зачем, потому что буквы в слова не складывались. Тогда и раздался телефонный звонок. Леонид взял трубку и не сразу понял, что ему говорит бывший однокурсник. Но когда смысл сказанного до него дошел, вся хмельная расслабленность мгновенно исчезла. Дорышев едва дождался утра.

Сейчас, усаживаясь напротив откинувшейся на спинку кресла Леры, он ей велел:

— Ну-ка, расскажи мне подробно и по порядку про ваш пикник.

— Там... что-то есть? — сразу поняла она. Ему понравилось, что Лера не паникует. А вот Инна обязательно запаниковала бы, решил Леонид. Почему-то после смерти Тамары он постоянно думал о сестре.

— Есть, — подтвердил Дорышев.

— В вине?

— Да.

Лера задумалась, глядя в окно. Ему даже показалось, что отвлеклась на какие-то свои мысли, но он ее не торопил.

— Спасибо, Леня. — Наконец-то посмотрела прямо на него Лера. — И что там?

— Терминами голову тебе морочить не буду, я их и сам-то не запомнил. В общем, яд. То есть на самом деле лекарство, но очень специфическое, которое применяется при редких сердечных заболеваниях. — Он протянул ей бумажку с названием препарата. —

Однако концентрация была такая, что... Сколько вас на пикнике было?

— Трое.

— Скорее всего, живы остались бы, даже если бы выпили все. Так сказал мой товарищ, которого я просил экспертизу провести. И даже если бы один человек всю бутылку выпил, шансы выжить у него были. Но очень скоро вы бы вызвали «Скорую». Препарат действует быстро.

— Понятно... — протянула Лера опять безо всякой паники.

«Все-таки она сильно отличается от покойной сестры», — мелькнуло у Леонида.

— Лера, а откуда взялась эта бутылка?

— Все как в классическом детективе, — усмехнувшись, покачала та головой. — Сначала бутылка была у меня — мне ее родители привезли из-за границы. Потом у одной моей подруги, затем у другой. Леня, а как проявляется отравление?

— По словам моего друга, если бы вы выпили граммов по пятьдесят-семьдесят, то минут через десять у вас нарушилась бы координация движений. Ну, и другие симптомы появились бы, только я не буду тебя пугать. Короче, если срочных мер не принять, приятного мало.

— А... какие должны были быть меры?

— Ну, не знаю, все-таки я не медик. Наверное, нужно было промывание желудка сделать. Принять противоядие какое-нибудь.

— Какое противоядие?

— Да хоть тот же активированный уголь. То есть точно я не знаю, это просто мое предположение. Лера, бутылка была запечатана или нет, когда вы сели за стол?

— Не помню, — задумалась она. — Пробка плотно завинчивается, сразу и не поймешь. Бутылку я в руках покрутила, но сказать, была ли она распечатана, не могу.

— Ты вообще с кем живешь, Лер? — помолчав, спросил Леонид и понял вдруг: ему не хотелось бы услышать, что она живет с мужчиной. Обручального кольца на пальце у нее не было.

— Одна, — почему-то сказала Лера. — Меня некому травить, просто некому.

Дорышев смотрел на нее с тревогой и жалостью, слушал ее внимательно и напряженно. И это так отличалось от того, как ее слушал, вернее, не слушал в последнее время Саша, что неожиданно возникло желание, чтобы Леонид никогда не уходил. И она испугалась, что тот сейчас догадается о ее мыслях. Лера встала и подошла к окну.

— Спасибо тебе, Леня. Большое спасибо.

— На здоровье.

Дорышев тоже поднялся, пошел к двери. Уже взявшись за ручку, обернулся, хотел что-то сказать, но только мотнул головой и тихо удалился.

Лера еще постояла у окна, тупо глядя на облака. Почему она сказала, что живет одна? Потому что уверена — Саша вот-вот ее бросит?

Вздохнула и потянулась к телефону.

* * *

Утром Света проспала. Вчера она, сделав над собой усилие, все-таки поехала к родителям. А потом, после лицезрения замученной матери, равнодушного и усталого отчима и наглой физиономии брата Глеба, заснуть никак не удавалось. Промучившись полночи, Светлана приняла таблетку снотворного и теперь выглядела отвратительно. Ужасно. Бледная, под глазами круги. Даже собственные глаза, которые ей всегда так нравились, показались не голубыми, а какими-то белесыми.

За спиной мягко хлопнула дверь кабинета. Света торопливо сунула небольшое зеркальце в верхний ящик стола и развернулась вместе с креслом.

Она думала, что это Катя, но в кабинет вошел Кузьменко. Вошел и остановился посередине, бесцельно глядя в окно.

— Привет! — улыбнулась Света. И удивилась, — потому что Виктор не обнял ее, как обычно. Даже не улыбнулся. — Что случилось?

Директор молча пожал плечами и протянул ей большой почтовый конверт.

— Что это?

— Посмотри. Нашел утром у себя на столе.

Светлана с любопытством сунула руку в аккуратно разрезанный конверт из плотной коричневой бумаги. И вытащила фотографии, отпечатанные на обычной принтерной бумаге.

Их оказалось две. На одной Лизин приятель Шпик разговаривал с девушкой у витрины ювелирного магазина, на другой тот же Шпик вручил ей нарядный сверток.

Возле ювелирного Света сфотографировала его сама, когда впервые следила за Лизой и пряталась в соседних бутиках. А вот второй снимок она видела впервые. И отчего-то была уверена, что девушка на снимке — Настя Горовец. Правда, насчет Насти можно было только предполагать, потому что лицо у девушки было... ее собственное, Светланино. Так же, как и у девушки возле застекленного прилавка с ювелирными изделиями.

— Ты думаешь, это мой любовник? — с любопытством спросила Света.

— Нет, — серьезно ответил Виктор Федорович, — я так не думаю. Я люблю тебя и верю тебе. Но, черт возьми, желаю знать, что происходит!

— Я тоже желаю знать, — бросив снимки на стол, согласилась Светлана. — Даже еще больше, чем ты.

Кузьменко ногой подвинул к себе стул, уселся напротив, вздохнул, взял ее руки в свои, поцеловал холодные пальцы и приказал:

— Выкладывай!

— Имя парня я не знаю. — Света высвободила руки и взяла фотографию у ювелирного прилавка. — А женщина рядом с ним — Лиза. Я сама их щелкнула, когда за ними следила. Ну, когда на работу не пришла. Я потом пыталась тебе об этом рассказать. Помнишь? Но ты слушать не стал. Отдай снимки на экспертизу, и тебе любой эксперт скажет, что тут фотомонтаж.

— О господи! — Мужчина сжал пальцами виски и потряс головой. — Сумасшедший дом какой-то!

— Витя, — наклонилась к нему Света, — послушай меня. Пожалуйста! Я не могу ничего доказать, но Лиза...

Ей хотелось ему сказать, что Лиза, она почти в этом уверена, намерена убить его сына, своего мужа. Хотелось предупредить, что Лиза — постоянная угроза для Славы. А может быть, и для самого Виктора. Что Лиза сумасшедшая. Но Кузьменко опять остановил ее.

— Все, хватит! — воскликнул он. Потряс головой и уже спокойно сказал: — Выбрось эту дрянь, и забудем.

Наконец Виктор обнял ее, и Света неожиданно предложила:

— Слушай, а поедем в выходные ко мне на дачу? Там так хорошо! В лес можно сходить... Давай, а?

— Давай, — не раздумывая, согласился он, готовый ехать с ней куда угодно и на сколько угодно. — Ладно, пойду работать.

Ему хотелось еще постоять рядом с ней, обнявшись, но мобильный на столе начал выводить какую-то замысловатую мелодию, и Кузьменко вышел.

Звонила Лера.

— Я же сразу сказала, что в мартини отрава! — ахнула Света, выслушав подругу. — А вы мне не верили!

— Доза была не смертельная, — добавила Лера.

— Ну да, — усмехнулась Светлана, — отравитель обсчитался.

Закончив разговор и попрощавшись, она нажала красную клавишу, швырнула телефон на стол и задумалась. Руки сами полезли в стол, где лежала пачка сигарет.

Решив покурить на улице, Светлана вышла из офиса.

Кусты сирени, росшие у самого крыльца, с каждым днем все больше казались окутанными светло-зеленой дымкой. Совсем рядом, почти в метре, располагался вход в маленький круглосуточный магазинчик, куда сотрудники фирмы Кузьменко, в том числе и Света, заходили почти каждый день — то за булочками или пирожными, то за чем-нибудь еще. Сейчас на крылечке лавчонки стоял молодой охранник и курил. Он кивнул Светлане, как старой знакомой, и вдруг так зевнул, что та всерьез испугалась, как бы парень не вывихнул челюсть.

В торговой точке работало трое охранников, которые сменяли друг друга по какому-то хитрому расписанию. Все они уже давно здоровались с курящими сотрудниками соседней фирмы. И со Светой тоже.

— Вторые сутки дежурю, — объяснил парень и улыбнулся. — Сменщик заболел.

Вроде бы охранника звали Володей. Но Светлана не была уверена, поэтому, обратившись к нему, не назвала по имени:

— Ночью вы тоже здесь были?

— Естественно. Ночью самая работа, вся пьянь сюда подтягивается.

— Вы случайно не заметили, в наш офис никто не входил?

— Кроме вас, никого не было. Я, во всяком случае, не видел больше никого.

— Кроме меня? — оторопела Света. — Но я сюда не приезжала.

— Ну, не знаю... — слегка задумался парень и внимательно оглядел ее. — Я видел девушку. Решил, что это вы.

— А лицо, вы лицо ее видели? — Светлана перегнулась через перила.

— Нет, — покачал головой охранник, — лица не видел. Куртка, как у вас. Рост вроде бы тоже. Прическа похожая. А что такое? Неужели вас ограбили?

— Нет, — успокоила Света, — не ограбили. Наоборот, подложили кое-что.

Молодой человек снова внимательно посмотрел на нее.

— Может, помощь нужна?

— Спасибо. Сами разберемся.

Светлана вернулась в кабинет и стала внимательно разглядывать фотографии. Монтаж был выполнен отлично. Впрочем, нынче это не проблема, компьютерная графика позволяет делать и не такое.

Итак, ночью в офисе побывала Лиза, не сомневалась Света. Господи, что же делать? Похоже, Лиза действительно сумасшедшая.

«Доза была не смертельная», — вспомнились слова Леры, в груди неприятно потянуло. Бабушка Клава тоже когда-то подмешала в грибы не смертельную дозу яда...

Светлана тряхнула головой и попыталась сосредоточиться на работе. Но не смогла.

— Катя, — выйдя в приемную, тихо сказала она секретарю, — я домой поеду. Что-то мне нехорошо. Только ты Виктору Федоровичу не говори. Скажи... к родителям поехала, что ли.

— А что с вами? — перепугалась Катя. Так искренне перепугалась... — Сердце?

— Нет, — успокоила девушку замдиректора, — просто немного знобит.

Она не соврала, ее действительно знобило.

От страха.

Света только не понимала, чего именно боится.

* * *

Выходя из кабинета генерального, Константин Олегович едва сдержался, чтобы не шарахнуть тяжелой дубовой дверью. Впрочем, дверь была дорогой и отличного качества, и наверняка закрывалась тихо, как ни пытайся показать свое неудовольствие. С директором Тишинский часто ругался, еще с той поры, когда генеральный не был генеральным, а он — главным инженером. Да, ругались мужчины часто, а относились друг к другу хорошо. Пожалуй, не считая Милы, не было у Кости человека ближе, чем Мишка. То есть генеральный директор Михаил Аркадьевич.

А ведь еще несколько дней назад такой человек был — Тамара. Константину Олеговичу вдруг так захотелось зайти в тесный кабинет главного бухгалтера, сесть напротив Тамары в мягкое кресло и пожаловаться, что Мишка как был упрямым ослом, так им и остался. И сказать, что он, Костя, все равно будет добиваться, чтобы его технические решения были приняты. И добьется, Мишке придется с этим смириться. Как было бы хорошо, если бы Тамара налила ему чаю и понимающе молчала. Отходя от очередной ссоры с директором, он постепенно начал бы осознавать, что кое в чем тоже не прав, а в том бреде, который Мишка только что нес, есть крупицы здравого смысла.

Константин прошел мимо закрытой двери бывшего Тамариного кабинета, стараясь не смотреть на полированное темное дерево, отпер свою такую же темно-коричневую дверь, бросил на стол бумаги, с которыми ходил к Михаилу Аркадьевичу, и подошел к окну. Сейчас он впервые почувствовал, как ему не хватает Тамары, и удивился, что почти радовался ее смерти. Хотя нет, конечно, не радовался, это было бы чересчур. Но и не горевал. Горевать, похоже, начал только сейчас.

Тамара была рядом почти всю его сознательную жизнь, и все это время Костя знал, что она по-настоящему ему предана. Правда, тогда казалось, что преданность ее ему абсолютно не нужна, и даже раздражала, и делала его еще более виноватым, чем на самом деле был. А вот сейчас, глядя в окно на весенний институтский дворик, Тишинский понял, что смерть Тамары — тяжелая потеря для него. Невосполнимая.

Подруга юности была единственным человеком, рядом с которым можно было не притворяться, не стараться казаться лучше, не врать и не лицемерить. А быть самим собой. Жаль, что раньше он этого не ценил.

Константин Олегович настежь открыл окно и вдохнул прохладный воздух.

Когда-то давно он так же стоял у окна, только у другого, на третьем этаже, и так же смотрел в зеленеющий институтский двор. Нет, тогда зелень на деревьях была густая, стоял жаркий август...

Внизу, во дворе, автобус заполнялся желающими поехать в дом отдыха. В те времена у института еще был свой дом отдыха, расположенный в отличном месте, на высоком берегу Москвы-реки, и путевки на выходные — с вечера пятницы до вечера воскресенья — всегда пользовались большим спросом.

Как раз накануне в отдел влетела Таня Филатова, веселая, смешливая девушка, постоянно что-то распространяющая, то путевки, то билеты в театр, то еще что-то.

— Есть две путевки на выходные, Бирюкова отказалась, — закричала она на всю комнату. Таня вообще всегда не говорила, а кричала. — Кто возьмет?

— Да-а? — протянула Инна. — Хочешь поехать, Костик?

— Нет, — склонился тот над бумагами. Два дня назад он сделал Инне предложение, а девушка ему отказала, и теперь Константин не мог спокойно на нее смотреть.

— А кто едет?

Инна всерьез заинтересовалась поездкой, и он уже пожалел, что отказался — ему нечего было делать в выходные и очень хотелось быть рядом с Инной.

Таня перечисляла фамилии, и, когда назвала Тамарину, Инна весело решила:

— Я еду. Запиши меня.

Тогда, глядя сверху на институтский автобус, он видел, как Инна стояла в группе девушек, как из здания вышла Тамара с большой дорожной сумкой и резко остановилась, заметив Инну, и как потом медленно подошла к открытой двери автобуса и вошла внутрь.

Около автобуса еще долго крутился народ, слышался смех, кто-то заходил в автобус и опять возвращался на солнечный двор. А Тамара так и сидела в салоне, несмотря на жару.

Автобус с желающими отдохнуть уехал, Костя собрал бумаги — тогда еще не было компьютеров на каждом столе — и пошел домой. Пошел пешком, хотя идти было далеко, и с трудом сдерживал себя, чтобы не броситься на вокзал, не сесть в электричку и не попытаться обогнать институтский автобус, чтобы еще раз, хотя бы издали, посмотреть на Инну.

В тот момент он еще не знал, что это был последний день его прежней жизни. Что уже на следующий день начнется жизнь другая.

На следующий день Костя увидел мертвую Инну...

Тишинский посмотрел на часы, висевшие над дверью кабинета, и неожиданно понял, что работать не может и не хочет, чего не случалось с ним, пожалуй, со времени гибели Инны. Достал телефон из кармана пиджака, покрутил его в руках, раздумывая, не позвонить ли Миле, и сунул назад в карман.

Все-таки нужно было работать. Константин Олегович решительно подошел к компьютеру. Но, усевшись в кресло, еще долго смотрел в окно на почти безоблачное небо, чувствуя отупляющее, тягучее одиночество.

* * *

Вячеслав глянул на часы и выругался. Правда, беззвучно, про себя, — ему не хотелось обижать жену.

— Лиза! — крикнул он, вскакивая с постели. — Почему ты меня не разбудила?

— Проснулся, Слава? — улыбнулась прибежавшая из кухни жена. — Ты так сладко спал, и я тебя пожалела, не стала будить. Ты сердишься?

Лиза улыбалась, ласково глядя на него. Она очень боялась, как бы муж, несмотря на снотворное, подмешанное ему в чай, не заметил ее ночное отсутствие, поэтому теперь, когда все прошло удачно, ей постоянно хотелось улыбаться.

— Нет, — соврал Вячеслав. Он запланировал на утро кучу дел, и жена сломала ему день, выключив будильник. — Как я мог столько проспать?

— Сильно устал, наверное, — объяснила Лиза. — Вот и хорошо, наконец-то выспался.

— Да уж... — покачал головой Слава и вновь посмотрел на часы. — Детей в сад отвела?

— Конечно. — Лиза быстро обняла его и вернулась на кухню. Крикнула уже оттуда: — Иди завтракать.

— Спасибо, — сказал Кузьменко, усаживаясь за стол.

Яичница с ветчиной и зеленью, стоявшая перед ним, пахла восхитительно, но есть не хотелось. Ночью ему приснилась Аля, и он чувствовал себя еще более виноватым, чем обычно. Слава ковырял вилкой в тарелке и мысленно пытался перекроить запланированный день.

Аля снилась ему редко. За все годы жизни с Лизой всего несколько раз. И после каждого такого сна он долго чувствовал себя выбитым из привычной колеи.

Собственно, ничего особенно значащего у него с Алей не было. Они познакомились всего за несколько месяцев до смерти матери, Дарьи Степановны, а в постели так и вообще оказались всего однажды. Но буквально перед тем, как Лиза объявила ему, что беременна.

Аля училась на третьем курсе какого-то технического вуза, а Слава как раз начинал работать в фирме отца и не думал не только о женитьбе, но даже и о серьезных отношениях с какой-нибудь из своих знакомых девушек. В ту пору он чувствовал себя свободным и счастливым, и очень удивился, что Аля, с которой случайно познакомился в электричке, когда ездил на дачу, вдруг заменила ему всех остальных подружек. Именно как-то вдруг оказалось, что остальные девушки ему, в общем-то, и не нужны, а нужна только она, Аля. Это открытие его сильно испугало непонятно почему, и когда Лиза сообщила, что ждет ребенка, Вячеслав пришел к мысли жениться на ней почти с облегчением. Ему показалось, что он зависит от Али, а зависеть не хотелось. Зато откуда-то пришла уверенность, что с Лизой к нему вернется ощущение свободы.

Слава рассказал Але о своем будущем отцовстве, как только положил трубку после разговора с Лизой, и был убежден, что больше никогда Алю не увидит и очень скоро о ней забудет.

Он и забыл. Почти. Потому что хоть и редко, но вспоминал давнюю любовь и удивительное чувство веселой радости, которое возникало у него только рядом с Алей.

Потом Вячеслав пару раз встречал Алю, всегда неожиданно и в самых неподходящих местах. В последний раз, года полтора назад, столкнулся с ней в переходе метро на «Комсомольской», когда провожал приехавшую в Москву на несколько дней дальнюю родственницу.

Аля шла в плотной толпе спешащих навстречу людей, но он мгновенно ее узнал. И сразу вспомнил ту веселую радость, которая без нее никогда больше к нему не приходила. Слава едва смог протиснуться к Але поближе, чтобы хотя бы поздороваться, и все улыбался, как дурак. А потом долго смотрел ей вслед, когда девушка, коротко кивнув ему, пошла дальше, даже не обернувшись. Позже он напряженно пытался вспомнить, было ли у нее на пальце обручальное кольцо, но вспомнить не смог. Да и зачем?

Почти сразу после той встречи Кузьменко обратил внимание на Настю. Горовец при знакомстве чем-то напомнила Алю, но оказалась совсем другой. С ней к нему никогда не приходило ощущение веселой радости...

Вячеслав хотел думать о работе, а вот вдруг ударился в воспоминания...

— Отец собирается квартиру продавать, — виновато, из-за недавнего сна и мыслей об Але, улыбнулся он жене. Вообще-то чувство вины перед женой было привычным, только сейчас ему неожиданно показалось, что больше всего он виноват перед Алей.

— Зачем? — повернулась к мужу Лиза.

— Как зачем? — искренне удивился Слава. — Это квартира моей мамы. Не может же отец привести в нее другую женщину.

Лиза понимающе кивнула. А про себя подумала: вот и хорошо, что Светка не появится в Дарьиной квартире хозяйкой.

— Поеду в центральный офис, — решил Вячеслав. — Решу со Светланой вопросы нового производства, раз уж ничего больше не успею.

Лиза слышала, как муж разговаривает по телефону, и чувствовала, что смертельно устала.

— Черт! — ругнулся он. Подошел и поцеловал ее в затылок. — Света только что домой отбыла. Ладно, поеду к себе на «Рижскую».

— Не уходи, — попросила Лиза. — Давай просто отдохнем. Одни.

— Не могу. Очень много дел.

Слава снова поцеловал ее и потоптался рядом немного. Наконец Лиза услышала, как хлопнула входная дверь.

«Конечно, со мной побыть не может, — зло подумала она. — У него много дел, Славочка зарабатывает деньги своему папаше и его молодой женушке. Идиот».

* * *

Делать было решительно нечего. Вернее, не так. Дела имелись, например, нужно купить продукты на тот случай, если они с Костей решат завтра поехать на дачу, но идти в магазин не хотелось. Вообще выходить из дома не хотелось, и Мила прекрасно понимала, почему. Потому что на улице вполне может не оказаться Романа. Даже скорее всего не окажется — не караулит же он ее с раннего утра до вечера. И тогда все: и солнечный день, и завтрашняя поездка на дачу, и только вчера купленный новый детектив, — сразу станут неинтересными и ненужными. Это Мила знала точно.

Она послонялась по квартире, затем, подумав, взяла в руки электрическую щетку-метелку и, подвинув стремянку, принялась стирать пыль с высоких книжных полок.

С Романом надо кончать. Встречи с ним ничем хорошим не закончатся. Нужно прекратить глупое хождение по улицам и по парку и жить, как прежде. Ждать Костю, не прятать глаза, когда тот спрашивает, чем жена занималась или собирается заниматься. Разобраться в его тайнах, наконец. Понять, что его все-таки связывало со стервой Тамарой. И, что очень важно, выяснить, кто посмел ей написать, что ее муж убийца.

Точно, она не станет больше думать о совершенно чужом ей Романе, а разберется в Костиных тайнах. Правда, Мила чувствовала, что супруг вряд ли обрадуется ее поискам. Ну и что? Пусть тайны чужие, но ей надо в них разобраться, чтобы жить спокойно.

На самой верхней полке одного из шкафов стояли старые толстые альбомы с фотографиями Тишинских. А вот ее, Милины, фотографии — детские и юношеские, сделанные еще до свадьбы, — так и остались у родителей. Пожалуй, нужно их забрать, решила она. В конце концов, ее дом здесь, и все ее вещи тоже должны быть здесь.

Мила сняла тяжелые альбомы, аккуратной стопкой сложила на диван, удобно уселась, подложив под спину подушку, и стала разглядывать старые снимки, медленно переворачивая страницы. Из всех Костиных родных она знала только свекровь, отца Кости уже давно не было в живых. Да и свекрови не стало меньше чем через год после их с Костей свадьбы. Мила смотрела на совсем старые, пожелтевшие снимки. Костин дед, бабушка, еще какие-то люди. Муж так и не смог объяснить ей, кто они. Не знал, видимо, не интересовался. Жаль, что вовремя не спросила у свекрови. Сейчас ей отчего-то очень захотелось знать все о Костиной семье.

Потом Мила разглядывала маленького Костю, одного и с братом Сережей. Костю подросшего. Студента. Молодого инженера. Костю в шлеме на мотоцикле. Костю рядом с первой его машиной, «Жигулями»-«копейкой».

Свекровь рассказывала ей, что Костя в молодости бредил авто- и мотогонками. Сам гонял по ночной Москве, заставляя родителей не спать ночами от беспокойства, сначала на мотоцикле, а потом на машине. Даже участвовал в каких-то соревнованиях.

Муж о своей прошлой жизни не рассказывал ей почти ничего, о его юношеских увлечениях Мила ничего не знала бы, если бы не свекровь. Костя не рассказывал, а она, Мила, не спрашивала. Потому что ее это, в общем-то, не интересовало.

Странно, прошлое мужа не интересовало, а вот прошлое полковника Романа Воронина интересовало, и даже очень. О нем ей хотелось знать все. Мила вчера с трудом сдерживалась, чтобы не начать непрерывно его расспрашивать. Надо кончать с этими «случайными» встречами. Глупо и ни к чему.

Мысль была единственно правильной, но при этом вызывала щемящую тоску.

А ведь еще совсем недавно ей было так хорошо с Костей, что Мила ни за что не поверила бы, что способна думать о каком-то другом мужчине. Ей было хорошо и спокойно. Нравилось гулять с ним по Москве и по осеннему лесу — он был заядлым грибником. Нравилось по выходным ездить с мужем в Питер. Или в Новгород, или еще куда-нибудь. Мысль куда-то поехать приходила им в голову всегда в самый неподходящий момент — когда номера в гостиницах оставались только несуразно дорогие. Они гуляли по разным городам, по древней русской земле, потом, уставшие и довольные, лежали на гостиничной постели и тихо разговаривали ни о чем. Мила верила тогда, что Косте так же хорошо с ней, как ей с ним. И точно знала, что вытянула в жизни счастливый билет.

Телефонный звонок прозвенел неожиданно и тревожно. Миле не хотелось сейчас ни с кем разговаривать, даже с лучшей подругой Лерой. Она даже не сразу поняла, о чем та говорит, а когда до нее дошло, ахнула:

— О, господи! Значит, Светку действительно хотели отравить, а мы ей не верили... Вот ужас-то!

— Мил, — помолчав, спросила Лера, — ты не помнишь, бутылка была распечатана, когда Светлана ее принесла?

— Не помню. Когда забирала ее от меня перед Новым годом, была закрыта, это точно.

Как ни странно, но наличие яда в мартини волновало Милу все-таки меньше каверзного вопроса: появится или нет вновь на ее пути полковник Роман Воронин, и ей стало совестно. Все-таки подругу в самом деле хотели отравить.

— Да, кстати! То есть не совсем кстати, — поправилась Лера. — Тамара ушла из жизни сама. У нее был рак.

Тут Мила слегка напряглась. А ведь Костя говорил, что Тамара тяжело больна. Но она ему не поверила. Нет, она точно сошла с ума. И потому, что подозревала мужа бог знает в чем, и потому, что почти забыла о своих подозрениях, переполненная ненужными мыслями о Романе.

Надо кончать с глупостями. Да, кончать. Сегодня же.

* * *

Ира предложила прогуляться в обеденный перерыв, и прогулка получилась отличной. День выдался изумительный, совсем майский, на работу возвращаться не хотелось. А потом, уже в кабинете, не хотелось приниматься за неотложные дела, и Лера просматривала новости в Интернете.

Неожиданно позвонил Саша.

— Лер, я уеду по делам, могу задержаться, ты не беспокойся.

— Ладно, — согласилась она.

Саша никогда раньше не уезжал, не сказав точно, куда направляется. Никаких «по делам» прежде не звучало. Лере стало трудно дышать. И уж совсем невозможно читать колонку происшествий на только что открытой странице Интернета. Саша почти не разговаривал с ней в последние дни. Совершенно точно: она ему неинтересна. Да, она ему не нужна, у него теперь свои «дела».

Еще совсем недавно ей просто не пришло бы в голову, что Саша может что-то от нее скрывать, как не могло прийти в голову, что ему не захочется ее слушать, что она, Лера, станет ему неинтересной. И что совершенно чужой Леня Дорышев покажется ей вдруг более близким и надежным, чем самый нужный на свете человек.

Совсем недавно ей казалось, что она знает о Саше все. Не то чтобы тот постоянно взахлеб рассказывал ей обо всем, что с ним случалось, скорее был немногословным. Но по нескольким фразам, по улыбке, по взгляду Лера чувствовала его настроение не хуже, чем после длительной беседы.

Совсем недавно Саша смешно пугался, когда у нее обнаруживались признаки простуды. Немедленно звонил матери, расспрашивал о самых действенных лекарствах, бежал в аптеку и заставлял ее пить все эти препараты, без конца измерять температуру, уговаривал ни в коем случае не ходить на работу, чтобы не получить каких-нибудь осложнений. Сам он все простуды переносил на ногах, никогда не жаловался и лекарства принимать забывал.

Совсем недавно Лера рассказывала ему обо всякой ерунде, о том, например, что ее подруга Ира поссорилась с очередным поклонником. И Саша понимающе хмыкал и никогда не показывал, что ему скучно. Да ему и не было скучно! Скучно ему стало теперь.

Нужно было уходить с работы — все равно ничего путного она сделать сегодня не сможет. К тому же предпраздничный день, и народ уже потянулся от института. Точно, надо уходить, чтобы, не дай бог, не расплакаться прямо за рабочим столом.

Но Лера все сидела и тупо смотрела в экран компьютера.

* * *

Хорошо, что впереди праздники. Константин Олегович сохранил документ в памяти компьютера и пожалел, что нельзя выпить — он же на машине. А очень хотелось хлебнуть коньяка, посмотреть в Интернете новости и погоду на завтра. Потом поехать домой, обнять Милу и начать жить заново. Без Тамары и Инны.

Конечно, находясь на работе, он еще долго будет помнить Тамару. И еще долго ему будет ее не хватать. Странно, только теперь это стало понятно. А раньше и не предполагал, что без Тамары у него появится такое тоскливое одиночество, ему казалось, что ничего, кроме жалости, он уже давно к ней не испытывал. Зато дома теперь точно удастся забывать обо всем, кроме его самого и Милы.

Константин Олегович потянулся, встал с кресла, прошел в комнатку-кухню и включил чайник. Раньше он редко пил чай в собственном кабинете, чаще ходил к Тамаре. Пожалуй, нужно купить заварку и еще что-нибудь, печенье, что ли. Сам Тишинский давным-давно ничего не покупал: и чай, и кофе, и то же самое печенье приносила Тамара, даже не всегда слыша от него слова благодарности, как будто она была обязана это делать. Наверное, Тамара была бы ему отличной женой, если бы когда-то его угораздило влюбиться в глупенькую и злую Инну.

Собственно, без Тамары здесь, в стенах института, Константин себя и не помнил. Они пришли устраиваться на работу в один день. Вместе заполняли длинные анкеты, слушали дурацкий инструктаж по технике безопасности. И совершенно обалдели и от анкет, и от инструктажа, и от длинных непривычных институтских коридоров. Потом разошлись по своим новым рабочим местам, и когда неожиданно столкнулись в курилке, обрадовались друг другу, как радуются старые друзья, которые долго не виделись. Тогда Тишинский еще не знал, что эта высокая светловолосая девушка умеет быть ненавязчиво нужной, что очень скоро она начнет смотреть на него с радостью и восхищением, а он почему-то станет смущенно улыбаться и отводить глаза. Красавица Тамара чарующе пела низким тихим голосом под гитару, была верным и надежным товарищем и — очень его любила. То есть о любви они не говорили — Костя все словно ждал чего-то. Но это не мешало ему радоваться Тамаре и скучать без нее.

Другую Тамару теперь он почти не помнил. Собственно, кроме сияющих восхищенных глаз и собственной радости от ее присутствия, ничего и не вспоминалось. Он никогда и ни у кого не видел таких сияющих глаз, как у той Тамары.

Другую Тамару, несчастную и потерянную, которая почти не попадалась ему на глаза, Константин тоже помнил плохо. Зато отчетливо в памяти запечатлелись его собственный стыд, жалость к ней и постыдная радость, что главные слова Тамаре он так и не успел сказать.

Скорее всего, останься Инна жива, его сумасшедший с ней роман не продлился бы долго. Даже если бы Костя женился на Инне, брак не сулил ничего хорошего ни ему, ни ей — уж слишком разными они были. В конце концов, Тишинский обязательно увидел бы настоящую Инну, неумную и жестокую, какую видел до того, как девушка стала для него центром Вселенной. И тогда, скорее всего, Константин снова вернулся бы к Тамаре. Смерть Инны сделала это возвращение невозможным. Они с Тамарой слишком многое знали друг о друге, слишком страшное, чтобы сделать вид, будто не произошло ничего особенного.

После смерти Инны появилась третья Тамара: холодная, жесткая, уверенная в себе и быстро делающая карьеру женщина. Константин Олегович до сих пор не понимал, как из мягкой, нежной первой Тамары могла получиться Тамара третья. Она как будто впитала в себя что-то, принадлежавшее раньше

Инне. Правда, впитала не до конца — совесть у Тамары все-таки оставалась.

А вот у Инны совести было маловато. Даже тогда, давно, когда он в ней одной видел смысл жизни, его коробила ее откровенная непорядочность.

В его, Константина, группе, помимо Инны, работали еще две девушки, одна очень хорошенькая, другая обыкновенная, как все. Девчонки были тихие, спокойные, смешно его побаивались, трудились добросовестно и работой, что случалось нечасто, искренне интересовались. Хорошенькую (кажется, ее звали Дашей) Инна начала выживать сразу, как только убедилась в полной своей власти над ним, Константином Тишинским. Странно, но тогда его это почти умиляло. Тогда он считал, что Инна слишком его любит и ревнует, поэтому придумывает про Дашу разные глупости. Костя почти не слушал, когда Инна, капризно выпятив губки, прямо при девушке сообщала, что та опять опоздала на работу или с обеда, или что слишком долго висит на телефоне. Говорила Инна шепотом, но он понимал: Даша все слышит и Инне это прекрасно известно, — и просто старался не обращать внимания на все это. А когда Даша начинала оправдываться и голос у нее начинал дрожать, старался на нее не смотреть, боясь увидеть слезы. В конце концов, обе девчонки подали заявление о переводе в другой отдел, значительно потеряв в деньгах, потому что группа Тишинского получала самые большие в институте премии. Потом, очень быстро, тот отдел расформировали, и девчушки попали под сокращение. А Инна осталась.

То, что Костя подписал тогда им заявление, было одним из самых неприятных его воспоминаний. Странно только, что вспоминаться это стало лишь совсем недавно, когда теперь Тамара выжила одну из своих подчиненных. Еще когда она жаловалась ему на сотрудницу, на ее бестолковость и глупость, давняя подруга неожиданно показалась ему очень похожей на Инну, его отчаянную любовь. Ему не было никакого дела до подчиненных Тамары, и Константин Олегович никогда бы не узнал, что женщина умна и исключительно компетентна, если бы не оказался случайно в кабинете генерального, когда Михаил Аркадьевич подписывал ее заявление с просьбой об увольнении (по собственному желанию, естественно), уговаривая остаться. Тишинскому отчего-то сделалось тогда так тошно, что он уехал домой, не дожидаясь конца рабочего дня, и весь вечер ловил на себе удивленные взгляды жены. Правда, был благодарен Миле за эти взгляды, а также судьбе — непонятно за что.

И еще один раз, уже совсем недавно, перед последним Новым годом, Тамара показалась ему похожей на Инну. Даже внешне.

Институт праздновал. Приезжали представители всевозможных организаций, так или иначе связанных с его деятельностью, заходили в кабинет генерального директора, дарили секретарям коробки конфет. Стоял веселый предпраздничный шум, слышался мужской и женский смех. Девушки из секретариата вышли покурить, причем в честь праздника дымили прямо в коридоре у пожарной лестницы, что вообще-то было строжайше запрещено правилами пожарной безопасности. Рядом с ними неожиданно оказались Лера и Мила — жену Константин Олегович привел в тот день на институтскую вечеринку.

Еще не началось основное веселье, еще не открывалось шампанское, но уже вовсю бурлила атмосфера праздника. Около девушек сразу возникли какие-то молодые люди, и все смеялись чему-то, радовались, непонятно чему.

Тишинский натолкнулся на Тамару в коридоре, недалеко от группы курящих, из вежливости остановился.

— Как дела? — зажгла Тамара приготовленную сигарету.

— Нормально, — улыбнулся Константин. Собственно, сегодня они уже разговаривали, и подруга прекрасно знала, как обстоят у него дела. — С наступающим тебя.

— Взаимно.

Тамара молча курила, стряхивая пепел на пол. Ему это было неприятно, и к тому же стыдно перед уборщицей, с которой Тишинский здоровался каждое утро, но он покорно стоял рядом, потому что знал, как сильно виноват перед Тамарой. А та с какой-то жалостью на него посмотрела и кивнула в сторону молодежной группы.

— Костя, прекратил бы ты это. Все ж таки ты главный инженер, тебе надо беречь репутацию.

Он не понял, что Тамара имеет в виду, однако невольно посмотрел на группку молодежи и на улыбающуюся Милу. Константин лучше любого другого

знал, что жена никогда не позволит себе ни оскор-
бить мужа, ни как-то его скомпрометировать, не говоря уже о том, что ей просто не нужен никто другой.
Во всяком случае, ему очень хотелось в это верить.
Но, видимо, Тамара видела в ней заместительницу
Инны, как и он сам в самом начале брака. Не найдя подходящей реплики, Тишинский просто пожал
плечами, что могло означать все что угодно. Однако
смотревшая исподлобья, совсем как когда-то Инна,
Тамара понимающе кивнула — вроде бы ей все ясно,
ему безразлично, что делает его жена, ему нет до нее
никакого дела...

Вспомнив сейчас тот случай, Константин Олегович чуть не застонал от отвращения — к себе и к Тамаре. Его извиняло только то, что он был слишком
перед своей давней подругой виноват. И связан с ней
общей тайной.

«Поеду домой, — решил Тишинский. — Поеду домой и, если Мила еще раз спросит про Тамару, все ей
расскажу. Почти все».

Он не хотел, чтобы между ним и женой оставались
какие-либо тайны. Ни свои, ни чужие.

* * *

День выдался сказочным, почти летним. Мила постояла на крыльце, задрав голову и стараясь не смотреть по сторонам. Потому что и боялась увидеть
Романа, и очень хотела. Лучше всего было бы, если
бы тот не появился. Никогда. Она бы, конечно, еще
какое-то время ждала его, думала о нем и ругала себя
за это, а потом, очень скоро, ждать бы перестала,

полностью вернулась мыслями к Косте и опять зажила бы спокойно и безмятежно.

Мила еще потопталась на крыльце подъезда и медленно двинулась к метро, к большому новому супермаркету. Она почувствовала Романа за своей спиной уже почти у самого магазина, и обрадовалась, и улыбнулась от радости, но приказала себе: сегодня — последний раз. Сегодня она еще порадуется ему, а потом попросит больше никогда не появляться на ее пути.

Воронин смотрел на нее молча и почему-то виновато. Мила развернулась на ступенях супермаркета и пошагала привычным маршрутом к парку.

Ему необходимо было сказать ей немедленно, что он не представляет себе жизни без нее. Видеть ее — для него мучительная и радостная необходимость, Мила для него единственная женщина на свете и навсегда таковой останется.

— Знаешь, отчего умер щенок? — не глядя на него, задумчиво спросила она, неожиданно для себя перейдя на «ты».

— Нет.

Конечно, откуда же ему знать? Кроме нее, сообщить ему об этом некому.

— Вино было отравлено. Мартини, который мы с подругами собирались пить.

— А собаки разве пьют вино? — глупо спросил полковник.

— Вроде нет, — улыбнулась Мила. — А тот щенок полизал. Наверное, просто пить хотел, а мы не догадались.

Она не смотрела на него, но почувствовала, что Воронин мгновенно подобрался. И теперь шел не по-отстав, а совсем рядом, словно защищая ее от любой возможной опасности.

— Давай-ка поподробней. — Роман тоже незаметно для себя перешел на «ты». — Откуда вино взялось? Как вы узнали, что мартини отравлен?

Они уже вошли в парк, и полковник легонько подтолкнул Милу в сторону боковой дорожки.

— Бутылку Лере привезли родители, которые за границей живут. Потом она подарила ее мне, а я отдала мартини Светке.

— Той, что блондинка? — зачем-то уточнил Воронин, хотя прекрасно помнил.

— Да. Мы поехали с Лерой на дачу. Потом там появилась Светка, принесла бутылку. Щенок все со стола опрокинул, полизал пролившееся вино и умер. А Света сразу сказала, что ее хотели отравить.

— Обычно люди не верят, что их хотят отравить. Она что, подозревала кого-то конкретно?

— Вроде нет, — пожала плечами Мила. — Лера очень расстроилась из-за щенка, и мы почти не слушали, что Светлана кричит.

— Она паникерша?

— Нет, вполне нормальная. Вредная только немного.

— Ты подарила запечатанную бутылку?

— Конечно.

— Так, подведем итоги. Вполне нормальная Светлана принесла бутылку, и когда щенок умер, сразу заявила, что отравить хотели ее.

— Да, — подтвердила Мила. Подумала и уселась на лавочку, стоявшую в кустах акации.

— А Света где работает? — Воронин постоял, глядя себе под ноги, и тоже уселся, едва касаясь Милиной руки рукавом ветровки.

— Заместитель директора в какой-то фирме. Ее туда Лерин папа устроил. Фирма косметику выпускает и еще что-то, пищевые добавки, кажется. — Миле очень хотелось увидеть глаза Романа, но тот смотрел прямо перед собой.

— Черт знает что! С чего вы взяли, что вино было отравлено? Помимо того, что щенок умер? Пес мог отравиться чем угодно.

— Лера отпила немного мартини и отдала кому-то на работе, чтобы его проверили. Она в НИИ работает.

— Ни в каком НИИ такую экспертизу провести не могли, — резко возразил полковник. — Если, конечно, это не НИИ МВД.

— Правильно, — похвалила его Мила и улыбнулась. — Лерин знакомый химик попросил своего знакомого химика. Как раз из МВД.

— И что за яд оказался в бутылке?

— Не помню. Лекарство какое-то. У меня дома название записано.

— Ты собираешься встречаться со Светланой на даче в ближайшее время?

Наконец-то Воронин посмотрел на Милу. Правда, очень сурово, если не сказать зло. Но ей это понравилось: Роман явно за нее волновался.

— Нет. У меня больше нет там дачи, я ездила с Лерой на ее. У меня теперь дача совсем в другом месте.

Мила улыбнулась, ожидая, что собеседник спросит, где находится ее дача. Но тот не спросил.

— Ты поэтому была так обеспокоена все эти дни?

Воронин опять смотрел прямо перед собой, и Мила осторожно на него покосилась, не сразу поняв вопрос. Наконец отрицательно покачала головой.

Роман осторожно взял ее за плечи, развернул к себе и легко кивнул — мол, расскажи.

Глаза у него оказались синими, а ресницы совсем светлыми, как у блондина, хотя блондином он не был. Ей очень хотелось смотреть на него не отрываясь.

Мужчина ждал ответа, и Мила тряхнула головой. Мол, нет, не расскажу.

— Расскажи, — попросил Роман.

Она опять качнула головой. Она никогда и ничего не расскажет ему о Косте.

Воронин отпустил ее и снова уставился куда-то вдаль на неширокую аллею.

— Мила, ты моя единственная женщина. Знай это. Я всегда буду тебя ждать.

Нужно было прямо сейчас сказать ему, что ждать не нужно. И приезжать больше не нужно. Но Мила молчала.

— Дай, пожалуйста, твою трубку, — попросил Роман.

Мила покорно достала из сумки свой новенький навороченный мобильный. Полковник потыкал в кнопки, дождался, пока не раздастся из собственного кармана непонятное рычание, и вернул телефон.

Он должен был сказать ей: то, что с ними случилось, — судьба. И чудо, которое мало кому удается испытать. Что ей надо решиться и соединить свою жизнь с его, потому что Мила не любит и наверняка никогда не любила своего мужа. Если бы было иначе, никакого чуда не произошло бы. И оба сейчас не молчали бы так напряженно, и она не чувствовала бы его приближения, как сегодня почувствовала, стоя на ступенях супермаркета. Ему так много надо ей сказать...

— Пойдем, — Мила встала. — Как рано запели соловьи в этом году...

Воронин помедлил и молча поднялся.

* * *

— Лер, давай... сходим куда-нибудь. — В дверях появился и смешно топтался Дорышев.

— Куда? — не поняла Лера.

Она так и сидела за столом, безумно глядя на погасший экран, а сейчас зачем-то поспешно тронула «мышь» рукой, чтобы Леонид не заметил темного монитора.

— Может, в ресторан? — предложил тот.

Ей показалось, что химик волнуется, и почему-то сама от этого как-то сразу успокоилась.

— Спасибо, Леня, не хочется. Лучше проводи меня до метро.

Произнеся последнюю фразу, Лера усмехнулась. Она никогда бы не сказала ее, если бы Саша не уехал «по делам».

— Ладно, пойдем хоть до метро, — вздохнул Дорышев.

За день крошечные листочки на деревьях чуть подросли. И воздух был свежий, и вся ранняя весна не могла не вызвать ничего, кроме восхищения, а вызывала... тоску.

— Лера! — Леонид тронул ее за руку, останавливая. — Я живу тут совсем рядом. Давай ко мне зайдем, а? Ты не думай ничего такого...

— Я не думаю, — улыбнулась Лера. Смущение спутника ее растрогало, хоть на душе и было очень тяжело.

— Зайдем? — заглянул ей в глаза мужчина.

— Зайдем, — согласилась Лера.

А почему нет, собственно? Она не замужем. Она свободная женщина.

Жил Дорышев действительно совсем рядом, один в большой квартире.

— У меня родители умерли, а сестра погибла, — скупо объяснил он, пропуская гостью в просторную прихожую. — Чайку выпьем? Кофе я не могу предложить, к сожалению. Не держу.

— Леня, а покрепче у тебя ничего нет? — неожиданно спросила Лера.

— Есть, — не удивился хозяин, прошел в большую комнату с баром в старой стенке и доложил: — Вино есть, вермут. И водка, только мало.

— Вермут, — выбрала Лера.

На одной из книжных полок она заметила фотографию смеющейся девушки. Та была неуловимо похожа на Леонида и еще на кого-то, только не смогла вспомнить, на кого именно.

— Это моя сестра, — объяснил Дорышев, заметив, что Лера разглядывает снимок.

А та взяла портрет в руки и поднесла почти к самым глазам. Девушка на изображении переплела пальцы, и на правой ее руке был отчетливо виден оригинальный, по-видимому серебряный, браслет. Скорее всего, сестра Лени и хотела продемонстрировать браслет, потому что украшение получилось почти в центре кадра.

— Она работала в нашем институте, — добавил Дорышев. Достал два бокала, поставил их на круглый старый стол без скатерти и подвинул гостье стул. — Садись.

— А... потом?

— А потом погибла. Ты посиди, я сейчас колбаски нарежу и принесу. Больше у меня ничего нет, — виновато улыбнулся хозяин дома. — Но колбаса хорошая.

Нужно было предложить ему помочь соорудить нехитрую закуску, но Лера опять потянулась к фотографии и вздохнула. Ну вот, теперь замучается, решая, кого ей напоминает сестра Дорышева. Леня чем-то звякал на кухне, и она, боясь, что тот застукает ее за странным занятием, быстро достала телефон из сумки и наспех перефотографировала старый портрет.

Леонид вернулся с тарелкой неровно нарезанной колбасы, а заодно принес две тарелки и две вилки.

— За что пить будем? — Он разлил вермут. — За нас?

Лера потянулась к нему с бокалом, чокаясь.

— Что случилось с твоей сестрой, Леня?

— Ничего хорошего. — Он поставил пустой бокал на стол и посмотрел на фотографию. — Это ее последний снимок. Поехала в дом отдыха — у института раньше имелся свой дом отдыха — и в тот же вечер погибла. Несчастный случай. А потом умерли родители.

Дорышев снова налил себе и выпил.

— Ты... ты не веришь в несчастный случай? — Лера сама не поняла, как это у нее вырвалось.

— Не верю. — Леня опять посмотрел на фотографию. — Сестру нашли утром, но упала она с косогора в одиннадцать вечера. А ведь была трусиха, боялась темноты. И никогда не пошла бы куда-то одна вечером. Никогда.

— Тамара была ее подругой? — помолчав, задала Лера следующий вопрос, тоже возникший по наитию.

— Не совсем, — криво усмехнулся Дорышев.

Ему-то хорошо было известно, что Тамара вовсе не была Инниной подругой. Инна терпеть ее не могла, просто ненавидела. И упоминала о ней со злостью. Впрочем, сестра обо всех говорила довольно зло. Хотя и с юмором, конечно. Мать смеялась, а отец недовольно поджимал губы. Но замечаний не делал, все прощая любимой дочери.

— Инна увела у нее жениха. И знаешь кого? Тишинского.

Тут Лера сообразила: Мила! Вот кого напоминает девушка на фотографии!

— Леня, — спросила тихо, — ты думаешь, твою сестру убили?

— Я думаю, ее убил Тишинский, — не сразу ответил Дорышев. — А Тамара знала.

Он не сразу до этого додумался. Просто ничем другим Леонид не мог объяснить такое... человечное участие Тамары в горе его семьи. Только виной. Предположить, что сестру убила сама Тамара, он все-таки не мог, да Инка и не пошла бы с ней гулять поздно вечером. Тогда кто? За кого Тамара могла чувствовать себя виноватой перед совершенно чужими людьми? Только за Тишинского, которого любила всю жизнь. Больше ни за кого.

Лера допила вермут и посидела молча. Ей вдруг стало тошно от чужих тайн. Захотелось на улицу, на свежий воздух. Или наоборот — в метро, в толчею, в тесноту вагона. Она с удивлением посмотрела на собеседника, не понимая и не желая понимать, как тот может ежедневно сталкиваться с убийцей собственной сестры, здороваться с ним и сидеть на совместных совещаниях, даже если это... предполагаемый убийца.

— Леня, ты прости меня, я пойду, — сказала она, вставая. — Прости. И не провожай.

Лера боялась, что Дорышев станет ее удерживать, но тот не стал. Только произнес ей в след:

— Ты очень красивая. У тебя потрясающие глаза.

Леонид опять напомнил Лере маленького потерявшегося мальчика. Она постояла секунду в дверях и тихо вышла.

* * *

Милы дома не оказалось. Константин Олегович, не раздеваясь, прошелся по квартире, зачем-то постоял у окна на кухне, глядя на зеленеющий двор, пешком, не вызывая лифт, спустился вниз. Наверное, нужно было позвонить жене, узнать, где она, но не стал. Неторопливо обошел дом, остановился, выйдя на улицу, и закурил, равнодушно наблюдая за прохожими. Мысли снова невольно вернулись на несколько дней назад — к Тамаре.

Она зашла к нему в кабинет во вторник, часа в четыре, усевшись напротив, спокойно сказала:

— Костя, я тебя очень прошу, проведи со мной этот вечер.

— Но... Может, завтра? — Ему не хотелось ехать к Тамаре, ему хотелось домой, к жене, к книге и вкусному ужину.

— Нет, именно сегодня. — Она отвернулась от него и стала смотреть на дверь. — Костя, пожалуйста.

— Ну хорошо. — Тишинский не мог ей отказать. Ни в чем не мог ей отказать, потому что был слишком перед ней виноват.

— Я за тобой зайду.

Тамара встала и направилась к двери, и Константин Олегович заметил, как сильно та похудела.

О том, что его подруга умирает, он узнал через несколько часов. В общем-то, им было не о чем говорить друг с другом, разве что о той страшной тайне, которая их связывала, но об этом они никогда не говорили.

Сейчас ему было стыдно, что в тот день, возвращаясь домой, он подумал, что скоро наконец-то начнет жить без теней из прошлого. Начнет жить, как все нормальные взрослые мужчины.

Впрочем, Тишинский и сегодня так думал. У него была Мила и была ежедневная радость от того, что она у него есть.

Константин Олегович все-таки достал телефон, собираясь позвонить жене, и вдруг взгляд упал на ведущую во двор дома дорожку. Он не сразу понял, почему замер, так крепко сжав в кулаке телефон, что побелели пальцы.

В десятке метров от него, на узкой асфальтовой тропинке стояла Мила и смотрела на незнакомого коротко стриженного мужчину в серой ветровке. Смотрела так, как никогда не смотрела на него, Костю. Мужчина не делал попытки приблизиться к его жене, даже смотрел куда-то мимо нее, но Тишинский с ужасом понял, что на весенней улице для этого мужчины нет никого, кроме очень красивой темноволосой женщины рядом.

Мила кивнула своему спутнику и, не оглядываясь, быстро пошла по направлению к подъезду.

Константин Олегович обнаружил, что все еще сжимает в руке телефон, и удивился, почему пластмассовый корпус до сих пор цел.

* * *

На улице было хорошо, солнечно и совсем безветренно. Света порадовалась, что сегодня утром отправилась в офис «пешком», то есть без машины. Зато можно немного прогуляться после работы. Повинуясь неосознанному желанию, она даже вышла на одну остановку метро раньше, чем нужно, и теперь медленно брела к дому по весенней Москве.

Страх, заставивший ее сжаться у Катиного стола, отступил, на смену ему пришла уверенность, что ей удастся во всем, что происходит в последнее время, разобраться. А почему нет? Она что, дура? Глупее Лизы?

Нужно успокоиться, подумать и решить, что делать.

У подъезда молодая женщина, соседка, имени которой Светлана не знала, но с которой всегда здоровалась, спускала по неудобным ступеням коляску с сидящим в ней годовалым сыном. Света помогла ей, похвалила розовощекого малыша и вошла в темный подъезд, почти ничего не видя после яркого солнечного двора.

Поднялась на лифте на свой этаж и уже повернулась к собственной квартире, выйдя из раздвинувшихся дверей, когда вдруг ощутила странную, внезапно навалившуюся слабость. Движения сделались вялыми, как в страшном сне, когда хочешь убежать от опасности, но не можешь пошевелиться. Светлана удивилась, что не видит стен лестничной клетки, а видит только что-то белое, да еще слышит веселый и оглушительный лай бульдога Дуси, любимицы соседей, живущих этажом выше.

Она попыталась пошевелиться — и не смогла. Но отчего-то знала, что это Дуся дышит ей в лицо влажным и теплым воздухом.

— Света, что с тобой? — звал ее испуганный голос.

До нее не сразу дошло, что голос принадлежит соседскому мальчишке Севке. Дусю узнала сразу, а его хозяина Севу — нет.

— Я... сейчас... — удалось ей прошептать.

Наконец глаза удалось открыть, и даже руки перестали быть совсем чужими, Светлана смогла провести ими по лицу. Потом обнаружила, что лежит на полу у самого лифта, и над ней белеет потолок. «Надо же, никогда раньше не замечала, какой чистый и белый потолок у нас в подъезде», — ни к селу ни к городу вяло шевельнулась в голове мысль.

— Свет, что с тобой? У тебя обморок, да? — Севка облегченно вздохнул, наверное, видя, что она не скончалась.

— Не знаю, — призналась Светлана.

Мальчишка ей нравился. Ему было лет тринадцать, но держался он солидно, как взрослый. Соседей звал по имени-отчеству и только Свету почему-то выделял, считал за свою и звал на «ты».

— Давай, вставай! — Севка протянул ей руку, и Светлана, уцепившись за нее, кое-как поднялась на ноги.

Постояла, держась за стену, с минуту, стараясь прийти в себя, потом с трудом дошагала до собственной двери.

— Сева, у меня ключи в сумке...

— Угу. — Парнишка по-хозяйски нашарил ключи от новых замков, отпер дверь и, как истинный кавалер, пропустил женщину вперед.

— Ты... никого на площадке не видел? — Света с трудом вошла в прихожую, уселась на пуфик и прислонилась к стене.

— Нет. Мы с Дуськой гулять собрались, и вдруг она залаяла. Очень сильно, как на чужого. Спустились, а у лифта ты лежишь. Тебя по голове ударили, да?

— Не знаю, — честно призналась Света и пощупала макушку, затылок. Голова как голова, ни крови, ни шишки. Только болит очень. — Спасибо тебе, Севочка. Идите, гуляйте.

Перед глазами стоял туман, и шевелиться было больно, но Света на ощупь погладила вертевшуюся рядом Дусю.

— Может, тебе «Скорую» вызвать, а? Или полицию? — не успокаивался мальчишка.

— Не надо. — Света через силу улыбнулась. — Не надо, спасибо.

Следовало запереть за Севой дверь, но сил на лишние движения не было, и она, кряхтя, по стеночке, перебралась к дивану.

У нее никогда не было обмороков.

Обмороки бывали у бабушки Клавы.

Один помнился отчетливо.

Незадолго перед тем, как бабушка Клава исчезла из ее жизни, маленькая Света рисовала у окна дачного домика лилию в вазе. Лилия была красивая, большая, оранжевая. Девочка специально сорвала ее, чтобы поставить в вазу, обрызгала водой и теперь тщательно выводила акварельными красками сверкающие на цветке капли. Капли никак не получались, Света злилась, в окно не смотрела и не сразу заметила, что бабушка Клава не возится на грядках, а лежит на земле. Светочка совсем не испугалась, только удивилась, а когда подбежала к старушке, та уже пыталась встать.

— Голова закружилась, — объяснила бабушка Клава. — Пойду полежу.

И, опираясь на внучку так же, как Светлана только что опиралась на Севку, побрела к дому.

Точно так же, как Светлана только что.

Тогда девочка Света совсем не испугалась. Испуг пришел потом, когда вернулась с работы Нина и, волнуясь, долго расспрашивала мать и племянницу.

Сейчас взрослой Свете тоже было очень страшно.

А еще мучительно хотелось пить.

Светлана аккуратно подняла голову, удивившись, что та больше не болит, только кружится слегка, как после бессонной ночи, медленно встала, прибрела на кухню и стала глотать воду прямо из носика чайника.

«Я не справлюсь, — отчетливо поняла она. — Одна не справлюсь».

Медленно, боясь собственной головы и собственного тела, прошла в прихожую и вызвала такси. Сама садиться за руль не рискнула.

* * *

Казанцев ехал домой абсолютно счастливый. Руководство Сетевой компании подписало его документы, и совсем скоро, через две недели, он будет сидеть за огромным, во всю стену, диспетчерским щитом. К нему будет стекаться информация со всей огромной энергосистемы, и от его умения, от его знаний и его выдержки будет — пусть не в абсолютной степени, но все-таки — зависеть безопасность этой самой энергосистемы. Александр был уверен и в собственных знаниях, и в собственной выдержке, но тем не менее чуть-чуть волновался. И злился на себя за это. Правда, злился не слишком, потому что не слишком и волновался.

У него было еще одно совершенно неотложное дело, и, едва войдя в квартиру, Саша схватился за телефон.

— Привет, мам, — прижимая трубку щекой, потому что стягивал ветровку, проговорил он. — У меня две новости, обе хорошие.

— Тогда давай любую, — засмеялась мать.

— Я женюсь и перехожу на работу в Сетевую компанию. — Казанцев потянулся к вешалке и повесил ветровку.

— Давно пора, — после едва заметной заминки произнесла родительница. — Поздравляю. А Лера знает, что ты женишься?

— Нет еще, — признался Саша.

Вообще-то он давно считал Леру женой. И давно привык к этому. Даже на собеседовании, на вопрос будущего руководства о семейном положении машинально ответил, что женат. Только потом опомнился, что по документам все-таки холост.

Несколько лет назад, когда они с Лерой только-только стали жить вместе, зная, что его избранница почему-то активно не нравится матери, Казанцев все тянул с предложением, не желая выслушивать ее глупые и ненужные слова и видеть такие же глупые и ненужные слезы. А Леру, как ему казалось, все устраивало, по крайней мере она на официальное оформление отношений не намекала. И месяцы потихоньку складывались в годы.

Вот уж это надо было сделать давным-давно, со стыдом понял сейчас Александр. И совершенно неожиданно испугался, что Лера может ему отказать. Нет, успокоил он себя, не может быть. Бред.

— Надо выяснить у ее родителей, когда те смогут приехать. Обязательно, Саша, иначе вы их очень обидите, — учила мать. — Сначала узнайте, а потом подавайте заявление. Вы так долго ждали, что можно и еще немного подождать.

Почему-то он ожидал совсем другого. Почему-то думал, что мать станет его отговаривать, и заранее приготовился дать отпор.

— Мам, — не выдержал Казанцев, — мне всегда казалось, что ты... не любишь Леру.

— Когда это тебе казалось? — после паузы вздохнула родительница.

— Ну... давно...

— Вот именно, — подтвердила мать. — Не говори глупостей, Саша. Я уже давно вас не разделяю.

— Ах, да! — вспомнил он. — Как называется то лекарство, про которое ты мне в прошлый раз говорила? Ну... панацея от всех болезней.

— А тебе зачем? — удивилась собеседница. — Не рано панацеями интересоваться?

— Да мне препарат на фиг не нужен, тебе хотел купить. У меня теперь большая зарплата будет. Во всяком случае, на лекарства хватит.

— Спасибо, на лекарства я себе, слава богу, зарабатываю, — засмеялась мать. И серьезно добавила: — Я тебя поздравляю, Саша. Тебя и Леру.

Замок зашуршал, как только Казанцев положил трубку.

Войдя в прихожую, Лера повесила куртку и сразу заметила, что Саша, вышедший ее встречать, какой-то необычный сегодня. Стараясь быть спокойной, спросила:

— Ты хочешь меня бросить?

Впрочем, ей не трудно было казаться спокойной. Она словно одеревенела, словно лишилась всех эмоций. Стала как мертвая.

— Ты что, сдурела? — растерялся Александр. — Ты что выдумала, Лер?

Она хотела пройти мимо него, но Саша не позволил. Обнял и держал так крепко, что невозможно было пошевелиться, даже дышать тяжело. Лера хотела сказать ему об этом, но не смогла, и только тихо заплакала.

— Что на тебя нашло вдруг? — задал очередной удивленный вопрос Казанцев.

Лера хотела сказать, что вовсе не «вдруг», ведь у него появились свои «дела», но она ему не жена, не имеет права и не станет... Однако ничего произнести не успела, потому что почувствовала, что Саша... испугался по-настоящему. По-настоящему разозлился.

— Ты никогда так не думай! Слышишь? Я от этого пугаюсь, а меня пугать нельзя, у меня очень ответственная работа. Я же теперь диспетчер в большой компании... — прорвало Александра, слова так и сыпались из него.

— Что? — Лена высвободилась наконец и теперь смогла на него посмотреть. — Тебя приняли? А куда? В Сетевую компанию, да?

— Да, — подтвердил Казанцев. — Сегодня заявление подписали.

— Ой, Саша... — Лера прижалась к нему и попросила: — Ты никогда ничего от меня не скрывай, а то я умру. Я просто умру!

— Не буду, — пообещал он. И, отчего-то волнуясь, велел: — Звони в Америку. Нам надо срочно решать со свадьбой, а мы не знаем, когда приедут твои родители.

Лера слышала то, что мечтала услышать давно, и не понимала, почему плачет и не может остановиться.

* * *

Мила почти дошла до подъезда. Но возле крыльца развернулась и направилась к другому выходу со двора, решила зайти к Лере, оттягивая момент возвращения домой. Еще не произошло ничего такого, после чего обманывать Костю станет невозможно, но все-таки кое-что произошло, и теперь ей было стыдно и даже немного страшно улыбаться Косте, разговаривать с ним и строить планы на выходные.

Она медленно плелась по направлению к «Красносельской» и доказывала себе, что мимолетный роман... нет, даже не роман, а так, неизвестно что... ничего для нее не значит. Что как была, так и осталась любящей и счастливой женой, и ее счастью абсолютно ничто не угрожает.

Увидев в дверях квартиры бледную Леру с красными заплаканными глазами, Мила опешила:

— Что с тобой? Что-то случилось? Вы с Сашкой поругались?

— Нет, — виновато отвела глаза подруга, — все в порядке. Нервы ни к черту. Проходи.

— Привет, — бросила Мила вышедшему в прихожую Казанцеву. — Почему Лера плакала?

Саша тоже как-то виновато пожал плечами и промолчал. Впрочем, Мила уже привыкла, что тот не слишком разговорчив.

В этой квартире она знала каждый закуток. Когда-то подружки не пропускали ни одного воскресенья, чтобы не побывать друг у друга в гостях. Когда учились, конечно, потому что летом, на даче, и так все время были вместе.

— Кто это? — удивилась Мила, разглядывая фотографию девушки, смотревшей с экрана компьютера в маленькой, Лериной, комнате.

— Сестра одного моего сослуживца. Химика, которого я просила наш мартини проверить.

Лера не понимала, что заставило ее перенести с мобильного и поместить на дисплей компьютера портрет незнакомой ей Инны. А потом еще пристально разглядывать снимок девушки, которая очень скоро после того, как этот кадр был сделан, погибла.

— А... зачем она тебе?

Мила наклонилась к экрану. И ее вдруг зазнобило в теплой квартире — на руке девушки был тот самый очень красивый браслет Тишинских, который никому не принес счастья, как сказала старушка-соседка.

— Есть хочешь? — не ответив, задала свой вопрос хозяйка дома.

— Нет. Чайку только, — обронила Мила. И, подождав, когда подруга уйдет на кухню, увеличила изображение на экране. Никаких сомнений — это ее браслет.

Она испуганно оттолкнула «мышку» и закрыла глаза ладонями. «Твой муж — убийца», — было написано в полученном ею электронном письме...

— Лер! — крикнула Мила. Подумала и прошла на кухню. — Так зачем тебе чужая сестра?

— Сама не знаю, — честно ответила подруга, возясь у плиты. — Кого-то она мне напоминает.

Лера не стала уточнять, что давно умершая девушка напоминает ей Милу.

— И что с ней случилось, с сестрой этой? — допытывалась гостья.

— Погибла в результате несчастного случая.

— А... когда? — Мила чуть кашлянула, потому что говорить было трудно.

— Не знаю. — Лера подумала и все-таки сказала: — Вроде вечером того же дня, когда сфотографировалась.

— А как она погибла? — Этот вопрос удалось задать почти равнодушно, и Мила себя похвалила.

— Упала откуда-то. С какого-то косогора.

— Где ты видела в Москве косогоры? — искренне удивилась Мила.

— Не в Москве. Несчастье произошло где-то за городом. На фотографии автобус виден, посмотри повнимательней. На нем сотрудники института в дом отдыха отправились. Она там и упала.

Мысли Милы неслись как сумасшедшие. Незнакомая девушка с браслетом Тишинских смеется на фотографии весело... автобус вот-вот должен отъехать... через несколько часов девушка была мертва, а браслет оказался у Кости... Если бы девушка упала при свидетелях, он не смог бы снять с нее браслет...

«Не увлекайся! — приказала себе Мила. — Ты уже подозревала Костю, а оказалось, что никакого отношения к смерти Тамары муж не имеет».

Но остановить собственные скачущие мысли не получилось.

А ведь если Тамара знала, что он убил девушку с браслетом, это объясняет все... Во всяком случае, то, почему Костя ни в чем не мог отказать Тамаре, даже позволял ей цепляться к жене... «Твой муж — убийца...»

Мила тряхнула головой и взяла протянутую подругой чашку.

— Спасибо.

Лера налила чай в знакомые с детства чашки. Одну такую маленькая Мила когда-то разбила и до сих пор помнила, как тогда перепугалась.

— Какой чай отличный, — сами собой выговорили ее губы.

— Из китайского магазина. Дорогой только очень.

Подруга уселась напротив и зачем-то помешала напиток, хотя сахара не положила.

— На дачу поедешь?

— Наверное.

— Когда?

— Саш, — крикнула Лера лежавшему на диване с книжкой в комнате Казанцеву, — мы на дачу поедем?

— Поедем. Завтра. Потому что второго я работаю.

Александр возник в дверях, посмотрел на чашки с чаем, на вазочку с вареньем и сухари в плетеной корзинке, поразмышлял о чем-то и снова исчез.

— А ты? — спросила Лера.

— Не знаю. Наверное. — Мила поставила чашку и в упор посмотрела на подругу. — У тебя идеи есть? Насчет яда?

Лера тоже поставила чашку, глядя куда-то мимо, и вздохнула.

— Давай-давай, — поторопила Мила, — выкладывай. Вижу же, что идеи есть.

— Нет, — покачала головой Лера. — Никаких идей.

На самом деле «идея» у нее была, только очень уж дикая.

Итак, Света прибыла на машине и привезла выпивку. И как же собиралась возвращаться? За руль сесть после мартини? Ни в коем случае, она очень осторожный водитель. Поехала бы утром? С дачи сразу в свою фирму? В джинсах и кроссовках? Возможно, но маловероятно. На работу подруга одевалась очень тщательно, исключительно в дорогие офисные костюмы. И даже летом никогда не уезжала с дачи утром перед работой именно потому, чтобы дома, в спокойной обстановке и не торопясь, войти в образ бизнес-леди.

И еще: в открытой Светиной сумочке, которую та повесила на яблоню, когда отправилась за вином, Лера заметила упаковку активированного угля. А тот — противоядие, как сказал Дорышев. Впрочем, в том, что видела именно активированный уголь, Лера не была абсолютно уверена, это ей сейчас могло дорисовать буйное воображение.

И все-таки мысль, что Светлана... сама подмешала в мартини яд, мысль дикая и несуразная, надоедливо крутилась в голове и никак не хотела убираться вон.

Концентрация отравы была такой, что умереть-то они не умерли бы, но рисковать собственным здоровьем... Зачем?

Нет, упрекнула себя Лера, этого не может быть. Светка вредина, но не сумасшедшая.

— Лер, — тихо спросила Мила, — ты помнишь бабушку Клаву?

— Да.

Все-таки они с Милой мыслят очень похоже, что Леру и раньше удивляло.

Бабушка Клава приходилась Свете какой-то двоюродной то ли теткой, то ли бабкой. Маленьким девочкам родственница подруги казалась совсем древней:

худенькая, морщинистая старушка, которая вечно путала их имена, но улыбалась всегда ласково и ни за что не ругала.

Пожилая женщина исчезла однажды в самый разгар лета и никогда больше в поселке не появлялась. Конечно, девочкам никто ничего не рассказывал, но они знали, слыша обрывки разговоров, что бабушка Клава угощала соседей грибами с подмешанной в них отравой. С соседями старушка никогда не ругалась, даже, наоборот, вроде бы дружила, и отравленные грибы ела вместе с ними. К счастью, серьезно никто не пострадал, и только каким-то чудом выяснилось, почему от безобидных грибов здоровым людям пришлось валяться на больничных койках.

— Ждешь кого-нибудь? — вздрогнула Мила от неожиданного, показавшегося оглушительным входного звонка.

— Нет, — удивилась Лера. Нашарила сброшенные с ног тапочки и зашаркала к двери.

Но Казанцев ее опередил, успел открыть.

В прихожей стояла бледная, растрепанная, с бегающими глазами, совершенно не похожая на себя прежнюю Света. Одной рукой она судорожно сжимала ворот плаща, а другой прижимала к себе сумку.

— Можно я у тебя переночую? — словно не замечая ни Казанцева, ни подошедшей Милы, спросила неожиданная гостья у Леры.

— Конечно, — кивнула та. — Что с тобой?

Светлана только помотала головой. Устало плюхнулась на пуфик в прихожей и уставилась на висевший на вешалке Лерин плащ.

«Здорово мы выглядим, все трое, — печально подумала Мила. — Зареванная Лера, Светка, похожая на форменную сумасшедшую, и я... почти уверенная, что живу с убийцей».

* * *

— Ты решила, что это я, да? Что именно я хотела вас отравить? — уставившись на Леру и все еще как бы не видя ни Милу, ни Казанцева, еле слышно спросила Света. — Почему? Почему ты так думаешь?

— Я так не думаю. — Теперь Лера действительно так не думала. Даже не понимала, как столь нелепая мысль могла залететь ей в голову. И только на всякий случай спросила: — Ты прикатила со спиртным на машине. Как возвращаться-то собиралась?

— Просто не думала об этом, когда помчалась на дачу. Я на вас очень обиделась. Надо же, без меня поехали! А, ладно, неважно... Скажи, почему ты решила, что это моя работа? Лера, пожалуйста!

— Мне просто показалось странным, что ты на машине и с мартини. И все. Больше я ничего не думала.

— Пожалуй, я пойду, девочки. — Мила, вдруг почувствовав себя чужой в прихожей самой близкой подруги, кивнула Казанцеву и тихо прикрыла за собой дверь. Нужно было идти домой и серьезно разговаривать с Костей, а она не представляла, как сможет это сделать.

А две оставшиеся подруги продолжали бестолковый разговор в прихожей.

— Ты ведь знала про бабушку Клаву? — подняла Света глаза на Леру.

— Да, — кивнула Лера. — Слушай, что вообще с тобой? Что случилось?

— Пойдем-ка... — Казанцев мягко взял у Светланы сумку, которую она прижимала к себе, поставил ее на полку перед зеркалом и тихо, но решительно потянул гостью за руку. — Пойдем, пойдем.

Света послушно поднялась с пуфика, на который плюхнулась, войдя в квартиру, и поплелась за ним на кухню. Саша усадил ее за стол и протянул чашку.

— Пей.

— Что это? — Светлана понюхала напиток, обхватив чашку обеими руками.

— Кофе с коньяком, — пояснил Казанцев. — Пей и рассказывай. Подробно, чтобы я начал хоть что-нибудь понимать.

Странно, но Светин страх ушел сразу же, как только из ее уст посыпались слова, сначала довольно сумбурные, но постепенно выстраивавшиеся в законченные фразы. И стыд ушел. И она впервые не стеснялась бабушки Клавы, когда смотрела на Казанцева и Леру...

— Значит, так, — подытожил Александр. — Был отравленный мартини.

Тут Саша посмотрел на Леру и погрозил кулаком, как будто сам не желал слушать, когда та хотела рассказать о том, что случилось с ними на даче. И вот удивление — он погрозил ей кулаком, а Лера почувствовала себя такой счастливой, что даже совестно стало перед испуганной насмерть подругой.

— Были фотки с Лизой. Кстати, кто такая Лиза?

— Невестка Виктора Федоровича, — объяснила Света, — жена его сына Славы. А Настя лю... подруга Вячеслава. Бывшая. Он с ней порвал и просил меня убрать ее куда-нибудь с его глаз, перевести подальше.

— Значит, были фотки, которые исчезли, а потом появились с твоей... с твоим лицом. И было нападение в подъезде. Именно нападение! — подтвердил Казанцев, встретив тревожный взгляд Светланы. — Не похожа ты на больную. А на сумасшедшую тем более. Давайте искать разумные объяснения. Начнем с последнего пункта. С нападения.

Александр поднялся и несколько раз прошелся туда-сюда по маленькой кухне.

— Напрягись и вспомни, как ты выходила из лифта. Перед тем как упасть.

Света напряглась. И отчетливо вспомнила: ей показалась какая-то тень справа, со стороны собственной квартиры.

— Справа был человек, — уверенно сказала она. Потом все-таки жалобно спросила: — А почему ты уверен, что... со мной все в порядке?

— Потому что у меня глаза есть. И мозги, — отмахнулся Казанцев. — Какой человек? Высокий? Маленький?

— Не знаю, — пожала плечами Светлана. — Не помню. Просто человек. Вернее, тень.

— Понятно. Итак, был человек. Который какой-нибудь дрянью в тебя брызнул и отключил. А наверху парень собирался гулять с собакой и нападавшего спугнул. Вставай, поехали...

* * *

Припарковав машину у Светиного подъезда, Казанцев оглядел двор и пошел назад по улице, по которой только что ехал. Подруги брели за ним молча.

У бывшего здания фабрики-прачечной, давно уже превращенного в торговый центр, Александр остановился. Внимательно осмотрел стены, прошелся туда-обратно и исчез в дверях магазина, предварительно мотнув головой и таким образом дав сопровождающим дамам понять, чтобы ему не мешали.

Вышел он примерно через полчаса, когда подруги уже успели выкурить по две сигареты. Молча кивком приказал следовать за ним и опять направился к Светиному дому.

— Попытка первая, — объявил Саша, раздеваясь в тесной Светиной прихожей, и протянул ей флешку. — Записи с уличной камеры.

— Как же тебе дали? — удивилась Лера.

— Да так и дали, — улыбнулся Казанцев. — Попросил вежливо.

Он улыбался, но никакой уверенности, что подаренная ребятами-охранниками запись окажется полезной, у него не было. Зато имелась растущая с каждой минутой тревога за Лерину подругу. И за Леру тоже.

Что делать дальше, Саша не знал и изо всех сил старался этого не показать. Впрочем, работа приучила его не терять хладнокровия, и, несмотря на нелепость ситуации, он считал, что во всем разберется. Должен разобраться.

Правда, его настораживала легкость, с которой ему удалось получить запись. Александр никогда не ждал легких путей и даже боялся их, поэтому, покупая коньяк для охранников в благодарность за любезность, почти не надеялся, что от нее будет толк.

Светку в любом случае следует забрать с собой, решил Казанцев. Оставлять ее одну в квартире нельзя.

Кстати, именно Светлана всегда его раздражала. Во-первых, тем, что без конца цеплялась к подруге, но главным образом потому, что когда-то усиленно строила ему глазки, чем унижала Леру. А значит, и его самого.

Сейчас никакого раздражения Саша не ощущал, а, наоборот, чувствовал, что несет ответственность за Свету. Та как-то сразу стала для него своей, близкой, несмотря на все ее причуды. А может быть, и всегда была своей, только он этого не понимал.

Просматривая записи видеонаблюдения, Света искала на нечетких кадрах Лизину машину, а углядела саму Лизу. Жена Вячеслава шла в сторону ее дома почти перед самой Светой, а через небольшой промежуток времени спокойно удалилась. Светлана в тот момент как раз боролась с тошнотой на собственном диване.

Все оказалось так просто, что даже не верилось.

Только доказать ничего нельзя. Виктор не поверит. Даже слушать не станет.

— Спасибо, Саш, — Света встала из-за компьютера и неожиданно для себя обняла Казанцева. А потом Леру.

— Вообще-то это еще ни о чем не говорит, — предостерег ее Александр. — Невестка твоего шефа...

— Знаю, знаю, могла делать в моем районе что угодно, — перебила Света. Но лично у нее сомнений не было — именно Лиза подстерегла ее в подъезде.

А ведь в фирме тоже есть камеры наблюдения, так что доказать, что снимки на столе Виктора подложила невестка, труда не составит. Только зачем? Показать Кузьменко, что мать его внуков не вполне нормальна?

Достать ключи от Светиной квартиры, чтобы порыться в компьютере, для Лизы вообще никакой проблемы не представляло. Потому что один комплект хранился на работе, в ящике стола замдиректора, а другой уже давно лежал у Виктора Федоровича. Бери — не хочу.

Нужно собрать убойные доказательства, только тогда можно будет заставить Виктора ее выслушать.

— Теперь перейдем к пункту второму, — предложил Казанцев. — К фоткам.

— Нет, — решительно отказалась Светлана, — дальше я сама.

Казанцев хотел возразить, но понял, что бесполезно.

— Переночуй у нас. Мне боязно тебя здесь одну оставлять. Короче, или ты едешь к нам, или я тут с тобой до утра побуду, — твердо велела Лера.

— Ладно, к вам так к вам,— легко согласилась подруга. — Только в одно место заскочим. Правда, это довольно далеко.

К счастью, телефон Насти Горовец, как и телефоны других работников, имелся на сайте фирмы, в разделе для служебного пользования, и ехать в офис, чтобы его узнать, не пришлось.

Света не была уверена, что разобиженная сотрудница захочет разговаривать с ней предпраздничным вечером, но та согласилась сразу. И даже, кажется, не очень удивилась, что начальница неожиданно решила встретиться с ней у ее подъезда.

Сейчас Настя показалась Светлане не такой, как вчера. Не испуганной и не наглой, а какой-то потухшей. Впрочем, у нее не было никакого желания разглядывать Анастасию Горовец. Она просто протянула девушке разрезанную пополам, так, чтобы ее саму не было видно, фотографию и спросила:

— Настя, посмотрите, пожалуйста, это тот самый курьер, который привез вам подарок?

— Да-а, — озадаченно протянула Горовец. — А откуда у вас снимок?

— Неважно. — Света небрежно сложила принтерный лист и сунула в карман. Однако не удержалась и мягко посоветовала: — Будьте осторожны. Не доверяйте курьерам, которые появляются неизвестно откуда.

«Девочке повезло, что Слава ее бросил, — думала Светлана, идя к машине, в которой ждали Лера и Казанцев. — Повезло потому, что посягать на нечто, принадлежащее Лизе, опасно для жизни».

Суббота, 1 мая

Лиза махала из окна детям, мужу и свекру и боялась, как бы не упасть в обморок от перенапряжения и страха. Она все утро стоически держалась, стараясь не выдать своего страха, но это оказалось настолько трудно, что сейчас у нее, кажется, ни на что не осталось сил. А силы ей были так нужны...

Черная «Ауди» Виктора Федоровича уже выехала из двора, однако Лиза все стояла и стояла у окна, хотя действовать следовало быстро. Очень быстро.

Когда утром свекор неожиданно решил вместе с внуками и сыном отправиться в Измайловский парк кормить белок, молодая женщина перепугалась окончательно. Ей почему-то представилось, что обратно он явится вместе со Светланой и та сразу объявит, что вчера Лиза напала на нее в подъезде. А Слава и Виктор Федорович даже не станут после этого слушать Лизины оправдания.

Ужас, пропитавший все ее существо насквозь, никуда не девался, нисколько не уменьшался, а, скорее, становился еще агрессивнее и теперь наполнил голову вязкой тупостью.

Лиза судорожно вдохнула, стараясь успокоиться, быстро переоделась и бросилась к машине.

Москва оказалась почти пустой: все разумные люди уехали еще вчера, и возле дома Светланы Лиза была уже минут через пятнадцать. Рискнула — позвонила ей на городской с собственного мобильного, но никто не ответил. Минут через пять опять в трубке звучали длинные гудки. С тех пор, сидя в машине и уставившись на дверь подъезда, Лиза звонила не переставая. Хотя можно было уже и перестать: ясно, что замдиректора фирмы Кузьменко дома нет.

Вчера, когда она побывала здесь, на ней была медицинская маска. Светка упала от брызнувшего ей в лицо наркотика сразу, даже не повернув головы в сторону Лизы. Оставалось всего-навсего быстро сделать укол.

Если бы не собака этажом выше! Залаяла, паршивка, да так громко! Вот Лиза и не рискнула довести начатое до конца. Опрометью кинулась вниз, сжимая шприц в руке.

Светка должна была умереть через несколько часов, ночью, и никто бы никогда не смог связать ее смерть, наступившую от передозировки успокоительного, с Лизой.

Разве что Турман.

Кстати, когда Лиза, собрав волю в кулак, вышла из Светкиного подъезда, ей показалось, что на лавочке у детской площадки сидит Валерка. Но она не обернулась. Не до того было.

С Валерием Турманом Лиза поддерживала нечто вроде дружбы — хотя не дружбу, конечно! — на всякий случай, про запас. Тот был хорошим программистом, даже отличным, и она его из виду не выпускала. Ведь не угадаешь, зачем вдруг может понадобиться замечательный программист.

Давным-давно, когда Лиза еще работала участковым терапевтом, в районной поликлинике на ее участке жила Валеркина бабка. Квартирка у старухи была небольшой, однокомнатной, страшно захламленной, а сама пациентка надоедливой и скучной.

Болезней у нее имелась целая куча, как у любого пожилого человека, но к врачам бабулька обращалась редко, и Лиза проявляла заботу, захаживала к одинокой старушенции.

Однажды застала ту в слезах: оказалось, единственный и любимый ее внук, недавно окончивший институт, но уже получающий по бабкиным меркам невиданные деньжищи, залез через свой компьютер куда-то, куда лезть было никак нельзя, в какую-то не ту базу, поэтому теперь Валерика таскают к следователю, и неизвестно, чем все это кончится. Кончилось в тот раз отлично, парню удалось выйти сухим из воды. Валерий Турман выводы из неприятной истории сделал правильные, чужих сайтов и баз данных больше не вскрывал, родителей и бабку не расстраивал, получал в своей фирме честно заработанные немалые деньги и жизнью был вполне доволен.

Бабку Валерка любил, по всему было видно. И по тому, как часто ее навещал, притаскивая увесистые сумки с продуктами, и по тому, как разговаривал со старухой.

Умерла бабуля зимой, в противную оттепель. Обнаружил ее мертвую Валерик, заглянув утром к старушке. Лиза столкнулась с ним в подъезде — шла на очередной вызов — и не сразу поняла, что произошло: говорить насмерть перепуганный внук почти не мог, даже полицию вызвать не догадался. Участковая сама и смерть констатировала, и полицию вызвала, и накрыла лежащую в постели покойницу чистой простыней.

Лекарства пациентки кучей лежали на полочке в ванной, куда Лиза зашла вымыть руки. Доктор оглядела полочку и спросила хвостом ходившего за ней растерянного внука, не подменил ли тот случайно любимой бабуле пузыречки с таблетками. Спросила просто так, ей было ясно — умерла старушка от естественных причин. Но внук настолько перепугался, что Лизе стало смешно. До смерти перепугался. Она и тогда, и сейчас не понимала, как безусловно неглупый человек может быть порой таким дураком.

Потом внук сделал в бабкиной однушке ремонт, переехал в отремонтированную квартиру и жил себе в центре, изредка меняя то ли жен, то ли подружек. К Лизе он за медицинской помощью никогда не обращался. Впрочем, никакая медицинская помощь, скорее всего, парню и не была нужна, больным он не выглядел. Правда, встречаясь на улице с Лизой, каждый раз отчего-то пугался. И весьма ее этим своим страхом развлекал.

Лиза же встречам с Валериком радовалась, разговаривала с ним вежливо и приветливо, расспрашивала про жизнь. Несколько раз ему звонила, когда с компьютером что-нибудь не ладилось.

Узнать про Славкину любовницу идиот Валерик согласился сразу, чем очень Лизу удивил. Она не ожидала столь легкой победы, собиралась даже слегка надавить, напомнив неожиданную бабкину смерть и стоимость квартир в центре города, но ничего этого не понадобилось. Программист быстро выследил Славкину пассию Настю, а также по каким-то там базам установил и точный ее адрес, и номера телефонов.

Неожиданным оказалось одно: Валерке показалось, что никакого романа у Лизиного мужа с девицей нет, а если и есть, то вот-вот закончится. Впрочем, теперь это не имело никакого значения.

А вот следующие поручения Турману давать было нельзя. Просто Лиза оказалась в безвыходном положении, и теперь компьютерщик знал, к сожалению, слишком много такого, чего знать ему не следовало. Следовательно, парень представлял проблему. Но эта проблема была не столь срочной, как другая, первая, — Светка.

Лиза опять набрала номер замдиректора, и вновь никто не ответил.

Ее преследует злой рок! Молодая женщина попыталась отогнать неприятную мысль, но та не прогонялась.

Вообще-то она все делала правильно. Разве что Турмана не стоило так активно привлекать, но тут уж ничего не поделаешь. Взять из Светкиного кабинета бутылку дело не хитрое, но не могла же она сама вручить этой чертовой Насте отраву в Светкином мартини. Вот и пришлось придумать историю с лотереей, а Валерика попросить сыграть роль курьера. Да только все оказалось напрасно. И где теперь та бутылка? У Горовец или у Славки?

И с первой бутылкой непонятно. Лиза с таким трудом добавила в нее хитрый препарат. Во-первых, все время боялась, что в пустой кабинет кто-то заглянет. Светки тогда в офисе не было, но Катька-то сидела рядом, в приемной, а Виктор Федорович у себя. Во-вторых, еле справилась с пробкой — открыть бутылку, чтобы было практически незаметно, не так-то просто. Лиза считала, что замдиректора обязательно выпьет мартини с Виктором Федоровичем — с кем же еще? Потом, когда недомогание у свекра пройдет, она собиралась рассказать ему о Светкиной сумасшедшей бабке, и вопрос с женитьбой мужчины закроется. Не станет же Кузьменко жениться на шизанутой.

Кстати, Виктор Федорович вчера вечером совсем не выглядел расстроенным. Почему? Не нашел фотографии?

Но почему тогда замдиректора убежала вчера с работы средь бела дня, если не из-за фотографий?

Лиза смотрела в окно рассеянно и едва не пропустила Светлану, вылезшую из салона светлой «Нивы-Шевроле». «Нива» не уезжала, так и стояла у подъезда, пока Светка не появилась вновь, неся в руках дорожную сумку.

Водитель «Нивы», которого Лиза не разглядела, подал назад, развернулся, и Лиза почти легла на сиденье, потому что проехала машина совсем рядом.

* * *

— Костя! — ахнула Мила. — Это же Лерин автомобиль!

Константин Олегович мягко обогнал идущую впереди светлую «Ниву-Шевроле» и притормозил у обочины. Жена вышла, двинулась к остановившейся «Ниве». А у него не было сил выйти из машины.

У него вообще ни на что не было сил после вчерашнего дня. В зеркало ему было видно, как жена разговаривает с подругами. Лиц их он не видел, мешало солнце, и только тупо смотрел на силуэт Милы, отметив ее поразительное сходство с Инной. Ему стало тошно смотреть, и Тишинский прикрыл глаза.

— Девчонки на дачу едут, — подошедшая Мила улыбнулась, наклонившись к окну.

— И тебе хочется? — Он тоже постарался улыбнуться, и, кажется, у него получилось.

— Угу, — кивнула Мила.

— Так поезжай, — легко согласился Константин Олегович. — А вечером я тебя заберу.

— Ты не обидишься? — помедлив, спросила жена.

— Нет, конечно, — заверил Тишинский. — Посижу дома, поработаю. Хорошо, что компьютер с собой захватил. Поезжай, Милочка.

Она видела, что его что-то сильно беспокоит, но ей так хотелось опять усесться под Лериной яблоней и пить вино, и не смотреть на мужа, и не думать о Романе.

— Ты позвони, и я сразу за тобой приеду, — пообещал Константин Олегович.

Светлая машина давно скрылась за изгибом дороги, а он все сидел, не шевелясь, устремив взгляд вперед сквозь лобовое стекло, и ничего перед собой не видел.

* * *

— Ты представляешь, вот этот наш лес, — Мила кивнула на покрытую легкой зеленой дымкой стену деревьев, — и лес у меня в деревне — один и тот же. Мы с Костей осенью за грибами ходили и как раз к нашему поселку вышли.

— Да? — удивилась Лера. — А я не знала.

— Как ты могла не знать, если я тебе сто раз карту показывал? — опешил Казанцев.

Лера пожала плечами. Затем выглянув в окно, констатировала:

— Не повезло.

Да, им не повезло: ясным солнечным днем небо неожиданно заволокло облаками, закапал несильный теплый дождь и напрочь помешал накрыть стол в саду. Даже если и кончится быстро, под мокрыми деревьями не посидишь.

— Ладно, давайте в доме устраиваться, — вздохнула Мила, — на террасе. Выпить бы, что ли?

— Выпить можно, — подхватила Света. — У меня вино есть. Мартини, как всегда. Вчера из дома захватила. А купила как раз накануне.

— Почему вчера? — не поняла Мила.

— Да так. Я у Леры с Сашкой ночевала. — Светлане не хотелось говорить о вчерашнем. Теперь это было только ее дело. Ее семейное дело.

— Неси, — велела Мила. — А хочешь, я принесу. Где он?

— В машине. В багажнике моя дорожная сумка, желтая с коричневыми ручками. Расстегнешь — бутылка сверху лежит. Иди, а я пока овощи вымою.

— Картошку сварим? — спросила Лера, которой вообще-то не хотелось приниматься за готовку.

— Конечно. Мила, — спохватилась Света, — куртку мою надень, она с капюшоном и не промокает совсем.

Мила натянула чужую куртку, накинула капюшон. Постояла на крыльце, глядя на противный дождик, и стала осторожно спускаться по мокрым ступенькам.

Она едва успела удивиться странно знакомому и совершенно неуместному здесь хлопку, когда Казанцев, больно дернув ее за руку, мгновенно втащил обратно и судорожно стал ощупывать.

— Ч-черт... — прошипел Александр. — Все в дом! Живо!

Саша исчез, нелепо пригибаясь за едва опушенными, еще не распустившимися почками кустами смородины, а подруги так и стояли, ошарашенно глядя на легкий весенний дождь.

Казанцев вернулся минут через десять, злой и суровый. Прикрикнул:

— Ну чего вы тут торчите? Я же сказал — в дом!

— Никого? — робко спросила Лера.

Он помотал головой.

— Нужно в полицию звонить. Лер, ты не помнишь, куда я сунул визитку участкового? Летом тот приходил и оставил визитку.

Лера сглотнула слюну и помотала головой.

— Нет! — тоненько вскрикнула Светлана.

А Мила почему-то едва прошептала:

— Не надо.

— Ты что, — заорал Казанцев Свете, не обращая на Милу никакого внимания, — не понимаешь, что тебя хотели убить? Это ведь в тебя стреляли, дура! На Милке твоя куртка!

— Саш... — Света кашлянула, и голос вернулся. — Не надо. Ты же все равно никого не нашел. И участковый не найдет. С чего ты взял, что стреляли в нас? Мало ли, может, кто-то оружие проверял. Стреляли, скорее всего, в воздух.

— Светочка, — шумно вздохнув, заговорила Лера, — ты ведь понимаешь, что стреляла Лиза. Да? Почему ты ее выгораживаешь? Зачем? Она же хотела тебя убить!

— Идите вы к черту! — закричала Светлана. — Неизвестно кто в кого пальнул, а вы...

— Лиза? — удивилась Мила. — Славкина жена?

Но на нее опять никто не обратил внимания.

— Даже если это была Лиза, ее здесь давно уже нет. И мы ничего не докажем. — Теперь Света говорила тихо, едва слышно. — Сходи за бутылкой, Казанцев, я выпить хочу.

— Участковому мы все-таки позвоним, — роясь в старом секретере, объявила Лера. — Нормальный парень, разберется.

Наконец найдя нужную визитку, она протянула ее Казанцеву. Но абонент оказался недоступен.

— Я вот чего не понимаю, — принялась рассуждать Лера. — Зачем Лизе убивать тебя? Если, конечно, она... убийца. Проще уж Виктора Федоровича. Тогда все деньги сразу перейдут им.

— Она его любит! — вдруг выпалила Светлана. Удивилась, что эта мысль никогда раньше не приходила ей в голову, и повторила спокойнее: — Любит и никому не отдаст.

Потом задумалась.

Жена Вячеслава ненавидит ее не столько потому, что Света претендует на деньги Лизиного свекра. Главное, она претендует на его любовь, чего Лиза ей никогда не простит. Господи, как только раньше-то до этого не додумалась! Ведь достаточно было обратить внимание на то, как Лиза смотрит на Кузьменко-старшего.

Ей не нужен Слава, она с радостью от него избавится. И девушка Настя тут совсем ни при чем.

Ей нужен Виктор, и Лиза будет бороться за него насмерть.

Самое страшное, что у нее дети. И если Света, рассказав о Лизиных покушениях на свою жизнь, лишит их матери, ей будет нечего делать в этой семье. Что сказать Степке, если тот спросит, где мама? А мальчик спросит. Обязательно.

— Саша, принеси мне телефон, — попросила Мила. — Сотовый в куртке, в правом кармане. Бордовая куртка, висит на вешалке.

Ей захотелось немедленно уехать. У нее не было сил слушать про чужие проблемы.

— Костя, забери меня...

Мила слышала голос мужа — а тот говорил, что попал в аварию и ждет ГАИ — и чувствовала, что жизнь кончилась.

* * *

Даже когда человек каким-то уж очень знакомым жестом поднял руку с зажатым в ней тоже очень знакомым предметом, направленным на видневшуюся на крыльце фигурку в яркой куртке, Валерий Турман еще не понимал, что сейчас произойдет. Или уже понимал? Во всяком случае, компьютерщик не помнил, как почти мгновенно очутился вдалеке от кустов, за которыми прятался, наблюдая за Светланой. Наблюдение за ней ему до смерти надоело, и он уже всерьез подумывал, не бросить ли все это к чертовой матери, да заодно и забыть навсегда о бывшем бабушкином участковом докторе Елизавете Дмитриевне. Он-то, Валерий, ничего противозаконного, по крайней мере, такого, из-за чего можно оказаться за решеткой, не совершил. А если и совершил, то доказать что-либо невозможно. Да, да, отныне пусть Елизавета Дмитриевна решает свои проблемы сама.

Долговязый парень, что приехал с тремя девушками, метался по участку, по дорожкам, вокруг дома. Турману сквозь мелкую листву было хорошо его видно. Человек с пистолетом как-то мгновенно испарился, и ему, Валерию, тоже нужно было немедленно уезжать отсюда. Но он все стоял и наблюдал за суетящимся парнем.

Когда неделю назад Елизавета Дмитриевна позвонила ему и попросила о помощи, он согласился из чистого любопытства: его занимала женщина, попытавшаяся чуть ли не обвинить его в убийстве — прямо, можно сказать, у тела только что умершей бабушки. Докторша Елизавета отлично знала, что бабушку

Валера любил и никогда не мечтал о ее смерти. Врачиха не могла этого не понимать, не круглая же дура, в самом деле, но тем не менее намекнула с ехидной усмешечкой, не внучек ли бабулю траванул. Тогда Валерий был по-настоящему оглушен, потому что бабушку очень любил, и смерть ее казалась ему чем-то непереносимо страшным, но потом, по прошествии некоторого времени, слова Елизаветы вспомнил. И всерьез задумался, что это было: неконтролируемая дурь и хамство или дешевая попытка лишить человека, перепуганного смертью близкого родственника, последней воли. Просто так лишить, из любопытства и подлости. А может быть, и для шантажа.

Потом он Елизавету изредка встречал, каждый раз ожидая, что та начнет чего-то от него требовать, и готовясь дать резкий и бескомпромиссный отпор. И облегченно вздыхал, потому что врачиха ни о чем не просила и ни на что не намекала.

Когда от Елизаветы пришло по электронной почте письмо с просьбой о немедленной встрече, он согласился сразу, сам не понимая, почему. Наверное, потому, что просьба выглядела жалкой и даже какой-то истеричной. Валерий тут же отзвонился докторше на мобильный, так и не поняв, с чего вдруг та написала ему, да еще с чужого адреса, а не просто набрала номер телефона. Про то, что адрес чужой, Елизавета сразу предупредила, в том самом письме. Потом только сообразил: вероятно, чтобы в случае чего подставить блондинку, Светлану. Ту, которая сегодня приехала на дачу в яркой куртке с капюшоном и в ко-

торую только что метил из пистолета несостоявший-
ся убийца.

При встрече ни жалкой, ни истеричной Елизавета ему не показалась. И опять Валера не понял, какого лешего согласился тратить собственное время,
наблюдая за ее муженьком и его девицей. Впрочем,
занятие было необременительным, даже в какой-то
мере интересным и завлекательным. Имя Елизаве-
тиной разлучницы он узнал безо всякого труда. Удивился тогда только одному — плохому вкусу мужа
бывшей докторши. Валерий-то роскошную Елизавету ни на какую Настю не променял бы. Впрочем,
врачиха казалась роскошной, только когда молчала.
А едва начинала говорить, мгновенно превращалась
в провинциальную тетку. Турмана такое превраще-
ние всегда поражало, потому что никакого акцен-
та у докторши не было, да и речь вполне грамотная.
Но не тянула говорящая Елизавета на коренную мо-
сквичку. И на доктора не тянула, больше походила на
продавщицу из булочной.

За первой просьбой последовала вторая: навязать
девушке Насте подарок от мнимой фирмы. И на новую просьбу он ответил мгновенным согласием, вместо того, чтобы послать наконец к черту бывшего
участкового врача.

Впрочем, к тому времени у него появился собственный интерес: Валерий заметил, что не только
он следит за Лизаветиным мужем, но и за ним самим
следит красавица-блондинка.

Компьютерщик был любопытен, и это его по-
настоящему заинтриговало.

Любопытство и толкнуло Валеру залезть в машину, брошенную Светланой возле здания, где работал Елизаветин супруг. Особого труда это не составило: приятель-автослесарь давно подарил ему универсальный ключ-отмычку, отключающий почти любую сигнализацию, а открыть замок — дело техники. Приятель окончил автодорожный институт, был блестящим инженером, придумывал разные заковыристые штучки, вроде той же отмычки, и щедро снабжал ими знакомых.

Турман почти не удивился, обнаружив в забытом девицей телефоне собственную физиономию в паре с прекрасным Елизаветиным ликом. Удивила его реакция докторши после того, как он отправил снимки Елизавете по электронной почте, стерев их затем из телефона блондинки. Вот теперь бывшая врачиха показалась ему и жалкой, и истеричной. И из жалости Валера чуть было не согласился «почистить» компьютер в квартире Светланы (ему уже давно стало известно имя блондинки). Лиза протягивала ему ключи и клялась, что той не будет дома до вечера, но он только улыбался и отрицательно качал головой. Улыбался единственно в память о том давнем намеке, мол, будто он мог отравить собственную бабушку. Потому что на самом деле Елизавету жалел.

С тех пор Турман, как приклеенный, следовал повсюду уже за докторшей, следил за ней, как заправский шпион, и совсем не удивился, когда увидел ее входящей в Светланин подъезд. Адрес блондинки он зачем-то сразу определил по номеру машины в не так давно купленной — непонятно для какой надобности, — ворованной базе данных.

Когда Елизавета с немного испуганным лицом вышла из подъезда, Валера молча шагнул к ней и так же молча взял ее под руку. Женщина тоже молчала, но Турман знал, что бывшая докторша только что проникла в чужую квартиру и сделала все, что ей требовалось: уничтожила снимки в компьютере Светланы. Елизавета, казалось, совсем не запаниковала, и компьютерщик почувствовал к ней нечто вроде уважения. А она к нему — нечто вроде доверия, потому что пожаловалась: Света, мол, метит в жены ее свекру, а тот — человек не бедный.

Валерий искренне посочувствовал бабушкиному доктору: у супруга любовница, того и гляди уведет муженька, а тут еще и наследство вот-вот уплывет к блондинке Светлане. Действительно, ужас.

И еще тогда ему показалось, будто они как-то связаны с Елизаветой. Чем-то таким соединены, что и не позволяет ему послать ее к черту, как собирался с самого начала.

Конечно, идиотом Турман не был, поэтому в безобидный розыгрыш не верил, когда представлялся курьером дурочке Насте и вручал ей якобы выигранный приз. Но если бы не Светлана, если бы он не приметил ее в толпе по дороге к Настиному дому, ему могло бы и не прийти в голову заменить бутылку мартини, переданную Елизаветой для Насти, на точно такую же, купленную в ближайшем супермаркете. Не то чтобы он был уверен, что вино отравлено, а... так, на всякий случай. И конфеты он тоже заменил. Точно такой же коробки не нашел и просто купил похожую.

Одним словом, ни в чем особо противозаконном Валера не был замешан, когда неожиданно получил по электронке письмо со словами «Я тебя найду», но испугался, как никогда в жизни. Даже сильнее, чем от намеков Елизаветы у бабушкиного тела.

Испугался и разозлился.

Турман не любил, когда ему угрожали.

А еще молодой человек понял вдруг и сразу, что забавная необременительная игра, в которую он ввязался по милости Елизаветы, перестала быть игрой. Вернее, стала очень опасной игрой. И что обе женщины — и Елизавета, и Светлана — для него исключительно опасны. Только не знал, какая из них опасна больше. Не знал до сих пор, даже сейчас, стоя в кустах у дачного поселка.

Светлана опасна, потому что только она может связать его с Елизаветой. А бывшая докторша жаждет получить наследство. Значит, будет действовать. И за жизнь тех, кто станет у нее на пути, Валера и копейки не поставит. Кроме того, Елизавета исключительно опасна еще и потому, что любое свое преступление способна списать на него. А почему нет? Женщина весьма изобретательна, ему ли это не знать, подставит так, что ахнуть не успеешь.

Ему вдруг стало холодно теплым весенним днем.

Турман боялся Елизаветы. Боялся панически, до дрожи. Поэтому все последние дни и следовал за ней повсюду как приклеенный.

Когда вчера докторша вновь исчезла в подъезде Светланы, был уверен, что появившейся через несколько минут блондинке пришел конец. И почти прилип от ужаса к сиденью собственной машины, понимая, что нужно немедленно уезжать, но от страха не мог пошевелиться. Елизавета вышла из подъезда спокойно, и он принялся уговаривать себя, что ничего страшного не произошло. Будучи все еще не в состоянии уехать, Валера ждал непонятно чего. И только когда из подъезда выскочила Светлана и бросилась к подъехавшему такси, вздохнул с облегчением.

Сегодня утром компьютерщик опять поехал за Елизаветой, за ее приметным «Фордом». И в этот тихий дачный поселок прибыл за ней. Врачиха же следила за «Нивой-Шевроле», в которой находились долговязый парень и три девицы, в том числе и блондинка. Валера допускал, что едет она убивать. Вернее, был почти уверен. И понимал: самое правильное — немедленно бежать отсюда, от Елизаветы, от Светланы, умело вычислившей его электронный адрес.

Понимал это уже давно, с тех самых пор, когда получил от нее смешное и грозное короткое послание: «Я тебя найду». Рассказывая о нем Елизавете Дмитриевне, осознавал, что та не успокоится, не бросит на самотек активность Светланы, и почему-то ждал, что докторша обязательно попросит его о чем-нибудь. И очень удивился, когда та ни о чем не попросила. Ему даже показалось, она словно не придала письму никакого значения, от чего представилась ему еще более опасной. Опасной для него лично, потому что с той самой минуты Турман был уверен —

женщина убьет Светлану, фамилия которой ему не запомнилась, а он окажется в это замешан.

Как его угораздило ввязаться в ее дела? Как интеллигентный, умный мальчик умудрился попасть на крючок жадной и хитрой приезжей бабы?

Бог наказал — неожиданно для себя подумал неверующий Валерий.

Он любил бабушку и совсем не хотел ее смерти. Просто боялся, что та... изменится. Впадет в маразм и перепишет завещание. Кое-какие признаки внук уже начал замечать. Однажды бабуля не сразу вспомнила, как зовут ее невестку, Валерину мать. В другой раз оказалось, забыла, что ее давний сослуживец недавно умер и она даже ездила на его похороны. Ну и еще так, по мелочи. Бабушка жила одна, Турман не мог контролировать ее постоянно и... испугался. Испугался лишиться квартиры, дедовых орденов и всего того — прабабкиных драгоценностей, например, — что бабушке совсем не нужно, но зато очень нужно ему, только вступающему в жизнь.

Он тогда долго сидел в Интернете, изучал свойства лекарств, которые бабушка, как всякий старый человек, принимала горстями, и в конце концов... поменял таблетки в пузырьке из темного стекла. А найдя бабушку мертвой, первым делом сунул в карман тот пузырек, накануне поставленный им на полочку в ванной. Потом долго пересчитывал таблетки, но так и не понял, приняла их бабушка или нет.

Валерий не знал, догадалась ли тогда об этом Елизавета Дмитриевна по его страху и растерянности, или просто выпалила свой ехидный намек наобум. Не знал и не желал знать. То есть теперь не хотел, а еще совсем недавно хотел. Поэтому и ввязался в дела докторши.

— Бабушка, — тихим шепотом попросил сейчас Валера, стоя в кустах смородины, — ты прости меня. Спаси меня, бабушка.

Вроде ничего не изменилось от его слов. Слабый ветерок по-прежнему шевелил тоненькие веточки кустов перед глазами молодого человека. Только ему стало вдруг радостно, как когда-то в детстве или позже, в юности, когда он еще не знал, что способен заменить бабушкины таблетки. Ему даже показалось, что бабуля где-то рядом, чуть позади. Но ведь это невозможно! И Турман не оглянулся.

Бывшая бабушкина докторша в светлой ветровке с накинутым на голову капюшоном оказалась перед ним неожиданно. Валерий шагнул к ней, осознав, что выбора у него нет, и улыбнулся:

— Здравствуйте, Елизавета Дмитриевна.

Женщина вздохнула, поморщилась и совсем не удивилась.

— Пойдемте, — взял он ее за локоть и уверенно повел к выходу из поселка.

Странно, не перепутал направление. Когда он осторожно следовал за ней, выжидавшей, пока пассажиры «Нивы» скроются за поворотом, когда вдруг потерял ее и сам, наобум, искал нужный дом, Валера совсем запутался в дачных улочках и сейчас не понимал, почему уверенно идет к выходу. Наверное, бабушка подсказала. Ему опять казалось, что бабуля где-то рядом.

— А знаете, Елизавета Дмитриевна, я ведь мартини заменил. И конфеты тоже. На всякий случай. Ведь в тех, что вы дали, был яд, да?

Докторша ничего не ответила. Но компьютерщик и не ждал ответа, зная, что иначе быть не может.

— Давайте сядем. — Турман подвел спутницу к ее собственной машине и ждал, когда та откроет дверь.

Елизавета опять вздохнула, сунула руку в карман и протянула ему ключи. Валерий отпер правую дверь, дождался, пока женщина сядет, и, обойдя спереди красный «Форд», уселся на место водителя.

Лиза молча смотрела прямо перед собой, чувствуя, что ее начинает бить озноб, как при высокой температуре. Ей показалось, что прямо в эту минуту она теряет все, что имеет: дом, семью, Славку, Виктора Федоровича, квартиру в Москве, наконец. И именно сейчас ей отчаянно захотелось все это вернуть, даже Славу. И снова услышать от мужа, что она одна ему нужна. Надо же, считала опасной Светку, а опасным оказался Турман, про которого Лиза почти не помнила последние два дня.

Она ждала, что молодой человек начнет задавать вопросы, и судорожно решала, как на них ответить. Или, может, послать его просто-напросто куда подальше? Но парень ничего не спрашивал, и у нее возникло к нему чувство, похожее на благодарность.

— Вас что, знобит? — спросил наконец Валерий совсем не то, чего Лиза ожидала.

Женщина вздохнула и отвернулась. Турман достал привязанную к ремню на джинсах фляжку и протянул ей:

— Выпейте. Это чай с мартини. Да не бойтесь, не с вашим. Пейте, я вас отвезу.

Только теперь Лиза поняла, как сильно пересохло во рту, поэтому протянула руку, взяла фляжку и сделала большой глоток. Жидкость была терпкая, вкусная...

Валерий смотрел на хилые осинки, росшие вдоль дороги с потрескавшимся после зимы асфальтом, ждал и, как ни странно, ничего не боялся. Того, что его кто-нибудь увидит, например. Через десять минут повернулся и зачем-то дотронулся до мертвого Лизиного лица. Затем аккуратно протер все, к чему прикасался, влажной салфеткой и, не торопясь, выбрался из машины.

Мартини во фляжке был как раз из ее бутылки. Из той самой, которую Валера не стал отдавать девушке Насте. Значит, все-таки в нем был яд. Значит, Елизавета действительно хотела отравить любовницу своего мужа. А он до последней минуты сомневался. Даже когда протягивал ей фляжку.

Турман спохватился, что не залез в карманы куртки докторши. Так, на всякий случай.

Остановился было, но назад не повернул. Какая разница? Ее смерть связать с ним невозможно. Вдохнул свежий, наполненный весенним ароматом воздух и пошел к своему автомобилю, брошенному невдалеке, на мокрой поляне. Теперь можно навсегда забыть о пузырьке с бабушкиными таблетками и о собственном страхе, который таился где-то глубоко внутри все эти годы. Но в данный момент он чувствовал только усталость и тоску.

Валера хотел снова попросить у бабушки прощения, но не стал. Ему показалось, что бабули рядом с ним больше нет.

Молодой человек не знал, что меньше, чем через полчаса, не справившись с управлением на мокрой дороге, да и не думая толком об этом управлении, а видя только мертвое лицо докторши, он помчится навстречу груженому «КамАЗу» и еще раз захочет попросить у бабушки прощения, но не успеет.

Не знал, что через несколько дней в его пустую квартиру придут оперативники, разыскивая убийцу Елизаветы Дмитриевны Кузьменко.

Не знал, что не оставить следов на месте преступления очень сложно. Практически невозможно.

Что так повезти может только один раз.

* * *

— Саша, высади меня здесь, — попросила Мила, когда до деревни, в которой среди цветущих деревьев и старых деревянных домиков отовсюду был виден построенный ее родителями красивый, удобный и все еще чужой дом, оставалось совсем немного, чуть меньше километра.

Дом построили как раз перед ее замужеством. Родители тогда уже могли позволить себе отдыхать в любой точке земного шара, чем с удовольствием пользовались, появляясь на новой даче не чаще двух-трех раз в год. Дом был большой, по Милиным меркам, просто огромный: в два с половиной этажа, с большим подвалом и множеством комнат, с подсчетом которых она до сих пор путалась. Сначала Константин Олегович на дачу ездил неохотно — муж ничего по этому поводу не говорил, но Мила чувствовала, — а потом привык, устроил себе в сарае подобие мастерской, исходил вдоль и поперек близлежащий лес и привел в порядок огромный участок, наняв приехавших с Украины рабочих. И кажется, теперь считал дом своим.

— Это еще зачем? — зло и тревожно отозвался на просьбы Лериной подруги Казанцев. — И не подумаю! Хватит с нас приключений!

— Высади, — Мила легко взяла его за руку, — пожалуйста. Мне... надо пройтись.

Александр почти съехал в канаву, тянувшуюся вдоль дороги, недовольно хлопнул дверью машины, дождался, когда пассажирка вылезет, и сделал приглашающий жест — мол, иди.

Так они шли: Мила впереди, Казанцев чуть поотстав. Как Роман. Впрочем, сейчас Мила не думала о полковнике Воронине. Сейчас ей было страшно, несмотря на шагающего сзади Сашу.

Они с Костей любили гулять по этой дороге. Машины здесь почти не ездили, комаров не было, с обеих сторон негромко шуршал лес, и прогулка всегда вызывала у Милы ощущение покоя и безмятежности. Впрочем, это ощущение — покоя и безмятежности — возникало у нее почти всегда, когда муж был рядом.

Лерина подруга шла, еле волоча ноги, и Казанцев устыдился своего раздражения. Ему хотелось как-то поддержать Милу, но он не знал как.

Довел ее до калитки, дождался, когда за ней захлопнулась дверь дома, потоптался немного и не спеша побрел назад к «Ниве». Почему-то показалось, будто он сделал что-то не так, и сейчас ему было стыдно. Наверное, от того, что он, мужчина, не смог уберечь женщину. В женщину никто не должен стрелять. Никогда.

* * *

Константин Олегович, не зажигая света, сидел за столом. Попытался улыбнуться при появлении жены, но отчего-то не смог.

А Мила ощутила, что страх отступил, и слегка этому удивилась. Посмотрела на стоявшую перед мужем бутылку коньяка, зачем-то ее понюхала, достала из старого буфета рюмку и щедро себе плеснула. Буфет когда-то стоял в квартире у бабушки, был громоздкий, неудобный, бабушка все собиралась его выбросить, чего Мила очень боялась — ей как раз старинный буфет нравился. Как только дом был построен, она и заставила отца перевезти его на дачу.

Отпив коньяка, Мила не почувствовала ни вкуса, ни запаха. Спросила у мужа:

— Что за авария?

— Ерунда. Задел «Жигули». Я уже расплатился. Времени только много потерял, пока гаишников ждали.

Мила допила коньяк и налила себе снова.

— Ты ведь не убивал ту девушку, да, Костя?

— Нет.

Муж поднял рюмку, а потом поставил ее обратно на стол. Он сразу догадался, о какой девушке идет речь. Тишинский неоднократно видел Леру беседующей с Леонидом Дорышевым и понимал, что та рано или поздно узнает о его давней любви к Инне, сестре химика. А значит, может узнать и Мила.

Константин Олегович до сих пор помнил, как отъезжал институтский автобус, навсегда увозя от него Инну.

В тот день он пришел домой и весь вечер, всю ночь из последних сил боролся с желанием видеть Инну. Наконец, решил, больше не может бороться. С трудом дождавшись рассвета, сел в первую электричку — метро еще не работало, и до вокзала Костя добрался пешком.

Потом шагал по мокрой траве вдоль Москвы-реки. Было еще очень рано, и он шел медленно, чтобы подойти к дому отдыха, когда отдыхающие уже встанут, потянутся на завтрак и можно будет среди них затеряться.

Ему хотелось сказать Инне, что не может без нее жить, что согласен ждать долго, хоть всю жизнь, и что умрет, если не сможет видеть ее.

Костя брел по тропинке и вдруг заметил что-то непонятное далеко внизу, у самой воды. Сердце отчего-то тревожно забилось. Берег был крутой, высокий, и спуститься вниз стоило большого труда. Он долго не мог поверить, что перед ним Инна. Стоял и тупо смотрел на лежащее тело, удивлялся полному отсутствию мыслей в голове. Сколько прошло времени, Константин не знал, но наконец сообразил, что нужно что-то делать. И тут его взгляд наткнулся на браслет на руке мертвой девушки. И он осторожно снял его, положил в карман джинсов.

Браслет когда-то принадлежал бабушке. Костя подарил украшение Инне на ее последний день рождения. Сейчас ему некстати — или, наоборот, кстати? — вспомнилось: бабушка говорила, что браслет приносит счастье. Но в семье с этим не соглашались, драгоценное изделие бабушке перед самой войной подарил дед и с войны не вернулся, погиб в 43-м под Орлом.

Браслет Инне нравился. Она носила его, не снимая, и Косте казалось, что девушка уже считает себя связанной с ним. Но ошибся — Инна отказалась принять его предложение.

И вот его любимая мертвая. Константин погладил совсем холодную руку, затем, цепляясь за траву, поднялся на дорожку, по которой шел со станции, и внимательно осмотрелся...

— Нет, — повторил Константин Олегович, вынырнув из воспоминаний.

Мила согласно кивнула. Костя никогда не стал бы хранить улику — браслет, если бы был причастен к смерти темноволосой девушки.

— Ее убила Тамара?

— Нет. Это был несчастный случай, — устало проговорил Тишинский.

И вновь его накрыла волна памяти...

На песчаной дорожке отчетливо виднелись следы двух пар кроссовок. Небольших, женских. Костя осторожно и тщательно затирал эти следы ногой и сорванной с огромной ивы веткой, а потом отбросил ветку далеко в воду.

Назад к станции он шел, стараясь не наступать на песчаную тропинку. К нему пришла догадка, почти уверенность, что толкнула Инну Тамара. Окончательно Константин убедился в правильности своих выводов, когда в понедельник, придя на работу, увидел ее затравленный взгляд.

Тамара не хотела убивать соперницу, Тишинский понимал это и тогда, и сейчас. Просто хотела отодвинуть, оттолкнуть от себя зло, которое несла в себе Инна. Ясно, что Тамара никогда не пошла бы гулять с ней. Скорее всего, та сама догнала ее, потому что не упускала случая причинить бывшей подруге поклонника боль. Может быть, показала Тамаре браслет, который Костя совсем недавно подарил, а может быть, сказала, что сделал ей предложение.

Это не имело никакого значения. Во всем был виноват был он. Константин предал Тамару и сделал ее убийцей, чего до сих пор не мог себе простить...

— Кто мог написать мне письмо? Пришло по электронной почте, и в нем сказано, что ты убийца. — Мила говорила так спокойно, словно речь шла не об убийстве, а о чем-то обыденном.

— Дорышев, — сразу ответил Константин Олегович, — брат Инны. Он приятельствует с Лерой и мог увидеть у нее твой адрес.

Мила кивнула — мог. Они с Лерой иногда отправляли друг другу фотографии или просто короткие записочки.

Что письма ему посылает Леонид, Тишинский сообразил сразу, получив самое первое через день после четвертой годовщины гибели Инны. Вынул утром из почтового ящика конверт без обратного адреса, повертел в руках, не понимая, зачем кому-то понадобилось ему писать. Константин никогда не получал писем, потому что его родственники жили в Москве, и все регулярно созванивались с ними по телефону, а иногородних знакомых не было. Послание оказалось коротким: «Ты убийца». Костя с недоумением посмотрел на неровно оторванный от принтерного листа клочок бумаги, смял его и выбросил вместе с конвертом в мусоропровод. Только уже в метро, по дороге на работу, до него дошло: письмо было адресовано ему, а написал его Леонид. Больше некому. Да, больше просто некому.

Леня Дорышев, которого привела в институт Тамара, казался парнем умным, спокойным и порядочным. Все, кто его знал, отзывались о нем отлично. В меру веселый, в меру компанейский, интеллигентный и вежливый человек. И только встречаясь с Константином, Дорышев здоровался, сразу отводил глаза и немедленно удалялся. «А ведь боится, что я подам ему руку», — понял тогда Константин Олегович. Первой его мыслью было рассказать Леониду, как он нашел Инну утром, и уверить, что ничьих других следов на песчаной дорожке не было. Однако он не стал ничего говорить. Зачем? В конце концов, пусть Дорышев думает, что хочет.

С тех пор письма приходили каждый год, сначала обычной почтой, потом по электронной. Тишинский научился почти не обращать на них внимания.

— А ведь ты пытался убить другую девушку, Костя, — ровно произнесла Мила, отвернувшись от мужа. — Меня. Ты же не спутал бы меня ни с кем, даже в чужой куртке. И ни в какую аварию ты никогда бы не попал — ты же бывший гонщик, какая, к черту, авария? Объехать лес за пятнадцать минут невозможно, да и пост ГАИ там есть, тебя бы увидели. Ты проехал через лес. Никто бы не проехал, а ты смог. Правда, и машина у нас хорошая, джип. А лес ты знаешь, как свои пять пальцев, ты же заядлый грибник. Ты проехал через лес и устроил аварию. Кстати, зачем вызывать гаишников, если ты расплатился на месте? Тебе нужно было алиби.

Мила наконец посмотрела на Константина. Тот показался ей совсем незнакомым, жалким, и даже в сумерках было видно, как он постарел на несколько часов.

— Зачем, Костя? Ты же мог просто со мной развестись. Зачем?

Спрашивала, глядя на мужа, и сама все понимала, без слов: он устал от давних тайн, хотел забыть *ту* девушку и быть счастливым. С ней, с Милой. Хотелось спросить, что же случилось, что не дало ему такой возможности. Но не спросила. И так догадывалась.

Муж всегда казался Миле сильным и умным, и ей было уютно за его спиной. И никогда не приходило в голову его пожалеть, потому что жалеют только слабых. Сейчас Мила жалела его отчаянно. Ей захотелось прижаться к нему и погладить по голове, как маленького, но она с трудом сдержалась.

А Тишинскому хотелось, чтобы жена ушла куда-нибудь ненадолго. Ему нужно было подняться и навсегда уйти из этого дома, но при ней он отчего-то не мог. Еще ему очень хотелось наглядеться на Милу напоследок, но и этого он сделать не мог, а только смотрел в окно на сгущающиеся сумерки.

Когда жена, простившись с незнакомым ему мужчиной, быстро пошла по дорожке к дому, Константин Олегович уже знал, что никогда не сможет видеть в ней его Милу. Честную, умную, добрую и ироничную. Любящую. Отныне ему предстояло жить с лживой и чужой женщиной. С Инной. Когда-то он хотел, чтобы Мила была похожа на Инну, вот и получил Инну.

Тишинский понял, что она нужна ему любая, когда уже нажимал курок, поэтому и успел отвести дуло, не совершив непоправимого. Впрочем, непоправимое уже свершилось. Ему так необходимо было видеть ее, обнимать, спешить к ней после работы... Без Милы жизнь ему не нужна, и теперь он не знал, что ему с ней, с ненужной жизнью, делать.

Нужно избавиться от пистолета, отстраненно подумал Константин Олегович. И удивился собственным мыслям: ему казалось, что он не способен думать ни о чем, кроме того, что потерял Милу и отныне его жизнь будет пуста и лишена смысла.

Пистолет достался ему от друга-одноклассника, после армии начавшего работать автослесарем и ставшего членом некой преступной группировки. То есть банды. Группировка занималась угоном и перепродажей автомобилей, что-то делила с такими же другими группировками, и школьный друг очень скоро оказался на кладбище, не успев насладиться огромными, по тогдашним меркам, деньгами. Пистолет одноклассник продал Тишинскому незадолго до смерти. Костя тогда только-только окончил институт, денег у него почти не было и расплачивался он частями. Последнюю отдал как раз накануне гибели незадачливого бандита...

Мила тяжело, как больная, поднялась со стула, достала из брошенной на диван ветровки телефон и вышла на крыльцо.

— Роман, никогда не приезжай, — быстро проговорила она в трубку, едва услышав ответ. — И не жди меня.

Почему ей казалось, что расстаться с Романом будет трудно? Трудно расстаться с Костей. Просто невозможно расстаться с Костей. Нельзя оставить его одного, постаревшего за несколько часов. И разве можно забыть, как хорошо молчать с ним по вечерам или разговаривать ни о чем? Забыть их спонтанные поездки по незнакомым городам и ощущение покоя и безмятежности, которое всегда окутывало ее в его присутствии. Даже сейчас.

Мила еще постояла на крыльце, крутя телефон в руках, вздохнула и вернулась в дом. Не спеша подошла к мужу, обняла за плечи и прижалась щекой к лысеющей макушке.

— Костя... Я люблю тебя. Ты мне верь.

Она никогда не говорила ему ничего подобного. И неделю назад очень удивилась бы, представив себя признающейся мужу в любви и верности до гроба.

Константин попытался отвести ее руки, но Мила не позволила. Оставив попытки отстранить, Тишинский погладил ее по руке.

— Это нельзя простить, — все же выдавил из себя Константин Олегович. — Я сейчас уйду.

— Не говори ерунду, — устало попросила Мила. Подумала и села к нему на колени, уткнувшись лбом в родную шею. — Мне видней, что можно простить, а что нельзя.

Они так и сидели, не включая свет, пока не стало совсем темно, как бывает темно только за городом.

Эпилог

Понедельник, 1 ноября

— Светлана Леонидовна! — тихо позвала Катя, сунув голову в кабинет заместителя директора. — С «Рижского» звонят, не знают, что делать: Вячеслава Викторовича опять нет, а им нужно срочно технологический маршрут согласовать.

Звонок с «Рижской» мог означать только одно: Славка снова напился и не вышел на работу. У него хоть на это ума хватало — не показываться на работе в непотребном виде. После смерти Лизы Кузьменко-младший, мгновенно постаревший и какой-то неживой, первое время держался хорошо, мужественно. Отказался от няни, которую ему навязывал Виктор Федорович, водил детей в сад, готовил им еду, укладывал спать. Казалось, он стойко перенесет горе. Совсем не верилось, что способен запить, как последний бомж, и начать в детский сад являться пьяным, а на работу не являться вовсе.

— Кать, я уеду сейчас, — решила Света, — а ты соври Виктору Федоровичу что-нибудь. Ну... что я в Бибирево поехала, что ли.

— Вы к Вячеславу Викторовичу, да? — с сочувствием спросила девушка. Кате никто ничего про семейные тайны директора не рассказывал, но она знала, как знает любой секретарь и любой наблюдательный человек.

Света махнула рукой, мол, куда же еще... Выхватила из шкафа куртку и, стараясь побыстрее проскочить приемную, чтобы не столкнуться с Виктором, выбежала на улицу.

Ключа от Славкиной квартиры у нее не было, да и быть не могло: она никто в этой семье. О том, чтобы пожениться, Виктор Федорович больше не заговаривал, да Света больше и не ждала предложения: Лизина смерть все изменила. Кузьменко-старшему нужно было думать о внуках, а не о собственной свадьбе.

Шаги за дверью раздались сразу же, едва Светлана нажала на звонок.

— Ты? — равнодушно спросил Слава и, не обращая на нее внимания, вернулся на кухню.

В квартире было чисто. Света быстро заглянула в бывшую детскую, в которой теперь спала одна Даша: чистота, игрушки аккуратно расставлены на небольшой детской стенке. Никогда не подумаешь, что хозяин целенаправленно превращается в алкоголика. Степу Слава переместил в свой бывший кабинет, а сам проводил время в спальне. Если не пил на кухне, конечно.

Дальше осматривать квартиру Света не стала, отправилась вслед за Вячеславом.

Сначала тот показался ей трезвым, но когда заговорил, стало ясно, что пьян он основательно. И в ближайшие часы не протрезвеет.

— Чего тебе?

— Слава, я сама детей из садика заберу, — ровно предложила Светлана. — Тебе в таком состоянии за ними идти ни к чему. И им тебя видеть ни к чему.

— А ты ведь ее не любила, Свет... Ты ведь ее терпеть не могла... — Кузьменко-младший смотрел на нее почему-то только одним глазом, второй сильно прищурил. Не иначе, лицо собеседника перед ним уже двоилось.

— Да, я не любила Лизу, — согласилась Света. Подумала и уселась напротив него.

— Вот и я не любил, — признался Вячеслав. — Заставлял себя любить, а не любил. Ее никто не любил, и она умерла.

Лиза тоже никого не любила, подумала Света. Мужа, во всяком случае, точно.

— Ее никто не любил. Никто. И она умерла, — повторил Слава и пьяно заплакал, прикрывая рукой глаза. — И я не любил. Только жалел. И отец ее жалел. Понимаешь? Не уважал, не восхищался, а жалел. А ведь она красавица была. И умница. Врач. Почему мы ее не любили, а, Свет?

— Я пойду Степкины вещи заберу. Тетрадки, учебники. Физкультурную форму. Ты не помнишь, у него завтра физкультура есть?

— Сегодня полгода, как ее нет, а я даже не знаю, какой она была. Доброй? Злой? Не знаю. А ты знаешь?

«Злобная, завистливая, жадная дура, — мысленно ответила Светлана. — Прости, господи...»

— Слава, я соберу детские вещи и заберу детей из сада. А ты возьми себя в руки. У тебя дети, помни об этом!

— Я помню, — Кузьменко поднял на Свету совершенно трезвые, но безумные глаза. — Сегодня полгода. Давай помянем Лизу.

— Давай. — Светлана поднялась, достала из буфета вторую рюмку и плеснула в обе коньяка из стоявшей на столе бутылки. — Царствие небесное...

Хозяин дома выпил, потряс головой и неожиданно трезвым голосом произнес:

— Она тебя терпеть не могла. Было за что?

— Нас всех есть за что не любить, — терпеливо объяснила Света. — И есть за что любить.

— Я ее не любил, и она умерла, — опять заплакал Слава. — Я не смог ее полюбить...

Продолжение слушать Света не стала. Собрала детские вещи в дорожную сумку и поехала на работу.

— Где ты была?

Она не успела прошмыгнуть в кабинет, — по коридору к ней приближался директор. Кивнул на сумку и сразу догадался:

— Опять?

Света молчала, но он все понимал: сын снова вдребезги пьян и Света в который раз собирается провести ночь с его детьми. Кузьменко-старший узнал о том, что так бывает, случайно: заехал по дороге на работу за Светланой и обнаружил в ее квартире собственных внуков.

Сейчас Виктору Федоровичу хотелось прижать женщину к себе прямо в пустом коридоре, но он не рискнул. Ему все время хотелось быть с ней рядом, без нее он как будто терялся в привычной жизни и начинал ждать, когда ее увидит.

— Пойдем в загс, — не к месту предложил мужчина.

— Сегодня полгода, Витя, — напомнила Света.

— Я помню.

Виктор Федорович тоже изменился после смерти Лизы. Не так разительно, как Слава, но не заметить этого было нельзя. Постарел. Пожалуй, будь директор таким год назад, Светлане бы и в голову не пришло строить планы совместной с ним жизни. Не настолько она любит деньги. Сама в состоянии их заработать.

Впрочем, теперь думать об этом было глупо и бессмысленно: Виктор уже стал ее жизнью. Вячеслав стал, и Степа с Дашей. И никакой другой жизни Света не хотела.

Они дошли до двери приемной, и Кузьменко тихонько и незаметно прижал к себе ее локоть, но сразу отпустил.

— Катя! — позвал директор и начал крутить головой, недоумевая, куда подевалась секретарша.

— Вышла куда-нибудь. А что ты хочешь? Давай я сделаю.

Светлана сунула сумку с детскими вещами в шкаф.

— Я хочу написать приказ. Об увольнении Кузьменко В.В.

— Витя! Не надо!

— У меня на производстве нет места алкашам, — не заорал, как можно было ожидать, а тихо, почти неслышно, произнес Виктор Федорович.

— Витя, я прошу тебя! Прости его последний раз. Я Славу предупрежу. Ну что с ним будет, если ты его уволишь? Парню помочь нужно, а ты его потопишь совсем. Не надо, пожалуйста.

— У меня тоже когда-то умерла жена... — Кузьменко подошел и потерся лбом об ее волосы, уже не боясь, что кто-нибудь не вовремя появится в приемной. — Я все понимаю не хуже тебя.

— Все люди разные, — отстранилась Светлана, — и горе переносят по-разному. Слава оказался слабее тебя. И ему нужно помочь.

— Ладно, уговорила, — мрачно согласился Виктор Федорович. — Я сам его предупрежу. Так пойдем в загс? Очень прошу, Света. Я не хочу без тебя жить.

— Завтра. Сегодня у нас поминки. Пойдем в загс завтра.

— А... тебе это надо? — робко спросил мужчина.

— Не знаю, — подумав, честно ответила Светлана. — Ты и так мой, а остальное для меня неважно.

Кузьменко вошел в собственный кабинет и тихо прикрыл за собой дверь.

Вторник, 2 ноября

— Света, возьми меня с собой на работу, — тихо попросила Даша, когда они отвезли серьезного Степана в школу и смотрели, как мальчик исчезает в воротах школьного двора. — Я не хочу в сад.

— Почему? — испугалась Светлана. — Тебя кто-нибудь обидел?

Дети выглядели грустными, а она только сейчас это поняла.

Вчера Степа сразу сориентировался, когда Света забирала его с продленки.

— Папа пьяный, да? — деловито спросил мальчуган, забираясь в машину. — Мы к тебе поедем?

— К дедушке.

«Убить тебя мало», — подумала тогда Света о Славке.

А Даша ничего не спросила. И так все поняла, без слов.

— Почему ты не хочешь в сад, Дашенька?

— Я боюсь, что ты тоже умрешь, как мама, — прошептала девочка, уткнувшись в Светины колени. — И Степа боится. Я буду тебя охранять.

— Золотце мое! — Света прижимала к себе худенькое тельце, давясь слезами. — Пока я вам нужна, со мной ничего не случится. Верь мне. И ничего не бойся.

— Ты всегда будешь мне нужна.

— Значит, я никогда не умру.

«Я должна быть очень осторожной, — сказала тогда себе Светлана. — У меня дети. И Виктор. И Славка, которого нужно вытаскивать из пропасти».

У нее была семья, и она была в этой семье самой сильной.

* * *

— С детьми все нормально? — совершенно трезвый Вячеслав уселся, подвинув стул, почти вплотную к ее компьютерному креслу.

— Да.

— Я больше не пью. Никогда не буду. Я вчера пообещал... Лизе.

Он пообещал мертвой Лизе, поняла Света, и кивнула. Очень хотелось верить. Потом констатировала для себя без испуга и без паники: Славка — ее головная боль на всю оставшуюся жизнь.

— Ты знаешь, почему тот парень ее убил? — вдруг спросил Кузьменко-младший.

— Не знаю. Не догадываюсь. — Светлане стоило больших сил и денег узнать все о Валерии Турмане. Все, что можно узнать за деньги. — Он жил на бывшем Лизином участке, то есть там жила какая-то его родственница, а Лиза была ее участковым врачом. Несколько лет назад родственница умерла и оставила ему квартиру. Я думаю, умерла... не случайно, и Лиза это знала. Или подозревала. Думаю, все было так.

— Думаешь, она его шантажировала?

— Не знаю. Не обязательно. Лиза представляла для него потенциальную угрозу, вот этот человек от нее и избавился.

О Турмане Света сейчас знала почти все.

А о Лизе?

Разве у злобной дуры могут быть добрые и умные дети?

— А почему они оба оказались около вашего поселка?

— Совпадение, — соврала Светлана. — У него дача в соседнем поселке.

Она была уверена, что перепроверять ее слова Слава не станет. Вот и хорошо. Пусть не знает, что Лиза была совсем не такой, как ему кажется.

Человеку не всегда нужно знать правду.

Литературно-художественное издание

ТАТЬЯНА УСТИНОВА РЕКОМЕНДУЕТ

Горская Евгения

ЖЕНА ЦЕЗАРЯ ВНЕ ПОДОЗРЕНИЙ

Ответственный редактор *О. Рубис*
Редактор *Т. Семенова*
Художественный редактор *А. Стариков*
Технический редактор *О. Лёвкин*
Компьютерная верстка *М. Тимофеева*
Корректор *О. Супрун*

В оформлении обложки использована фотография: Vasaleks / Shutterstock.com
Используется по лицензии от Shutterstock.com

ООО «Издательство «Эксмо»
127299, Москва, ул. Клары Цеткин, д. 18/5. Тел. 411-68-86, 956-39-21.
Home page: **www.eksmo.ru** E-mail: **info@eksmo.ru**

Өндіруші: «ЭКСМО» АҚБ Баспасы, 127299, Мәскеу, Клара Цеткин көшесі, 18/5 үй.
Тел. 8 (495) 411-68-86, 8 (495) 956-39-21.
Home page: www.eksmo.ru . E-mail: info@eksmo.ru.
Қазақстан Республикасындағы Өкілдігі: «РДЦ-Алматы» ЖШС, Алматы қаласы,
Домбровский көшесі, 3«а», Б литері, 1 кеңсе. Тел.: 8(727) 2 51 59 89,90,91,92,
факс: 8 (727) 251 58 12 ішкі 107; E-mail: RDC-Almaty@eksmo.kz
Қазақстан Республикасының аумағында өнімдер бойынша шағымды Қазақстан
Республикасындағы Өкілдігі қабылдайды: «РДЦ-Алматы» ЖШС,
Алматы қаласы, Домбровский көшесі, 3«а», Б литері, 1 кеңсе.
Өнімдердің жарамдылық мерзімі шектелмеген.

Сведения о подтверждении соответствия издания согласно
законодательству РФ о техническом регулировании можно получить
по адресу: http://eksmo.ru/certification/

Подписано в печать 27.02.2013. Формат 84x108^1/$_{32}$.
Гарнитура «Ньютон». Печать офсетная. Усл. печ. л. 18,48.
Тираж 10 000 экз. Заказ 5851

Отпечатано с электронных носителей издательства.
ОАО "Тверской полиграфический комбинат". 170024, г. Тверь, пр-т Ленина, 5.
Телефон: (4822) 44-52-03, 44-50-34, Телефон/факс: (4822)44-42-15
Home page - www.tverpk.ru Электронная почта (E-mail) - sales@tverpk.ru

ISBN 978-5-699-63212-1

9 785699 632121 >

ТАТЬЯНА УСТИНОВА
РЕКОМЕНДУЕТ

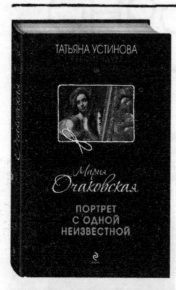

Мария Очаковская
ПОРТРЕТ С ОДНОЙ НЕИЗВЕСТНОЙ

Татьяна УСТИНОВА знает, что привлечет читателей в детективах Екатерины ОСТРОВСКОЙ и Марии ОЧАКОВСКОЙ! «Антураж и атмосферность» придуманного мира, а также драйв, без которого не обходится ни одна хорошая книга. Интригующие истории любви и захватывающие детективные сюжеты – вот что нужно, чтобы провести головокружительный вечер за увлекательным чтением!

Екатерина Островская
ЖЕЛАТЬ НЕВОЗМОЖНОГО

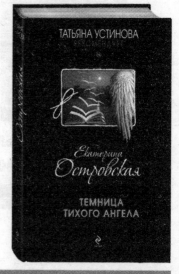

Екатерина Островская
ТЕМНИЦА ТИХОГО АНГЕЛА